**바람처럼 자유롭게
자신의 삶을 살아온 한 남자의 유쾌한 이야기!**

"이렇게만 살 수 있다면 사는 것도 예술이다."

★ "나도 이렇게 자유롭게 살고 싶다." −차정미

★ "어이가 없어 헛웃음이 나다가도 눈물이 찔찔 흐르는가 하면 어느 ㄴ
    할 수밖에 없는 건 배추의 삶이 그러하기도 하고 그 시대 우리의 모습이 그러ㅎ
    하기 때문일 것이다." −김정석

★ "판에 박힌 생활에 시들시들하다면 배추의 통쾌한 삶에 빠져보라." −오연진

★ "세상에, 인생을 이렇게 살 수도 있는 거구나!" −조민오

★ "살아가는 법을 통달한 사람 같다!" −신효인

★ "정말 이런 사람이 있단 말입니까?" −정재욱

★ "실화 같은 소설만 보다가 소설 같은 실화를 대하며 흥분을 감출 수 없었다." −신용철

배 추 가 돌 아 왔 다

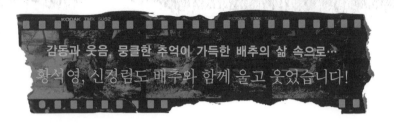

감동과 웃음, 뭉클한 추억이 가득한 배추의 삶 속으로…
황석영, 신경림도 배추와 함께 울고 웃었습니다!

배추 방동규 선생은 내게는 무엇보다 인생의 형님이다. 무엇보다 그와 나는 통일운동가 백기완 선생과 함께 문학판과 미술동네를 중심으로 '조선의 3대 구라'로 불리는 처지다. 나로서는 그게 큰 영광이다. 그가 펴낸 이 책은 현대사의 한복판에서 길어 올린 싱싱한 일화, 삶의 진정성이 무진장으로 녹아있는 '보물'이다. 이 땅의 많은 젊은이들과 함께 '배추 형님'의 삶을 다시 한 번 음미해보고 싶다.

황석영(소설가)

경복궁 관람안내 지도위원으로 근무하고 있는 방동규 위원은 전설적인 재야의 '주먹', 그리고 입신의 경지에 이른 이야기꾼, 속칭 '라지오'로 널리 알려져 있다. 그러나 방동규 위원의 가장 큰 인간적 매력은 70 평생 어떤 환경에서도 인생을 반듯하게 살려고 몸부림쳐왔다는 사실이다. 그래서 나는 서슴없이 그를 경복궁에 모셔왔다.

유홍준(문화재청장)

배추는 주먹이면서도 폭력으로가 아니라 국보법이나 반공법으로 감옥을 들락거렸다. 주먹이 약한 친구나 후배에게는 주먹을 쓰지 않았고, 때로는 기꺼이 맞아주기도 했다. 주먹이면서도 대학교수나 작가 못지않게 많은 책을 읽었고, 어느 이론가 못지않게 논리가 정연할뿐더러 달변이다. 그는 주먹이었지만 결코 주먹이 아니다.

신경림(시인)

배추 형의 인생역정 일부를 알고 있는 사람으로서 이 책이 손가락이 아니라 몸으로 씌어진 것임을 잘 알고 있다. 그는 오랜 세월 가시밭길을 헤쳐 오면서도 용케도 조선사내 본바탕을 그대로 지켜온 사람이다. 배추 형 같은 백성들이 걱정근심 없이 신나게 사는 세상이 오기를 학수고대해본다.　　　　**이부영**(전 국회의원)

방동규(배추)는 이 시대의 자유인이다. 그는 날품팔이 노동자에서부터 큰 회사의 사장, 감옥의 사상범, 고궁의 안내원에 이르도록 파란만장의 편력을 보여왔다. 그는 한 시대 완력의 챔피언이었으나 착한 벗들에게는 늘 약자였고, 역경 속에서도 주위를 웃기는 쇼맨이고, 무엇보다도 그는 거침없는 자유인이다. 한국의 조르바다.

　　　　　　　　　　　　　　　　　　　구중서(문학평론가)

종횡무진, 파란만장한 배추 형의 일대기는 수호지와 임꺽정에 나오는 호걸, 협객의 현대판이다. 높고 낮고 넓고 좁은 길들이 무수히 교차한 배추 형의 인생행로는 아무리 짓밟혀도 머리 숙이지 않는 잡초로서의 희망과 웃음, 좌절과 울음이 끊임없이 요동치는 대하드라마다. 이 땅의 젊은이들이여, 교과서에 없는 배추 형의 전설을 통해 생생한 삶의 진실이 무엇인지 알고 싶지 않은가.　　　　**주재환**(화가)

배추 선생님의 삶은 삶이 아니다. '걍' 드라마다. 아니 드라마 그 이상이라고 해야 한다. 짜증나는 자기 자랑과 분칠 따위로 채워진 그 즐비한 전기물 자서전들은 잠시 잊어달라. 배추 선생님의 삶이 그러하듯 책도 마찬가지다. 여기 싱싱한 한 인물의 육성과 못 말리는 돈키호테 짓, 그리고 무엇보다 장쾌한 액션에 한번 취해보자. 진정한 사람을 만나보자.　　　　　　　　　　　　**서해성**(소설가)

다 산 책 방

배추가
돌아
왔다 ①

배추가 돌아왔다

① 초판 3쇄 발행 | 2006년 12월 19일

지은이 | 방동규 · 조우석
펴낸이 | 김선식
펴낸곳 | 다산책방
출판등록 | 2005년 12월 23일 제313-2005-00277호

PM | 신혜진
기획편집본부 | 배소라, 임영묵, 이윤철, 신현숙, 박경순, 박호진, 김순란, 김계옥, 변경혜, 박혜진
마케팅본부 | 유민우, 임채성, 곽유찬, 허성권, 민혜영, 당은증
디자인팀 | 공 존, 나미진
경영지원팀 | 방영배, 허미희, 김미현, 박고은

주소 | 서울시 마포구 염리동 161-7번지 한청빌딩 6층
전화 | 02-702-1724(기획 편집) 02-703-1723(마케팅) 02-704-1724(경영지원)
팩스 | 02-703-2219
e-mail | dasanbooks@hanmail.net
홈페이지 | www.dasanbooks.com

표지 · 본문 출력 | 엔터
종이 | 신승지류유통
인쇄 · 제본 | 주식회사 현문

값 | 9,800원
ISBN | 89-91147-88-7 04810
        89-91147-87-9 (세트)

| 방동규·조우석 지음 |

배추가 돌아왔쓰다 ①

다산책방

"한번 배추는 영원한 배추"

"어이쿠! 배추 선생님이시죠. 매일 신문 재미있게 봅니다."

서울 인사동을 어슬렁거리던 참에 어떤 이가 다짜고짜 말을 건네왔다. 슬쩍 쳐다보니 낯모르는 사람이다. 이런 사람들은 한둘이 아니었다. 아예 내가 근무하는 경복궁에 찾아오는 이도 많았고, 어떻게 번호를 알았는지 전화를 걸어 따짜고짜 '존경한다'는 고백을 털어놓아 곤혹스러웠던 일도 있었다.

아침에 신문을 받아보면 가장 먼저 그 '낭만주먹 낭만인생'부터 찾아 읽는다는 이들도 많았다. 연재 기사가 각종 인터넷의 카페나 블로그 글로 이곳저곳 날라지는 경우도 상당수였다.

합리적으로 보이는 듯하면서도, 왠지 꽉 막힌 채로 답답한 사회를 살아가는 사람들이기 때문일까. 사람들이 전 시대의 낭만과 영웅담을 그렇게 목말라하고 있었을 줄은 정말 몰랐다. 픽션이 아니라서 더욱 그랬으리라 싶었고, 내 삶이 하도 드라마틱해서 그런 반응이 나온 것

4

같기도 하다. '아, 그래서 유명한 대중연예인들이 시커먼 안경 쓰고 모자 눌러쓴 채 사람들을 피해 다니는구만' 하는 생각이 들었을 정도로 뻑적지근했다.

어쨌든 간에 신문연재를 한 것 자체가 내 인생에서 이례적인 일이었다. 2006년 초부터 중앙일보 고정란 〈남기고 싶은 이야기〉에 내 스토리를 연재했던 것이다. 연재기간 중 부딪쳤던 그런 호들갑스런 대중적 반응이라는 게 때로는 혼란스럽고 짜증나기까지 했을 정도였지만, 그 덕에 그동안 사느라고 바빠서 만나지 못했던 사람들을 다시 만날 수 있어 좋았다.

멀리 미국과 캐나다에서도 전화가 왔다. 예전 파독광부 동료들이 자기네 얘기가 나오는 바람에 너무 좋다고 전해온 것이다. 전화뿐 아니라 서독생활을 같이했던 친구들이 우르르 몰려들어 모처럼 기분 좋은 자리가 만들어지기도 했다. 책에도 나오지만 예전 경기도 송추에서 헤드록을 걸면서 나와 벌건 대낮에 힘겨루기를 했던 프로레슬러도 경복궁으로 찾아와 다시 만났다.

특히 감격스러웠던 것은 따로 있었다. '내 삶의 은인'인 언론인 선우휘 형님과의 일화를 세 차례에 걸쳐 연재했을 당시의 일이다. 그건 순전히 내가 그 형님을 그렇게 사무쳐했기 때문에 사실대로만 썼을 뿐인데, 선우 형님의 부인이 내게 전화를 걸어왔다.

"방 선생님, 저 선우휘 씨 부인이에요."

"형수님!"

목소리를 듣는 순간 벌써 콧날이 시큰해졌다.

"신문을 보면서 너무 반갑고 고마워서 전화를 한번 드렸습니다."

"아이코 형수님, 제가 죽을죄를 졌습니다. 형님이 타계하신 뒤 제대로 연락 한번 못 드리고 찾아뵙지도 못하고…."

"아닙니다. 제 잘못이 더 크죠. 그나저나 제 남편에 대해 그렇게 각별한 기억을 털어놓아주셔서, 저와 제 가족은 요즘 정말 매일같이 난립니다. 정말 고맙습니다."

아, 선우 형님 타계가 실로 20년 전의 일이다. 그 통화 직후 나는 형수님의 전화를 아내에게 돌려줬고, 두 사람은 다시 장시간 통화를 하면서 눈물 콧물 다 빼는 눈치다. 그 모습을 우두커니 바라보면서 나 역시 속울음을 삼켰다.

"형님, 저 서울에 올라왔는데요. 한번 뵐까요?"

제주도에 사는 화가 강요배도 그런 경우다. 지난 3월 그가 서울 인사동 학고재 화랑에서 전시회 중이라면서 전화를 해왔다. 약소장소인 학고재에 들어갔더니 민중미술의 유명한 화가 신학철이 더없이 반갑게 나를 반겨주었고, 나중 막걸리 술판에서는 〈한겨레그림판〉의 시사만화가 박재동까지 합류해 얘기꽃을 피웠다.

"아니, 형님은 왜 동네 우물에 덜렁 뛰어 들어가는 거야? 형님만 더워? 개성 부잣집 출신이라 해수욕장으로 가족피서까지 갔다는 양반이…. 그리고 그건 또 뭐야. 여순경 앞에서 바지춤 내리까고 오줌을 갈겨대는 거 말이야. 하여튼 우리 형님은 외계인이 따로 없다니까!"

6

이런 자리의 너스레는 아우인 주재환 몫이다. 연재 때 어릴 적 악동 짓 몇 개를 털어놓았더니 그걸 두고 던지는 말이다. 그는 나를 보고 '전설의 고향'에 나오는 사람이라고 말하는데, 그런 쑥스런 얘기가 나올 때는 그저 입 닫고 있는 게 상수다. 그러던 참에 누가 연락을 했는지 둘째 딸 방시레까지 나타났다. 어른들 모임에 쪼르르 달려 나온 녀석을 내 친구들이 그냥 놔두지 않았다. "도깨비 아빠를 어찌 생각하느냐"고 물어본다. 거참, 얼굴이 후끈해진다.

"어찌 감히 아빠를 안다 하겠어요. 저는 그저 아빠의 열혈팬이거든요. 멋지시잖아요."

사실 이전에도 내 이야기를 써보겠다며 적지 않은 일급 소설가들이 찾아왔었다. 어떤 이는 수십 개의 테이프에 내가 말하는 걸 녹음하기도 했다. 그러나 끝내 마무리를 하지 못했다. 보통 사람들의 대여섯 배가 넘는 곡절들을 요령 있게 풀어낸다는 것 자체가 간단치 않았을 테니 말이다. 또 워낙에 좌충우돌 도깨비 같은 삶이라 더욱 그랬을 것이다. 지금 그 이야기를 세상에 내보낸다니 또 다른 느낌이다.

고백하지만 나는 메시지가 없는 사람이다. 사실 내 삶 자체가 그러하기도 하고 거창한 철학 따위를 앞세우려는 마음 같은 것도 전혀 없다. 더구나 자기미화는 내 체질도 아니다. 하지만 숱한 고비와 기회가 다가올 때마다 기꺼이 맨몸 하나를 내던져 새로운 세상을 뜨겁게 만났고, 부딪쳤다는 점 하나만은 자부한다.

나를 건달, 주먹, 깡패, 협객 뭐라고 해도 상관없지만, 그냥 '뜨거운 내 인생'을 찾아 자유로운 삶을 추구했던 사람으로만 받아줬으면 좋겠다. 그래도 도깨비가 따로 없는 나의 살아온 내력이 조금은 뜬금없고, 어리둥절하신 분이 계시다면 이렇게 말할 수밖에 없다.

"오해 마셔. 다시 말하지만 내 인생 뭐 있나? 그저 사람들이 킬킬대고 웃으면서 조금이라도 위로를 받으면 그뿐 아니겠어? 혹시 몰라. 사람들이 한번 배추는 영원한 배추라는 걸 알아주면 더욱 좋겠고…."

겨울이 오는 길목에서

방동규

3장 ●"세상과 부딪쳐라" 천방지축 내 멋대로 인생

★ 파란만장한 배추의 삶은 2권으로 이어집니다…

KODAK TMX 5052

세 차례 싸움에 지면서
인생을 배웠다

장충동 독종과의 만남

대학 2학년 때인 1955년 여름, 그 전해 아버지가 갑작스레 돌아가신 뒤 나는 졸지에 가장 아닌 가장이 되어버렸다. 게다가 명색만 가장이었지, 여전히 철부지였던 나는 바로 몇 개월 전 가족 몰래 집을 팔아 그 돈을 한 여인의 치마폭에 고스란히 갖다 바쳤으니 집안 꼴은 더욱 말이 아닐 수밖에 없었다. 어린 동생들은 학교마저 그만두고 돈을 벌기 위해 온갖 궂은일을 해야 했다. 그런 동생들을 보며 가장으로서, 장남으로서 부끄러움을 느낄 수밖에 없었다.

아버지 살아생전에 주변 사람에게 돈을 준 적이 있었다. 어머니는 내게 그 빚을 받아오라 하셨고 모질지 못한 성격 탓에 나는 그 일을 차일피일 미루고 있었다. 그러나 이번에는 피해갈 수가 없었다. 생활비도 떨어졌고, 어머니의 성화도 그렇고, 무엇보다 나 스스로 가장으로서의 책임감을 새삼 절감하고 있었던 것이다.

작심하고 채무자의 집을 찾아 나섰다. 장충동이었다. 두 번째 가는 길이어서 집을 찾는 건 그리 어렵지 않았지만, 판잣집 천지의 가파른

산비탈을 오르는 건 힘에 겨웠다. 더구나 한 여름의 뙤약볕이 사정없이 내리쬐고 있었다. 절로 숨이 차오르고 비지땀이 줄줄 흘러내렸다. 가장노릇이란 게 생각처럼 쉽지 않구나, 하는 점을 새삼 느끼면서 판잣집의 문을 두드렸다.

산비탈의 중턱, 인근의 판잣집과는 조금 떨어진 집이다. 문을 막 두드리면서 초로의 사내를 떠올렸다. 그는 내게 돈을 곧 갚아주겠다고 단단히 약속했고 나는 두 말없이 고개를 끄덕였지만 석 달이 지나도록 종무소식이었다.

헌데 판잣집 문을 열고 나를 마중한 사람은 그 사람이 아니었다. 처음 보는 낯선 30대 사내였다. 아마도 나를 기다리고 있던 눈치인데, 첫 느낌부터가 섬뜩했다. 마른 북어처럼 호리호리한 체구였지만, 눈빛만은 엄청 매서웠다.

"배추 형님 오셨소이까?"

대뜸 형님이라면서 허리를 숙이고 인사를 하는 품이 예사롭지 않았다. 목소리마저 낮게 깔아 음산하기 짝이 없었다.

"아니, 주인장은 어디 가시고…."

"예. 지금 출타 중입니다. 저보고 대신 형님을 맞으라고 말씀하셨습니다. 하여튼 이름 높은 형님을 이렇게 직접 뵙게 되니 더없는 영광입니다."

정중하기 짝이 없는 태도였는데, 조금 지나치다 싶을 정도였다. 이미 나에 대해 뜨르르 꿰고 있는 듯했다. 그때만 해도 주먹 배추의 전성기였고, 심지어 전국의 곳곳에서 가짜 배추까지 출몰할 정도로 내 명성이 한창 높았던 시절이니까.

그런데 웬일인지 으스스한 기분이 들었다. 이런 걸 두고 예감이라고 할 것이다. 덩치도 별 볼일 없는 이 사내를 내가 왜 두려워해야 한단 말인가. 그러나 그가 뿜어내는 기운은 종류가 달랐다. 마치 얼음으로 깎아놓은 사람을 마주대하고 있는 듯한 기분이었다.

"형님, 오늘은 제가 성의껏 모실 테니 앉으시죠."

마당에는 평상도 아니고 미군 드럼통을 반 토막 내서 만든 탁자 비슷한 것이 놓여 있었는데, 거기에 앉으라는 눈짓이었다. 엉거주춤 엉덩이를 들이밀자 그 사내가 다시 말을 이었다.

"형님, 죄송합니다만 제게 술 한잔만 사주시면 어떨까요. 제가 돈이 없어서 그렇습니다. 형님이 술을 내신다면 안주는 이 몸이 성심성의껏 준비할까 합니다."

사내는 느닷없이 술타령부터 늘어놓기 시작했다. 벌건 대낮, 그것도 이 복더위에 무슨 술타령인가 싶었다. 아무래도 무슨 수작을 부릴 듯한 눈치인데 사내의 깍듯한 행동을 보아서는 무슨 일을 꾸미는 건지 도무지 짐작키가 어려웠다.

"여보쇼. 나는 주인장을 찾는데…."

그러나 그 말은 입 안에서만 맴돌고 말았다. 사내는 '당신이 대체 누구이고, 찾으려는 집 주인은 어디 갔느냐'면서 용건을 말할 여지조차 주지 않았다. 아니, 그 서슬에 내가 지레 이야기를 꺼낼 엄두를 못 냈다고 해야 옳다.

18

내가 머뭇거리자 사내는 "그러시다면" 하는 말과 함께 내처 집안으로 쏙 들어갔다. 다시 나오는 그의 손에는 막소주 한 병과 큼지막한 막사발 두 개가 들려 있었다. 품새를 보아하니 미리 준비해둔 물건 같았다.

주변에는 아무런 인기척도 없었고 매미 우는 소리만 요란했다. 술까지 미리 준비했으면서 나를 한번 떠본 것임에 분명했다. 뭔가 이 사내에게 끌려들어가는 기분이라 영 찜찜했다. 이러다 무슨 일이든 당하는 게 아닌가 싶으면서도 대책이 없었다.

그러나 사내는 내게 묻지도 않고 숯불을 피우느라 야단법석이었다. 이 복더위에 숯불이라니, 구공탄도 없었던 시절이었다. 그는 이미 숯풍로도 준비해놓았다. 걷어붙인 바지춤을 보니 비쩍 마를 대로 마른 종아리가 그의 강팍한 성격을 보여주는 듯했다.

"젠장, 엄청 말랐네" 하는 소리가 절로 나왔다. 그가 힐끗 나를 돌아보기에 짐짓 딴전을 피웠다. 사내는 풍로 위에 석쇠를 올려놓았다. 대체 뭘 하려고 저러는가 도통 감이 잡히지 않았다. 석쇠를 올려봐야 구워먹을 고기 같은 게 이런 집안에 있을 턱이 없었다. 숯불의 열기를 피해 자리를 옮겨 앉으려 할 때 그가 어느 틈에 들고 있던 부엌칼로 자기 허벅지를 푹 찔렀다.

그야말로 순식간이었다. 말리고 자시고 할 틈도 없었다. 사내는 사정없이 자기 허벅지에 칼을 꽂는가 싶더니 그 자세로 둥그렇게 원을 그려 살점을 뭉텅 도려내는 시늉까지 했다. 선지 같은 검붉은 피가 콸콸 흘러 나와 종아리와 삼베 바지를 적시기 시작했다.

싸움질에 이골이 나, 터지고 깨져 피가 낭자한 모습에 익숙했던 나로서도 차마 두 눈을 뜨고 보기 힘든 참혹한 장면이었다. 잠시 넋을 놓고 보고 있다가 그에게 달려들어 손목을 꽉 움켜쥐었다. 지금도 사내 허벅지 깊숙한 상처 위로 삐져나온 허연 거품을 닮은 진득거리는 진 같은 것이 선명하게 기억난다.

급한 와중에 마당을 둘러보니 저쪽 빨랫줄에 수건이 걸려 있었다. 그의 손에서 부엌칼을 빼앗은 뒤 뻣뻣한 광목 수건을 걷어들고 사내 무릎 앞에 꿇어앉았다. 상처에 수건을 동여매는 내 손은 떨리고 있는데, 정작 사내는 여전히 의연한 표정이었다. 아니, 오히려 약간의 조롱기마저 섞여 있었다. 마치 '내가 너를 이렇게 성의껏 대접하려는데 왜 방해를 하느냐'는 식이었다.

"형씨, 대체 이게 무슨 짓이요?"

나는 화가 난 목소리로 이렇게 물었다.

"아닙니다. 제 사는 꼴이 워낙 누추하기 짝이 없어서 그저 제 살이라도 베어서 찾아주신 배추 형님을 대접하려고…."

그 상황에서도 말은 청산유수였다. 완전히 상대를 제압하는 목소리였다. 다급해진 것은 오히려 내 쪽이다.

"아니, 이게 말이나 됩니까. 병원에 가야 하는 것 아뇨?"

내가 지혈을 위해 동여맨 수건의 매듭을 꽉 조이려는 순간 그 사내가 다시 입을 뗐다.

"별것 아닙니다. 배추 형님, 저는 본래가 몸이 천한 놈이라서 이 정도의 상처는 아무것도 아닙니다."

사내는 그 말을 증명이라도 하듯 옆의 왕소금이 담긴 바가지를 끌어당기더니 매듭을 풀고 상처 부위 위에 술술 뿌리는 게 아닌가. 상처에 땀만 조금 흘러들어도 쓰라리기 마련인데 생살을 도려낸 그곳에 왕소금을 뿌렸으니 얼마나 고통스러울까. 그러나 사내는 아니, 이 독종은 미동도 하지 않았다. 사내는 자신 앞에 황망하게 무릎을 꿇고 있는 나를 일으켜 세웠다. 나는 거의 얼이 빠진 상태였다.

우리는 이제 서로 마주 앉은 채 말없이 잠시 깡소주를 들이켰다. 한참을 그랬다. 싸움 아닌 싸움은 이미 끝났다. 주먹 한번 주고받지 않았지만, 무서운 기 싸움 끝에 이름도 성도 모르는 사내에게 깨끗이 당해버린 것이다. 제대로 해보지도 못한 싸움, 그러나 완벽한 나의 패배임이 분명했다. '아, 왜 나한테는 이런 지랄 맞은 일밖에 안 생기는 건가.' 숨 막힐 듯한 긴장감을 더는 견딜 수가 없어 내가 먼저 입을 열었다.

"형씨⋯, 제가 졌습니다."

완패선언만이 이 상황을 쓸어 덮을 수 있는 유일한 방법이라는 생각이 들었으나 말은 더듬거리고 있었다.

"아니, 이거 무슨 말씀을 하시는지요. 저는 그저 배추 형님께 대접이나 하려고⋯."

사내는 끝내 태연자약했다.

"제가 집주인에게 받아야 할 돈이 조금 되는 것 아시는지요. 그 빚을 제가 형씨에게 고스란히 넘겨드리겠습니다. 그 징표로 채권양도서를 지금 써드릴 테니까 형씨가 대신 받아서 살림에 보태 쓰시지요."

채권 포기선언으로도 부족해 그에게 양도까지 한 셈이다. "앞으로는 이렇게 험하게 살지 말라"고 제법 타이르기도 했으나 대체 어떻게 내가 그에게 충고라는 걸 할 수 있었겠는가. 가난하고 서글픈 시대를 살아가는 한 밑바닥 인생의 저 끈질긴 생명력 앞에…. 내가 애써 지껄인 말들이란 겁에 질린 상태에서 딴에 안간힘을 써본 것뿐이다.

나는 지금도 그 독종을 떠올릴 때마다 전율을 느낀다. 이런 느낌을 맛보게 해준 그 사내는 한편으로는 세상을 보는 나의 눈을 키워준 스승인 셈이기도 하다. 그때까지 학생주먹으로, 재야의 주먹으로 이름을 날리며 승승장구하던 내게 잊을 수 없는 충격을 주었던 그 사내의 이름을 나는 지금 모른다. 응당 채권양도서에 그 사람 이름을 적었겠지만, 내처 잊어버렸다.

만약 내가 그와 주먹이 오가는 싸움을 했다면 그는 내 한 주먹감도 아니었으리라. 바람만 불어도 날아갈 듯 종잇장처럼 가벼운 그가 어찌 나를 상대할 수 있었겠는가. 하지만 그는 어떻게든 살아야 한다는 삶의 비장미를 체득하고 있는 사람이었다. 사람살이란 것의 무서움, 지독스러움을 그를 통해 느낄 수 있었다. 그렇게라도 하지 않으면 살아갈 수 없는 사람들의 적나라한 삶의 무게를 내게 몸으로 일깨워준 잊을 수 없는 사람이다.

김태홍의 보디가드

1986년 여름 어느 날, 후배뻘인 건축가 조건영이 내게 전화를 했다.

"배추 형? 나 건영이. 태홍이 형이 지금 쫓기고 있어. 형 도움이 필요해."

다짜고짜 도움을 청한 조건영은 70년대 초반 이후 문화운동패거리의 핵심인사인 최민 등과 함께 내가 친하게 지냈던 사람이다. 그와의 인연도 깊은데, 그는 나중에 나의 취직을 알선해주기 위해 제세산업 이창우 회장을 기꺼이 소개해주기도 했다. 또한 그는 내가 사귀었던 '거리의 철학자' 민병산의 집을 무보수로 설계해준 의리의 사내이기도 하다.

"태홍이 형이 당장 피신을 해야 할 형편인데 고향까지 동행해주면 안 될까? 혹시 불심검문에 걸리면 형님 수완으로 처리해주서도 좋고, 혹시 한판 붙게 될 경우 태홍이 형이 튈 수 있도록 찬스를 마련해주시거나…"

그러니까 보디가드를 하란 말이었다. 그의 제안을 나는 흔쾌히 받아들였다. 왕년의 주먹이 이런 일에라도 쓰일 수 있다면 좋은 일이 아니겠는가. 김태홍은 민주언론운동협의회 사무국장이었는데 〈말〉지의 보도지침을 세상에 덜컥 공개해버린 사건으로 당국에 의해 수배 중이었다.

조건영의 부탁을 승낙한 바로 그날 밤 김태홍은 낯선 후배 한 사람과 함께 책 꾸러미 한 보따리를 든 채 내가 살고 있던 서울 도곡동의 주공아파트를 그림자처럼 찾아들었다. 수배 중인 사람이다 보니 행동거지가 조심스럽고 침착했으나 초조함과 불안감도 묻어나고 있었다. 김태홍이 가져온 책 가운데에는 금서로 분류돼 있던 《모택동 전기》 등이 포함돼 있었다.

"이 책을 좀 보관해주실 수 있겠습니까?"

"쫓겨 다니는 놈이 무신 책 보따리?"

이렇게 질책했지만, 일단 책을 받아들고 그걸 쌀독 아래쪽에 집어넣고 덮어서 위장을 했다. 김태홍은 책만 맡겨둔 채 올 때와 마찬가지로 소리도 없이 다시 사라졌다. 그 다음날 오전 나는 김태홍과 조건영을 다시 만났고 수원까지 버스를 타고 함께 이동했다. 그리고 수원에서 다시 광주로 가는 기차에 올랐다. 다행히 광주역까지 별 탈 없이 도착할 수 있었다. 광주까지만 가면 그래도 일단 안심이다. 김태홍이 광주서중 출신이라서 거기까지만 도착하면 그를 도와줄 친구들도 많았다.

"형님, 예까지 오셨는데, 피신처까지 함께 가서 확인도 하시고 한잔하시죠?"

훗날 국회의원이 된 김태홍의 모습.

24

김태홍은 보디가드 노릇을 해준 내게 미안함과 고마움을 느꼈는지 이렇게 말했다. 광주까지 가는 동안 긴장되어 있던 몸과 마음이 어느 정도 풀렸던 탓이기도 할 것이다. 창백하던 그의 얼굴에 혈색이 돌자 나도 조금은 안심이 되었다. 하지만 나는 단호하게 고개를 저었다.

"이 사람, 그건 안 될 말이지. 나도 사람이야. 알아? 만일 나중에 내가 잡혀 고문 같은 거라도 당한다고 가정해봐. 태홍이가 숨어 있는 집을 알고 있다면 그걸 불지 않는다고 누가 장담해. 어쨌거나 나는 태홍이의 마지막 은신처는 몰라야 돼. 알겠지? 우리는 여기서 헤어지자구. 나중에 시절 좋아지면 우리 집으로 놀러 오라구. 그때 거나하게 한잔 하자구!"

김태홍과 조건영도 고개를 끄덕였다. 우리는 서로 몸조심하라는 인사를 나눈 뒤 헤어졌고, 서울에 돌아온 나는 샤워를 하고 몸을 눕혔다. 오랜 시간 긴장된 여행을 한 탓에 금세 졸음이 밀려왔다. 때는 한여름이었고 열대야가 이어지고 있어 팬티만 달랑 한 장 걸친 채였다. 설핏 잠이 들었다 싶었는데 초인종 소리가 나더니 쿵쾅거리고 야단이다.

수사기관 사람들이다. 본능적으로 감지했다. 도대체 그들이 어떻게 알았을까, 하는 궁금증도 잠시. 일단은 도망갈 궁리가 급했다. 우리 아파트는 5층짜리 저층 건물이었다. 맨 정신이라면 5층 아니라 2층도 무서웠겠지만, 상황이 상황이었던 만큼 나는 무서운 줄도 모르고 팬티 바람 그대로 반대쪽 아파트의 베란다 쪽으로 뛰었다. 꽤 떨어진 공간이었으나 급하면 다 통하는 법인가 보다. 마침 한여름이라 모두들 베란다 창문을 열어놓고 있었기에 가능했던 모험이었다.

발바닥에 찌르르한 통증이 밀려왔지만, 한밤중에 쿵 하는 소리에 잠을 깨 일어난 그 집 사람들에게는 기절초풍할 일이었을 것이다.

"놀라지 마세요. 저 방그레 아빠입니다. 아시죠? 사정이 급해서 그런데, 잠시 숨겨주면 안 될까요?"

이웃집 사람들은 하얗게 질린 얼굴로 고개를 끄덕였다. 하지만 이미 아파트 주변에는 경찰들이 쫙 깔려 있었다.

'고문기술자' 이근안과 마주하다

결국 나는 안대로 눈이 가려진 채 어디론가 끌려갔다. 그 겨를에도 내 위치를 가늠해보려고 애를 썼다. 영화에서 봤던 그런 장면을 떠올리면서…. 새벽이라서 승용차는 매우 빠르게 달렸다. 그렇게 이동하기를 불과 10여 분, 방향은 한강을 건넌 어디쯤인 것 같았다. 그렇다면 답은 하나, 남영동 대공분실이다. 불행하게도 어쭙은 이 예상은 들어맞았다.

승용차에서 내린 뒤 건물로 들어서는 듯한 느낌이 들었다. 그 뒤 엘리베이터를 탔는데 마치 지하 30층으로 곤두박질하고 있는 듯한 기분이 들었다. 머릿속이 어질어질했고 속도 울렁거리는 것 같았다. 엘리베이터로 이동한 건 겨우 5층에 불과했지만 내게는 마냥 길게만 느껴졌다.

드디어 안대가 풀렸다. 주변을 두리번거리며 살폈다. 어느 새 나는 밀실과 같은 작은 방에 들어와 있었다. 오른쪽에 붙박이 책상과 붙박이 의자가 있고 맞은편에는 붙박이 침대가 놓여 있었다. 문 맞은편 쪽에는 허리 높이의 분리대가 있고 그 너머에 욕조와 좌변기가 있었다. 책상 위 천장에서 늘어뜨려진 전선 아래 알전구가 매달려 있었다. 순간 숨이 턱 막혔다.

그 순간부터 나는 한숨도 자지 못하고 자술서를 써야 했다. 그들은 별 질문도 하지 않으면서 끊임없이 내게 갱지를 갖다주었다. 쓰고 또 쓰고, 쓰고 또 쓰고, 손가락이며 손목이 시큰거리는 건 둘째 치고 온몸이 뻣뻣하게 굳어가는 느낌이었다. 그건 공포가 가져다준 신체적 반응이었다. 본래 나는 숫자에 엄청 약한데, 몇 시간 전에 대강 썼던 숫자와 새 자술서의 숫자가 틀리다면서 또 나를 몰아세웠다. 그러길 수십 차례, 나는 이미 진이 빠질 대로 빠져버렸다.

그렇게 꼬박 밤을 새고 나서 그들은 다시 내 눈을 가렸다. 낯선 구둣발소리가 들렸고 뒤이어 걸걸한 음성이 들려왔다.

"도대체 어떤 새끼야? 10년 만의 휴가였는데 나를 이런 식으로 돌아오게 해? 그 새끼 얼굴 좀 보자."

그들은 이 새로운 목소리의 주인공을 '이 중위'라고 불렀다. 그들끼리는 서로를 '김 상사', '박 소위' 등의 호칭으로 부르는 듯했다. 누군가 내 팬티마저 홀러덩 벗긴 뒤 의자에 묶어놓았다.

"야! 이거 30분짜리인데? 근육질의 몸이 죽여주느만. 운동 좀 했던 모양이지?"

"이 중위님, 이 새끼는 제1분자입니다."

나중에 안 사실이지만 그들이 휘두르는 잔혹한 매 고문에서 10분 이상 버틴 사람이 없다고 한다. 민주인사도 그랬고, 특수훈련을 받았다는 북한 간첩들도 그랬단다. 제1분자는 그들끼리의 용어다. 그들의 조사와 분류에 따르면 제1분자란 조직선을 노출시키지 않고 세포 단위로 활동을 하기 때문에 체포를 하고 고문을 해도 연계된 조직원들이 잘 밝혀지지 않는 최고급 간첩을 뜻한다고 한다. 나는 그렇게 졸지에 최고급 간첩이 되어버렸다.

"이게 뭔지 알아?"

그들이 잠시 안대를 벗겨주어 보았더니 야구방망이에 '국산 거짓말탐지기'라고 굵직한 매직펜으로 씌어 있었다. 소름이 쫙 끼쳐왔다. 때리는 사람에게는 그저 말장난이었겠지만 그걸로 맞아야 하는 내게는 지옥문을 알리는 이정표나 다름없었다. 야구방망이를 든 자가 대뜸 "각하, 이제 시작하겠습니다"라며 청와대 쪽을 향하여 큰 소리와 함께 경례를 붙였다. 그 와중에도 그들이 벌이는 쌩쇼에 웃음이 피식 나왔다.

그때부터 매타작이 시작되었다. 안대로 눈을 가린 상태에서는 방망이가 어디에서 날아올지 몰라 괴로웠다. 눈을 가리지 않고 있을 때 방망이가 날아오면 그쪽 근육에 힘을 줘 통증을 조금이나마 누그러뜨릴 수 있을 텐데, 눈을 가린 상태에서는 어느 쪽 부위를 가격할지 모르니 그저 대책 없이 맞을 수밖에 없다. 그렇게 몇 십 분이 흘러갔는지 도통 기억이 없다.

이내 혼절을 한 것이다. 문득 깨어나 손으로 몸을 쓸어보니 의자 아래쪽으로 뭔가 끈적끈적한 게 느껴졌다. 속으로 '아, 내가 피를 흘렸구나' 싶었다. 그러나 그건 아니었다. 고문기술자인 그들은 상대가 피를 흘리지 않게 때리는 노하우를 가지고 있었다. 끈적끈적했던 그것의 정체는 내가 지려버린 배설물이었다. 지독한 고문이었다. 그에 비하면 74년에 당해봤던 전기고문은 장난에 불과했다.

"이 빨갱이 녀석 정말 지독하네!"

"야, 이 녀석 몇 번째야?"

"예, 서른세 번째입니다!"

서른세 번째라니…? 그건 대공분실 주차장에 고문당하다 죽은 사람을 파묻은 뒤 시멘트로 덮어버린 뒤 평탄작업을 해서 아무 일도 없던 것처럼 만든 사람들의 머릿수가 그렇단다. 내게 겁을 주려고 자기들끼리 짜고 하는 말인지, 사실인지 자체가 가늠이 안됐지만 그 순간만은 등골이 오싹하지 않을 수 없었다.

그들의 고문은 끝이 없었다. 내 성기를 가지고 장난을 치는 건 물론이요, 허리에 찼던 권총을 뽑아 나의 왼쪽 관자놀이께를 쿡쿡 찔러대기도 했다. 그러면서 자기들끼리 떠들었다.

"못 죽일 줄 알아? 간단해. 죽인 다음 파 묻어버리고 시멘트를 채운 다음 발라버리면 끝이야. 취조 중에 혐의자가 이북으로 탈출했다, 이북에서 월북성명을 냈다고만 하면 돼. 너희 집에서도 끽소리 못하겠지. 나중에 신문에도 그렇게 날 걸?"

그 모진 세월에 고문을 많이 받은 인사로는 정치인 김근태가 꼽힌다. 나중에 기회가 있어 그에게 내가 당한 고문에 대해 이야기해주었

30

는데, 그가 고개를 절레절레 흔들며 말했다.

"나도 좀 받아봤지만 그 같은 무지막지한 고문 이야기는 처음 듣습니다."

후에 알게 되었지만 그가 바로 그 유명한 고문기술자 이근안이었다. '이 중위' 말이다. 그는 상처 없이 관절만 빼놓는 고약한 기술도 갖고 있었는데 자신이 원하는 대답을 하지 않는 나의 팔다리도 남아나지 못했다. 그가 내게서 듣고 싶은 말은 오직 '나는 빨갱이입니다'라는 자백뿐이었다. 그러나 나는 빨갱이가 아니다. 내가 누군가, 자존심 하나로 살아온 배추가 아닌가. 그놈의 자존심 덕분에 나는 온몸의 관절이 빠져 흐느적거리는 흡사 연체동물과 같은 상태가 되어버렸다.

얼마나 지났을까. 1년, 아니 2년, 아니 10년은 흐른 듯했다. 그러나 그들 말로는 내가 잡혀온 지 보름이 되었다고 했다. 보름 만에 내 몸 전체가 마치 잉크를 뿌린 것처럼 거뭇거뭇하고 푸르뎅뎅해졌다. 아직 김태홍은 잡히지 않은 상태였다. 내가 입을 굳게 닫았을뿐더러, 사실 그의 은신처도 몰랐기 때문이다. 김태홍이 당국에 의해 체포된 것은 훨씬 뒤인 그해 말 12월 13일 광주에서였다.

"2개월 뒤 맞장 뜨자!"

보름 만에 나를 풀어주면서 고문기술자 이근안이 배웅을 나왔다. 대공분실에서 야구방망이를 쥐고 흔들 때와 달리 일상인으로 돌아간 이근안은 나를 다방으로 이끌었다. 지옥 같은 그곳을 빠져나왔다는 안도감과 더불어 부도덕한 정권의 폭력에 속수무책일 수밖에 없는 현실에 대한 분노가 치솟았다. 망가진 내 몸은 누가 보상할 것인가?

이근안이 나를 부축하려 했지만, 나는 그의 손을 뿌리쳤다. 다방 창가에 자리를 잡고 앉자 그가 먼저 입을 열었다.

"나도 왕년에 좀 놀아봤지요. 운동도 좀 했시다. 태권도에 합기도를 모두 합치면 10단이 훌쩍 넘지요."

어이가 없었다. 고개를 들어 얼굴을 바라보니 부리부리한 시커먼 눈썹이 그런대로 인상적이었다. 툭 튀어나온 눈매는 대단히 위압적으로 보였고 몸은 다부졌다. 나이는 나보다 서너 살 아래로 보였다. 나중에 확인해보니 당시 그의 나이는 40대 중반, 70년도 경찰에 순경으로 입문한 뒤 대공수사 분야의 베테랑으로 한창 일하고 있던 참이었다.

32

어쨌거나 기가 막혔다. 말할 기운도 없었지만 가만히 듣고 있을 수도 없었다. 내가 그를 노려보자 그가 시커먼 눈매를 떨어뜨리며 눈길을 피했다. 어쩌면 그는 왕년의 주먹선배로 나를 존중해주고 싶었는지도 모른다. 하지만 그게 말이 되는가. 분노에 떨었던 내 눈에 그는 그저 인간 백정으로밖에 보이지 않았다. 그런 인간이 제 깜냥에 운동 자랑이라니…. 한마디 쏘아붙이지 않을 수 없었다.

"그래, 그럼 당신 어디에서 놀았는데?"

"저, 소싯적에 인천 쪽에서…."

허탈하게 웃을 수밖에 없었다. 그때 내 나이 50대 초반이었지만 20대 청년 여남은 명쯤은 한 방에 날려버릴 자신이 있었다. 하물며 사람들을 묶어놓고 고문이나 하는 이런 녀석들쯤이야. 하지만 그때는 몸이 만신창이가 된 상황이었다. 그렇다고 맥없이 물러설 수는 없었다.

"딴에는 주먹 좀 써봤다는 놈이 사람을 묶어놓고 패냐? 뭐, 놀아봤다고? 그래 너 이 자식, 한번 제대로 붙어볼래? 내 골병이 회복되면 두 달 뒤에 붙자. 지면 평생 네 똘마니 노릇하지. 내가 이기면, 너 사표 던져라. 그리고 자식아, 좀 착하게 살아라. 알았냐?"

이근안은 흠칫 놀란 표정이었다. 나름대로 호의를 베푸는 판에 뒷주고 뺨 맞는다고 내가 혼쭐을 내니 아마 어이가 없었으리라. 하지만 아무리 망가진 몸이지만, 상처를 입었어도 호랑이는 호랑이임을 보여주고 싶었다. 분명 이근안도 50년대 학생시절부터 나의 주먹 얘기와 이름을 들어봤을 친구다. 그가 어물어물 평계를 대기 시작했다.

"나도 자식을 둔 입장이고, 또 부모님을 모시고도 삽니다. 어머니는 매일 출근하는 내게 이렇게 말씀을 하시지요. '얘야, 근안아! 나쁜 짓일랑은 하지 마라. 착하게 살아야 된다. 알았지?'라고. 아시겠어요? 그런데 내가 볼 때 당신은 분명 빨갱이요. 그러니 나도 어쩔 수가 없는 거요. 국가의 명을 받아 집행을 하는 거니까."

그는 끝내 자신을 변호하기에 급급했다. 그러길 10여 분? 이 불편한 자리는 그렇게 끝이 났다. 나의 결투 제안에는 끝내 뒤를 흐렸다. 하긴 그 당시 내 꼴이 워낙 험하고 망가진 상태여서 저 사람이 과연 재기를 할 수 있을까 싶기도 했을 것이다.

내가 비록 부도덕한 공권력에 굴복하지는 않았지만, 내 생애 최초로 육체적 패배를 맛보았다. 정정당당한 결투와 상관없이 일방적으로 얻어맞을 수밖에 없었던 승부 아닌 승부, 최악의 싸움에서 깨진 것이다. 그 결과는 혹독했다. 몸이 거의 으스러진 것이다. 만신창이가 된 내 몸이 어느 정도였냐면, 혹독한 고문으로 쩍 하고 벌어져버린 항문이 도무지 닫히지 않았다. 항문이 풀렸다는 건 죽음의 문턱까지 갔다는 얘기다. 이후 몇 개월 동안 아내는 내 곁에 붙은 채로 똥오줌을 받아내야 했다.

망가진 건 몸 만이 아니었다. 고문후유증으로 대인기피증까지 생겼다. 한참 심했을 때는 바깥나들이도 못했다. 자폐증으로 발전했기 때문이다. 그 지독한 후유증에 하마터면 나는 한반도에서의 삶을 접을 뻔했다. 숱한 고민 끝에 미국 이민수속을 밟은 것이다. 결국 미대사관에서 인터뷰를 할 때 그들과 한판 입씨름을 한 뒤 "예이, 쓰벌 넘들아.

34

내가 미국에 가나 봐라" 하고 욕을 내뱉으며 이 땅에 다시 주저앉았지만, 이후에도 남영동 패거리들은 2년여 동안 나를 감시했다. 나의 불편은 말할 것도 없고, 이웃들의 원성과 눈총까지 받아야 했다. 그런 상황에서 내 가족들이 받았던 고통은 이루 말로 표현할 수 없을 정도였다.

지난 1999년 이근안이 자수를 했고, 얼마 전 형기를 마치고 풀려났다는 신문보도도 읽었다. 그가 저질렀던 죄를 통감하고 앞으로 신앙생활을 열심히 하겠다는 말을 했다던가? 당시를 생각하면 아직도 이가 갈리지만, 그런 그를 아주 이해를 못하는 건 아니다. 국가라는 거대한 권력의 그물망에 걸린 사람인 건 그나 나나 마찬가지일 테니.

그나마 내가 보름간의 고문 끝에 죽지 않고 풀려난 것은 언론인 선우휘의 탄원 덕이었다. 기소유예라는 가벼운 처벌을 받은 것도 모두 그의 덕이다. 내가 선우휘라는 사람을 떠올릴 때마다 절로 '아, 선우 형!' 하고 되뇌는 것도 다 그 때문이다.

민주화에 이바지한 공헌으로 김태홍의 경우 정치에 발을 내딛었고 성공적인 사회생활을 통해 보상 아닌 보상을 받았다. 하지만 나 개인적으로 그 일은 끔찍했던 악몽으로 기억될 뿐이다. 내 생애 최초로 맛본 처절한 패배였다. 온몸이 부서져나가는 듯한 고통도 끔찍했지만, 세상과 격리된 그곳에서 맛봐야 했던, 이 세상에 나 혼자라는, 내가 이곳에서 죽어도 아무도 모를 거라는 두려움과 외로움은 말로 표현할 수 없을 정도였다.

하지만 이근안은 모를 것이다. 그가 비록 내 육체를 짓밟

고문기술자 이근안이
자수할 당시의 모습.

을 수 있었을지는 몰라도 그 뒤로도 계속해서 지켜온 나의 신념, 이 세
상을 살아가는 하나의 자유로운 영혼이 되고 싶은 나의 신념을 꺾기는
커녕 오히려 더 굳세게 해주었다는 걸. 비 온 뒤 땅이 굳듯이 육체적
패배를 통해 정신적 승리를 맛보게 해준 이 패배를 나는 기꺼이 내가
패배한 세 가지 싸움 가운데 하나로 넣고 싶다.

　또한 나는 그 일을 통해 실제적이고도 귀한 걸 얻었다. '불의에 굴
하지 않는 배추'라는 훈장 아닌 훈장을 말이다.

영어천재 백기완을 만나다

1954년 겨울, 몹시 추웠던 어느 날이었다. 주위에서 백기완을 한번 만나보라는 권유가 많았다. 내 나이 스물, 백기완은 스물하나. 나는 주먹으로 유명한 배추였고 그는 청년운동가이자, 영어천재로 유명했다. 백기완은 초등학교 5학년 중퇴 학력인데도 영어학원 강사로 활약했고, 걸으면서도 영어단어를 외우느라 전봇대에 부딪혀 코피를 줄줄 흘리기 일쑤라는 소문이 났을 정도였다. 당시 최고의 청년스타가 바로 그였다.

또한 미국에 유학 갈 김상돈 서울시장의 딸아이 영어교습을 맡을 만큼 출중한 실력에다 요즘의 독서회인 '배달정진회' 등을 이끈다는 신화적 소문의 주인공이었다. 아마 사람들은 당대의 괴물과 괴물이 만나면 얼마나 재미있을까 하는 호기심으로 내게 그런 권유를 했으리라.

나도 백기완이라는 사람을 한번은 만나보고 싶었다. 주먹으로 이름을 날리고는 있었지만 내 마음은 갈증에 시달리고 있었다. 무언가 부족한 듯했다. 그게 무엇인지 알 수가 없어 더욱 답답했다. 그랬기에 이

괴물 천재와의 만남에 은근한 기대를 품고 있었다. 어쩌면 그에게서 내게 부족한 그 무엇을 찾아낼 수 있을지도 모른다고 여겼다.

답답하고 울적한 심사를 주먹이 아닌 그 무엇에, 좀더 발전적이고 건전한 그 무엇에 기대고 싶기도 했다. 하지만 이런 나의 바람과 달리 나는 여전히 철모르는 건달에 지나지 않았다.

후암동으로 백기완을 만나러 갔다. 칼바람이 뺨을 그어대고 있었다. 손가락이며 발가락이 모두 곱았다. 후후 입김을 쏘아보아도 소용이 없었다. 그러나 내 가슴속에서는 무언가 뜨거운 기운이 들끓고 있었다.

첫 대면은 다소 뻣뻣하고 어색했다. 백기완은 시큰둥한 표정으로 내게 물었다. 목소리는 지금이나 마찬가지로 걸걸했고 힘이 들어가 있었다.

"뭐, 네 별명이 배추라고? 힘깨나 쓴다고 들었어. 그래, 한 번에 몇 명이나 때려눕히는데?"

배알이 꼴렸다. 겨우 한 살 차이인데 나를 너무 무시하는 듯한 말투가 거슬렸다.

"한 열 명쯤이야, 뭐…."

내 대답이 채 끝나기도 전에 백기완이 벌떡 일어서더니 내 따귀를 올려붙였다. 어안이 벙벙했다. 아파서가 아니었다. 물렁살에 바늘뼈인 이 서생의 손맛이 매울 리가 없었다. 온종일을 맞고 있다 해도 눈 하나 깜빡하지 않을 수 있었다. 허허, 절로 쓴웃음이 나왔다. 대체 이게 무슨 일인가 싶어 어리둥절하고 있는 사이 백기완이 천둥 벼락 같은 목소리로 일갈했다.

"잔망스런 놈아! 사나이가 주먹을 쥐면 천하를 울리고 세상을 쥐고 흔들어야지, 겨우 사람이나 때려? 사내자식이 그걸 힘자랑이라고 하고 다니냐? 재수 없는 놈, 당장 내 앞에서 꺼져버려!"

그러더니 자기 할 말만 하고 핑그르르 뒤돌아 앉는 게 아닌가. 어이가 없었다. 주먹 한 방이면 나가떨어질 체구의 녀석이 대체 무얼 믿고 이러나 싶었다. 절로 주먹이 쥐어졌다. 팔을 치켜들고 한 대 쥐어박으려는 순간, 아서라 이런 녀석을 쥐어 패봐야 무슨 소용이랴 싶어 그만두고 말았다.

후암동 그의 집을 나오면서도 그렇게 마음을 가다듬었다.

'미친개에게 한번 물린 셈 치자. 평생 저 재수 없는 자식을 다시 안 보면 그만 아닌가.'

그런데 정말 이상한 일이었다. 그날 이후 며칠 동안 흡사 폐병환자처럼 여려 보이기만 하던 백기완이라는 청년이 던진 그 호통, 그 사자후가 내내 귓전을 맴돌았다. 그의 한마디 말이 육중하게 뒷골을 죄어왔다.

나는 비로소 내게 부족한 그 무엇의 정체를 어렴풋이 알 수 있었다. 그 백기완이라는 천재 청년이 토해냈던 벼락 천둥 같은 소리, 무언가 시대정신을 담고 있는 듯한 그 기운…. 내게 부족한 건 바로 시대와 호흡하며 민족 혹은 사회의 공동선을 나 자신의 이익과 일치시킬 수 있는 어떤 재능이었다.

그렇게 며칠을 고민한 끝에 그를 다시 찾아갔다. 며칠 밤을 뒤척인 끝이었다. 다시 한 번 후암동을 찾을 때에는 왠지 평생지기를 만날 것 같은 들뜬 기분이었다. 두 번째 만남에는 묘하게 서먹함이 풀려 있었다. 나는 지난 며칠 동안 고민했던 것들을 그에게 이야기했고, 그는 친구가 되어 달라는 나의 부탁을 흔쾌히 들어주었다. 당대의 주먹이었던 나와 당대의 천재였던 백기완과의 만남은 그렇게 극적으로 이루어졌다.

함께한 반세기 인연

　백기완과의 첫 만남 이후 50여 년이 지난 지금까지도 나는 그때의 그 말을 잊지 못한다. 그날 이후 우리는 매일같이 만났고 이승만 정권에 대한 비판, 친일파, 모리배, 친미사대주의자, 사회부패 등 대한민국 건국과정의 시초에 대해서 열띤 토론을 했다. 나보다 앞서 이런 문제를 깊이 고민했던 그에게 많은 것을 배웠음은 물론이다. 또한 오직 조국과 민족, 통일의 길에 평생을 바쳐 일하는 그는 내가 힘들 때마다 정신적 지주가 되어주었다.

　백기완과 만난 이후 나는 50년대 중후반에 그가 주도했던 사회개혁운동, 애국운동, 정치운동 등에 두루 참여했다. 단번에 단짝이 되어버린 우리 둘 사이를 뜨겁게 이어준 것은 다름 아닌 50년대 최고의 베스트셀러인 유달영 선생의 책《새 역사를 위하여》였다. 이 책은 당시 젊은이들의 가슴을 쥐고 흔들었다. 한 권의 책이 주는 위력이란 지금과는 비교할 수 없는 것이었다.

　전쟁으로 망가진 나라에 농촌계몽운동과 식목운동을 통해 새 역사를 세우자는 뜨거운 메시지에 감명을 받았던 우리들은 나무심기 운동에서 서울 남산의 송충이를 잡는 운동에 이르기까지 빠짐없이 활동했다. 때로는 서울시의 지원을 받기도 했다. 그렇게 3년을 지치지 않고 일했다. 그러던 백기완이 사회개혁을 본격적으로 하기 위해서는 의회에 진출할 필요가 있고, 궁극적으로 정당을 만들어야 한다고 역설했을 때도 나는 그와 함께였다. 정치를 제대로 하려면 현실정치에 뛰어들어야 한다는 생각이 형성된 것이다.

백기완은 20대 중반 무렵인 이승만 정부 말기시절 용산 을 지역구로 출마했다. 그러나 시기가 좋지 않았다. 이승만 정부 말기, 즉 진보당을 창당했던 조봉암이 1956년 제3대 대통령에 출마하였으나 낙선한 뒤 당을 창당했다가 1958년 1월 국가보안법 위반으로 체포되어 대법원에서 사형선고를 받고 처형되었기 때문이다.

1946년 박헌영에게 충고하는 공개서한을 발표한 뒤 우익진영으로 급선회했던 조봉암은 50년 제2대 국회의원 재선 뒤 국회 부의장에 선출되기도 했지만, 정치생활 말기에 이르러 진보정당 활동의 불꽃을 살리려 했다. 그러나 뜻을 펴지 못한 채 비참하게 죽어야 했다. 조봉암의 비극적인 처형사건은 정국을 얼음장처럼 얼어붙게 만들었다. 백기완은 조봉암과 또 다른 맥락에서 나름대로 사회개혁의 꿈을 지피고 있었다.

용산 집창촌의 아가씨들마저 밤일을 해서 모은 돈을 백기완에게 정치자금이라며 건네주곤 할 정도로 한때는 분위기가 제법 좋았다. 정당을 만들기 위해서는 발기인 300명이 필요하다며 백기완이 고민하고

42

있을 때 나는 서울역 뒤의 서부역과 염천교 쪽에서 청과물을 도매로 구입하여 중부시장에서 도매로 파는 장사를 하고 있었다. 백기완에게 그 이야기를 들은 다음날부터 그동안 안면을 익힌 사람들을 찾아다녔다. 내게는 신용을 중시하는 개성상인이었던 할아버지의 피가 흐르고 있었다. 내가 거래했던 사람들은 모두 나를 신용하고 있었고, 이런 나의 부탁을 거절하지 않았다. "좋은 세상을 만드는 데 여러분의 도장이 꼭 필요하다"라는 말도 효과가 있었다. 결국 하루 만에 도장 300개를 모아서 큼지막한 보자기에 싸서 백기완에게 가져다주었다.

백기완이 80년대와 90년대 '민중후보' 자격으로 대통령 선거에 두 차례 출마했을 때도 나는 그의 곁을 지키기 위해 애를 썼다. 당시를 생각하면 지금도 아쉬움이 남는다. 그는 큰 산이며 지킬 가치가 있는 사람이었다. 또한 그런 큰 산 옆에는 세월이 흘러도 변치 않는 사람이 한 사람쯤은 있어야 한다고 생각했다. 나는 그 역할을 하고 싶었다.

그러나 추천 민중세력은 그와 나 사이에 두꺼운 장막을 치고 말았다. 그렇게나 막역한 사이였지만 도무지 그에게 접근을 할 수가 없었다. '인의 장막'이라는 것은 이렇게나 무서운 것이었다. 사무실로 찾아가도 만날 수가 없었고, 전화를 걸어도 바쁘다는 말뿐이었다. 어디에 가면 만날 수 있냐고 물어도 들을 수 있는 대답은 '모른다'는 것뿐이었다. 연설을 할 때도 가까이 접근을 할 수가 없었다. 100m나 200m 밖 멀리서 그를 지켜볼 뿐이었다.

안타까웠다. 그가 선거운동을 펼칠 때 내가 그를 만난 것은 단 두 번뿐이었다. 물론 떨어진 다음에는 다시 매일같이 만났지만. 그때를 생각하면 인생이 참 허무맹랑하다는 생각이 든다. 그렇게 철저하게 백기완을 둘러싸던 그 사람들, 그 두껍디두꺼운 인의 장막을 쳤던 그 사람들은 모두 어디로 갔는가. 세월과 함께 모두 날아가버렸나? '사람의 마음이라는 것이 이렇게나 간사하고 약삭빠를 수 없구나' 하는 생각이 절로 들었다.

더러는 백기완과 나의 이런 관계를 두고 나를 역사 속의 2인자 취급을 하기도 한다. 듣기 싫은 말은 아니지만, 진짜 내가 존경하는 역사 속의 2인자가 있다. 바로 중국의 명총리 저우언라이다. 나는 이따금 그가 왜 평생 마오쩌둥의 그림자로 살면서 2인자의 자리에 만족했을까를 생각해본다. 또한 나는 평생 장준하를 눈물겹게 보필했던 계훈제라는 사람을 존경한다. 나도 장준하 선생을 잘 알지만 계훈제는 그보다 더 인간적이었다.

세상에는 변하는 게 있고, 절대로 변하면 안 되는 원칙이 있다. 나는 그게 바로 우정이요, 의리라고 생각한다. 나에게 있어 의리는 양심의 문제이기도 하다. 사실 진정한 인생에서 1인자가 따로 있고, 2인자가 따로 있겠는가.

백기완에 대해 내가 지켜야 할 정의와 의리, 그리고 양심은 그가 바로 주먹 배추에게 부족했던 그 무엇을 깨닫게 해준 사람이라는 데 있다.

백기완과 함께한 인연은 벌써 반세기를 넘기고 있다.

배추가 돌아왔다 1

이렇게 나는 세 번에 걸쳐 처절한 패배를 당해보았고 그때마다 세상을 보는 눈이 한 계단 높아졌다. 실패가 성공의 어머니라는 진부한 말에 내가 수긍하는 이유도 다 이런 경험 덕분이다.

장충동 독종에게 패배한 일은 나로 하여금 바닥인생을 살아가는 사람들의 끈질긴 생명력을 깨닫게 해주었고 고문기술자 이근안에게 철저하게 망가졌던 일은 국가권력의 어두움을 깨닫게 해주었다. 또 백기완이 내게 안겨준 패배는 나를 단순무식한 '주먹꾼 배추'에서 자신의 삶을 어떻게 하면 가치 있는 것으로 만들 것인가를 고민하는 '인간 배추'의 길로 이끌어주었다. 그에게 뺨 한 방을 맞고 난 뒤 나는 평생 친구를 얻었고, 새로운 인생을 얻었다.

사람은 누구나 흙 속의 진주와 같다. 내 안에 그런 것이 있는지 없는지를 가늠하는 건 전혀 중요하지 않다. 중요한 건 자기 내면에 묻혀 있는 보석을 꺼낼 용기가 있느냐 없느냐이다. 만약 아직 그런 용기가 생기지 않았다면, 내가 겪었던 것과 마찬가지로 철저하게 패배해보는 것도 좋지 않을까. 때로는 그 패배가 뺨 한 대로도 충분하니 말이다.

KODAK TMX 505

길 비켜라,
괴물 나가신다!

일제 때 승용차 굴리던 개성 부자집안

나는 매우 유복한 가정에서 5남매의 장남으로 태어났다. 지척에 두고도 가지 못하는 개성이 바로 내 고향이다. 내 아래로 현숙, 영희, 영숙, 성규가 있는데 모두 살아 있다. 여기에 월북을 했던 이복형님인 원규를 포함하면 6남매가 되지만, 그의 생사는 아직 모른다.

공교롭게도 아버지 형제들 역시 5남매이다. 돌아가신 아버지가 장남이고, 그 위에 누님 하나가 있고, 세 명의 동생이 있었다. 그러니까 내게는 두 분의 작은아버지와 두 분의 고모가 있었던 셈이다.

다른 분들은 모두 돌아가셨는데 그 가운데 막내 작은아버지만은 생사를 알 수가 없다. 중도좌파 정치인이었던 몽양 여운형의 참모로 활동하면서 나중에 월북을 했던 탓이다.

지금의 없이 사는 내 모습을 보면 믿기 어렵겠지만, 적어도 어린 시절에는 부족한 걸 몰랐다. 우리 집안은 개성과 개풍군 일대에서 가장 큰 규모의 정미소를 운영했다. 더불어 일제시대 '편리화'로 불리던 신발 제조공장도 갖고 있었다.

48

또한 밀짚모 공장도 함께 운영했으니 당시로서는 거의 재벌급이라고 해도 과장이 아니다. 최소한 당시 개성지역 최대의 상업자본 중 하나였음은 틀림없다.

"너네 할아버지가 개성에 지었던 5층짜리 건물은 일제시대 시내 한복판의 최고층 빌딩이었던 김재현 백화점 건물을 빼고는 제일 컸어. 동규 너도 그 건물을 기억하지?"

아버지가 간혹 그렇게 내게 묻곤 했지만, 근대적 유통사에 남을 서울 종로의 화신백화점도 지상 6층 건물이었음을 생각해보면 상당한 규모였다. 이 모든 것은 당시 신상(紳商, 신사상인) 소리를 들어가며 당대에 엄청난 부를 일궈내는 데 성공했던 할아버지 덕분이었다.

당시 집에는 자가용까지 있었다. 뚜껑을 열고 닫을 수 있는 푸른 색 컨버터블 승용차를 타고 여름철이면 동해안으로 바캉스를 갔다. 1930년대 말 이미 일반인을 위한 해수욕장 구실을 했던 강원도 원산의 송전해수욕장이 우리 집안의 단골 피서지였다. 팬티 바람에 뙤약볕이 내리쬐는 백사장에 사람들이 우글거릴 때, 우리 식구들은 파라솔에 전용 의자까지 동원해 럭셔리한 피서를 즐겼다.

빽적지근하게 잘사는 집안의 분위기는 당시로서는 엄청 이채로웠는데, 지금의 생활기준에 비춰봐도 전혀 뒤질 게 없었다. 요즘이야 흔해질 대로 흔해진 과일이 바나나요, 귤이지만 당시에는 엄청 귀했던 그걸 즐겨 먹었던 기억도 난다. 내가 아직 꼬마였던 1930년대 얘기다.

월북했던 작은아버지는 젊은 시절 승마를 즐겼는데 지금도 보관 중

막내 작은아버지의 젊은 시절.

인 사진을 보면 매우 지적인 용모에 허벅지는 부풀어 오르고 발목은 꽉 조인 그럴싸한 승마복 차림을 하고 있다. 손에는 채찍까지 쥐고 있어 누가 봐도 있는 집안의 자식 티가 난다. 작은아버지의 애마는 집안에서 길렀는데, 물론 말을 사육하던 일꾼들도 따로 있었다.

이화여전 출신의 막내 고모는 조선을 포함한 전 일본 스피드 스케이팅 선수였다. 작지 않은 집이건만 항상 운동하는 형님들로 북적거려 좁게 느껴질 정도였다. 친인척뿐만이 아니고, 전국에서 유명하다는 운동선수들도 번갈아 찾아들었는데 그건 우리 집안이 그들의 후견인 노릇을 하고 있었기 때문이다. 즉 요즘 말로 스포츠맨들의 멘토 집안이었다.

우리 집안이 운동선수들의 후견인 노릇을 하게 된 건 일본대학 법학과와 오사카대학 기계학과 등 두 곳에 유학을 다녀왔고, 동시에 유도와 검도를 즐기던 운동광이었던 아버지 때문만은 아니다. 조선시대 부자들이 자기 사랑방에 유명한 시인묵객들을 묵게 하듯이, 우리 집안은 그런 '멘토 전통'을 충실히 이어받았던 것이다.

어쨌거나 보통 '있는 집 자식들'은 조금 버릇없는 망종으로 크기 십상인데, 망종까지는 아니어도 나 역시 얌전하기만 한 모범생은 아니었다. 운동하는 아저씨들과 자주 어울렸고, 그들에게 운동을 배웠다. 무엇보다 내 성격이 활달했기 때문에 아재, 아재 소리를 하면서 아주 어

50

렸을 적부터 어깨너머로 운동을 배우기 시작한 것이다.

그러나 할아버지 다음 세대인 1950년대 중반 들어 집안은 급속하게 몰락했다. 해방 전후 극도의 사회적 혼란도 있었지만, 할아버지가 돌아가신 후 집안을 책임졌던 아버지의 삐걱거리는 행보가 결정타 역할을 했다. 운동광이기는 했지만 일본 유학파인 아버지는 전형적인 먹물이었다.

아버지는 해방 이후 혼란스러운 사회 분위기에 적응하지 못한 데다 사회적 정치적 혼란 속에서 심한 스트레스를 받아야 했다. 그러던 아

유치원 시절, 자주 어울리던 운동선수들과 함께. 어린 필자의 뒤에 있는 사람이 '한국 빙상의 1세대 원로'로 칭해지고 있는 이효창이다.

길 비켜라, 괴물 나가신다!

버지는 자기 재산의 일부를 사회에 무상환원하는 쉽지 않은 결정을 내렸다. 당시 엘리트들이 그러하듯이 아버지 역시 사회주의에 호감을 지니고 있던 좌파 아닌 좌파였기 때문이다.

소련군이 진주한 3·8선 북쪽에서는 무상몰수 무상분배가 기본이었다. 그러니까 모든 토지를 국유화한 다음 그 토지를 농민들에게 나눠준 것이다. 반면에 미군이 진주한 3·8선 남쪽에서는 유상몰수 유상분배가 원칙이었다. 지주들에게 적당한 가격을 지불한 뒤 원하는 농민들에게 돈을 받고 팔겠다는 것이다. 그 이야기를 들은 아버지는 코웃음을 쳤다.

"흥, 대체 머슴 노릇이나 하던 농민들이 땅을 살 돈이 어디에서 나오겠어? 기껏 사회개혁을 하겠다면서 이게 말이나 되는 노릇인가. 이왕에 토지를 분배할 거면 무상으로 하는 게 옳지 않겠는가?"

다른 지주들의 원성이 자자했지만 아버지는 기어이 개성 근방의 그 많은 토지를 농민들에게 무상으로 나눠줘버렸다. 식민지에서 벗어난 이 나라 사람들이 이상사회를 건설하는 데에 힘을 보태고 싶었던 것이다.

거기까지는 좋았다. 이미 돌아가신 할아버지를 대신해 집안의 주인 역할을 했던 아버지만의 결단이니까. 그 결단은 남쪽에 이승만 단독정부가 만들어진 48년 8월 직전에 취해졌다. 그러고는 아버지는 식솔들을 이끌고 고향 개성을 떠나 서울에 정착했다.

아버지는 서울에 와서 '대도 메리야쓰'라는 속옷 제조회사를 차렸다. 땅을 무상분배했다지만 아직 재산은 충분했다. 건물도 몇 채 가지고 있었고, 집안사람 한 명을 임명해 재산을 위탁관리했다. 당시 열네 살의 소년이었던 나는 개성상업학교를 그만두고 경신중고 1학년으로 전학을 했다. 유복한 환경에서 나는 아무 걱정 없이 행복한 유년시절을 보낼 수 있었다.

이복형님과 수영복

　어린 시절 개성에서 그렇게 활달하게 성장한 내게도 상처가 없는 건 아니었다. 어머니는 재취(再娶)였고, 굳이 분류하자면 나는 이른바 서자인 셈이다. 아버지의 첫 부인, 내게는 큰어머니가 되는 분은 결핵을 앓았다. 남매를 낳기 전부터 요양생활을 했기 때문에 아버지는 결혼 초창기부터 건강한 여성과의 재혼을 생각했던 것으로 가늠이 된다.

　결국 아버지는 서울에서 두 번째 결혼식을 올렸다. 결혼식 장소를 서울로 한 것은 아마 첫 부인에 대한 예우였을 것이다. 신식으로 치러진 결혼식은 무척이나 호사스러웠다고 한다. 그래서 나는 태어나자마자 한 살 위의 이복형을 갖게 되었고 세 살 위인 이복누이도 생겼다. 그리고 그들과 함께 10대 시절을 보냈다.

　하지만 나는 내가 서자라는 사실에 별로 신경을 쓰지 않았고 사춘기 시절에도 그런 문제로 크게 고민하지는 않았다. 그건 아마도 이복형님 덕분이었을 것이다. 이복형님과 우리 형제들의 우애는 친형제 못지않았고, 따라서 적자니 서자니 하는 구별이나 차별을 느낄 수가 없

54

었다. 게다가 큰어머님도 내가 태어난 뒤 얼마 후 병사하셨고, 이복누이마저 중3 시절 열여섯의 꽃다운 나이로 유명을 달리했다.

나야 어린 마음에 따뜻하게 대해주는 형님이 있으니 사뭇 즐거웠겠지만 이복형님은 외로웠을 것이다. 자신을 낳아준 어머니는 물론이요, 한배에서 태어난 누이동생마저 저세상으로 보냈으니, 마치 세상에 홀로 남겨진 듯한 기분이었으리라. 당시 어린 나의 생각으로도 마치 형님이 서자 같았고, 우리가 적자가 아닌가 싶었을 정도였으니까.

한 이불에서 뒹굴며 장난을 치면서도 이복형님에게서는 언뜻 그런 쓸쓸함이 묻어나오곤 했다. 그 쓸쓸함의 정체를 뭐라 이름 지을 수 있을까. 어쨌든 나는 훗날 이복형님이 느껴야 했던 쓸쓸함이 다른 형태로 분출되는 걸 보았다. 그러니까 한국전쟁 때였다.

전쟁이 일어난 뒤 피난을 가지 못해 9·28 수복 때까지 우리 식구는 서울에 남아 있었다. 물가는 하늘 높은 줄 모르게 치솟았고 돈이 있어도 쌀을 구할 수가 없었다. 날마다 거리에선 군중집회가 열렸고 하루가 멀다 하고 유엔군 폭격기와 정찰기들이 서울 하늘을 들락거렸다. 집에 있는 옷가지들을 들고 나가 한 줌의 쌀과 바꿔 먹었다.

어느 날이었다. 그날도 나는 쌀을 구하러 백방으로 뛰어다니다 기진맥진한 채 집에 돌아왔다. 방문을 여는 순간 그 안에 고여 있던 정적이 내 얼굴로 훅 끼쳐왔다. 사람에게는 예감이라는 게 있지 않은가. 아침에 집을 나설

필자 나이 14살 때 그리운 이복형님과 함께.

때부터 가슴이 울렁거리며 머리가 지끈지끈했다. 서울 시내를 돌아다니면서도 배가 고파 무릎이 푹푹 꺾이곤 했다.

아니나 다를까. 방 안에는 이복형님 대신 그가 남긴 편지만 덩그러니 놓여 있었다. 그 옆에 낯이 익은 수영복도 놓여 있었다. 나는 어린시절부터 이복형님의 물건을 몰래 훔쳐 쓰곤 했는데, 특히 형님의 그 수영복은 마음에 꼭 들어 몰래 입다 들키기를 여러 차례 반복했었다. 그래도 늘 호시탐탐 눈독을 들이고 있던 물건이었다.

그런데, 그 수영복이 단정하게 개어져 놓여 있는 게 아닌가. 나는 떨리는 손으로 편지를 집어 들었다. 모조지에 눈에 익은 단정한 글씨체로 쓰인 편지의 내용을 나는 지금도 잊지 못한다.

"동규야. 조국의 통일과 미래를 위해 먼 길을 떠난다. 너는 부디 남아 우리 가정을 잘 돌봐주기 바란다. 그리고 동규야, 오래 전부터 네가이 수영복을 좋아했다는 걸 알면서도 모른 척했던 내가 부끄럽구나. 이제 이 수영복을 네게 준다."

수영복에 얼굴을 묻었다. 형님의 체취가 느껴지는 듯했다. 바보 같은 형…. 그 길은 살아 돌아오기 힘든 길이다. 이복동생을 위해 홀로방에 앉아 수영복을 고이 접고 있었을 이복형님을 생각하니 눈물이 핑돌았다.

형님이 의용군에 자원한 이유는 여러 가지다. 인민군 치하의 서울에서 가족들의 안위를 위한다면 가족 가운데 누군가 한 명쯤은 인민군에 들어가는 게 좋았다. 이복형님은 그 역할을 떠맡았던 것이다. 또한

56

당시의 대다수 양심적인 지식인들과 청년들이 그러했듯이 이복형님도 사회주의 사상에 호기심을 갖고 있었을 것이다. 그러나 나는 이런저런 이유는 모두 핑계에 불과하다고 믿는다. 이복형님을 의용군에 자원하게끔 만든 그 열정의 정체는 바로 형님의 내면에 깃들어 있는 쓸쓸함이었을 것이다.

비록 손아래 이복형제들과 우애가 깊다 해도, 친아버지가 여전히 살아 계시다 해도, 어린 나이에 친어머니와 친누이를 잃은 슬픔, 거기에서 새삼 느껴야 하는 비애. 그런 걸 감지했을 이복형님에게 의용군 지원은 일종의 도피였을 것이다.

그 뒤 나는 형님의 소식을 백방으로 수소문했다. 낙동강에서 전선이 교착된 무렵에 그가 살아 있다는 소식을 들었다. 거제도 포로수용소에 있다는 소식까지도 확인했다. 수용소에서 함께 생활했던 동료가 내가 들려준 정보였다. 하지만 형님은 인민군 포로석방 때 끝내 북한을 선택했다. 1934년생인 그가 지금까지 살아 있을 가능성은 꽤나 높다.

뒤에 자세히 이야기하겠지만 나는 프랑스 유랑시절에도 그를 만나려는 시도를 감행했었다. 1971년 무렵이었다. 동백림사건 직후라 분위기는 살벌했지만 당국의 허용 여부 따위는 관심사항이 아니었다.

동독의 북한대사관을 찾으면 무언가 묘수를 찾을 수 있을 듯싶었다. 결국 열차를 이용해 겁도 없이 북한대사관을 찾아갔다. 동백림사건의 핵심 진원지 중 하나였던 곳이다. 적지 않은 유학생들이 이곳을 거쳐 평양을 드나들었을 테니까.

"잃어버린 내 형을 찾고 싶다."

그곳의 북한 직원들은 나의 말에 적이 당황하는 눈치였다. 자주 있는 일이 아니었기 때문일까. 그들은 맥주와 안주 같은 것을 내놓으며 나를 정중하게 대접하더니 자기들끼리 따로 모여 한참을 숙의했다. 긴장되는 순간이었다. 기다리는 시간이 길게만 느껴졌다. 하지만 결국 '시기가 좋지 않다'는 얘기를 들어야만 했다.

그 길로 끝내 발걸음을 돌렸지만, 만일 그들이 오케이를 했다면 나는 평양 방문도 마다하지 않았을 것이다. 만약 이복형님이 살아 계시다면 그저 한번 뜨겁게 부둥켜 안아보고 싶다. 그리고 묻고 싶다. 젊은 날 형님을 사로잡았던 그 열정과 외로움에서 이제는 풀려나셨는지….

이국의 혁명 소식에 집 나간 의혈청년

나는 종교는 믿지 않아도 DNA는 믿는다. 그도 그럴 것이 그만큼 나의 기질은 그 윗세대에 많은 영향을 받았다. 딱 잘라 말하긴 어렵지만 내 몸에는 두 개의 DNA가 흐른다. 증조부가 남겨준 '망종의 DNA', 그리고 당대에 거부가 된 할아버지가 남겨준 '개성상인의 DAN'가 그것이다.

할아버지 방영식에 대해 말하자면 먼저 증조부 얘기부터 꺼내야 한다. 순서가 그렇기도 하고, 망종 중의 망종이었던 증조부가 너무도 싫어서 꼭 그 반대로만 세상을 살았던 분이 할아버지기 때문이다.

'망종', 그렇다. 집안어른에 대한 표현으로는 점잖지 못하지만 사실이니 어쩔 수 없다. 집안의 다른 어른들도 그분을 대놓고 그렇게 부르곤 했다. 증조부는 노름과 싸움질, 그리고 술주정과 숱한 계집질까지, 집안에서는 물론이고 고향분들까지도 고개를 절레절레 흔들던 악명 높은 사람이었다.

내 고향 개성은 본래가 신용사회로 유명한 곳이다. 개성상인들이

괜히 명성을 얻은 게 아니다. 신용을 잃으면 장사는커녕 개성 땅에 발붙이고 살기도 힘들 만큼 신용을 중요시하던 지역이었다.

그래서 다른 지역에서는 찾아볼 수 없는 개성만의 풍속도 있다. 만약 어떤 사람이 약속기한인 섣달그믐 안에 빚을 갚지 못하면 채권자는 '아무개 빚이 얼마'라고 쓴 깃발을 자기 집 대문에 내걸었다. 말하자면 신용불량자 공개망신 작전인데, 정초가 되면 고향 마을마다 증조부 이름이 걸리지 않는 곳이 없었다. 증조부는 단골 신용불량자였다. 할아버지는 그런 증조부가 부끄러워 고개를 들고 다니지 못했다.

집안은 지독히 가난했고 빚을 지지 않고는 하루를 견디기도 힘들었다. 때는 19세기말과 20세기 초, 즉 일제에게 한반도가 넘어가기 직전의 구한말이다. 밭뙈기 한 뼘 없는 집안형편 때문에 할아버지는 어릴 적부터 날품팔이 생활에 나서야 했다.

열다섯 살에 결혼한 할아버지는 할머니에게 저녁이면 빈 솥단지에 물을 붓고 군불을 때 연기를 피워 올리는 것부터 일러줬다. 비록 끼니는 건너뛰지만 '우리는 굶지 않아요'라고 일종의 시위를 했던 것이다. 자존심이 센 할아버지 나름의 체면치레였다. 그런 꽉꽉한 현실을 박차고 나가기를 열망한 건 젊은 그에게는 어쩌면 자연스러운 일이었는지도 모른다.

할아버지의 새 세상에 대한 목마름은 예사롭지 않은 고향 탈출시도로 나타났다. 증조부의 망종노릇도 끝이 보이지 않았고, 일제초기의 캄캄한 세상에 지칠 대로 지친 상태에서 마침내 대륙 저쪽에서 소비에

60

트 혁명소식이 들려왔다. 배운 것 없는 할아버지였지만 1917년 혁명은 귀가 번쩍 뜨이는 빅뉴스였다.

"소비에트는 노동자, 농민, 병사의 나라다."

어린 시절 나는 할아버지의 입을 통해 소비에트 헌법 제1조를 귀에 못이 박히도록 들었다. 할아버지는 그 유토피아의 메시지에 매혹되었다. 답답한 일제시대에 이국에서 날아온 혁명소식은 겨울날의 훈풍처럼 희망적이었고, 그동안 애써 갈무리해온 의혈남아의 기질이 기지개를 켜기 시작했다. 그러나 할아버지는 사회주의나 공산주의의 평등세상을 맹신하는 얼치기는 아니었다.

굳이 할아버지 식대로 표현하자면, 이른바 '돈에도 눈이 달린 정의로운 세상'을 꿈꿨다고나 할까. 어쨌거나 가진 것 없고 배운 것 없는 할아버지에게 소비에트 혁명은 최소한 '기회의 균등'이라는 의미는 되어주었다. 할아버지의 그런 생각에 나는 지금도 십분 공감한다.

할아버지는 평등세상에 대한 기대 하나를 안고 고향을 훌쩍 떠났다. 일단 부엌의 큰 솥단지부터 떼어 팔았다. 그 돈으로 노자를 마련해 무작정 북쪽으로, 북쪽으로 길을 나섰다. 한국전쟁 당시 사람들이 그 고된 피난길에도 반드시 이고 다니던 물건이 바로 솥단지였다. 솥단지는 밥을 짓는 도구가 아니라 목숨 자체를 상징하는 물건이었다. 그런 솥단지를 팔아버렸으니, 나름대로 비장한 결단을 내린 것이었으리라.

산 밖에 난 범이요, 물 밖에 난 물고기라고 했다. 그만큼 자기가 놀던 물이 편하고 좋다는 얘기인데, 할아버지는 '익숙하지만 조용한 지옥' 조선 땅과 기꺼이 결별을 선택했다.

나는 지금도 할아버지의 그 같은 결단에 전율을 느끼곤 한다. 훗날 자급자족과 공동체운동의 꿈을 이루기 위해 '노느메기밭'에서 땀을 흘릴 때 나는 할아버지의 DNA를 자주 떠올렸다. 내게 결단성이 있다면 그건 순전히 할아버지에게 물려받은 것이라 해도 과언이 아니다. 어린 시절, 아니 지금까지도 여전히 할아버지는 내게 영웅이다.

　하지만 그분의 가출은 며칠 못가 끝이 나고 말았다. 집안 장손이 예전과 달리 수상한 짓을 자주 하자, 은근히 염탐을 하던 증조부가 추적을 했기 때문이다. 할아버지는 한반도를 벗어나지도 못하고 덜미를 잡혔다. 땅을 칠 일이었다. 그러나 변화는 그때부터 일어났다. 할아버지는 지옥 같은 가난 속으로 복귀했지만, 이미 예전의 그가 아니었다.

배추가 돌아왔다 1

발차기의 귀신 방천왕둥이

조부에게 덜미를 잡힌 이후, 할아버지는 탈출의 에너지를 모두 집안 일으키기에 쏟아 부었다. 우선 장돌뱅이로 변신했고, 남의 집 고용살이 9년 동안 모은 육전(肉錢, 밑천)을 크게 번창시켜 1930년대에 개성부자의 반열에 올라섰다. 당시 '신상' 소리를 들었던 할아버지가 남긴 일화들은 놀랍기 그지없다. 개성상인다운 지독한 근성도 근성이지만, 타고난 몸이 좋았던 할아버지는 발차기의 귀신이기도 했다.

장돌뱅이로 큰 이름을 남긴 분으로는 남강 이승훈(1864~1930)선생이 있다. 그는 유기행상을 해서 번 돈으로 오산학교를 세웠고 3·1운동 당시 민족대표로 나서기도 했다. 소년 남강이 대야, 요강, 수저, 놋그릇 등으로 채워진 몽근짐(지게 짐)을 지고 다녔듯이 할아버지 역시 그랬다.

그때가 1920년대 무렵. 장돌뱅이가 도는 영역은 대강 정해져 있었다. 평북 정주군 고읍은 이칠장(2, 7이 들어 있는 날짜에 열리는 5일장), 정주읍은 이륙장 하는 식으로 장이 열리니 등짐을 진 채 밤샘 이동을 하는 거리가 짧을 수밖에 없었다.

그러나 할아버지는 조금 크게 돌았다. 때로는 함경도 원산까지 진출했다. 그때 할아버지는 가욋돈을 만들려고 본업이 아닌 일에도 부지런을 떨었다. 그 한 일화가 원산 큰 부자의 딸 혼수품 배달을 했던 일이다. 큰 부자는 혼사용품으로 개성홍삼을 사려 했으나 물건을 제때 못 구해 발을 동동 굴렀다. 혼사는 바로 이틀 뒤 코앞까지 다가온 상태였다. 모두 손을 놓고 있을 때 마침 원산장에 들렀던 할아버지가 그 소식을 듣고 "나요, 나" 하고 자원을 했다.

몸을 가볍게 한 뒤 순전히 발품만을 팔아 개성까지 돌파했다. 도로가 미비하고 자동차도 없던 시절 거의 날다시피 했다. 그러고는 약속 날짜에 맞춰 원산으로 되돌아왔고 제 날짜에 홍삼을 대령하는 데 성공했다. 심부름 값에 상금까지 두둑이 챙긴 것은 물론이다.

그 일로 할아버지는 유명세를 타게 되었고 장꾼 친구들은 벽초 홍명희의 소설《임꺽정》에 나오는 황천왕둥이를 닮았다며 성(姓)만 살짝 바꿔 '방천왕둥이'라는 별명을 붙여주었다. '임꺽정' 속의 황천왕둥이는 힘이 장사이고 몸이 날랜 청석골의 두령 가운데 한 사람인데 정말 할아버지는 그를 많이 닮았다.

당시 장돌뱅이들은 떼를 지어 이동했지만 그는 홀로 이동을 고집했다. 장꾼들이 주막 등에 모여 패거리를 만들고 무리지어 이동하는 이유는 밤길에 도적 떼를 만나 봉변을 당할까 두렵기 때문이었다.

그러나 할아버지는 완전히 거꾸로만 놀았다. 칼 따위를 들고 설치는 도적 두세 명쯤은 귀신같은 발차기 솜씨로 단숨에 제압해버렸으니까 혼자서도 두려울 게 없었다. 주특기 발차기만이 전부가 아니다. 그는 배짱도 대단했다. 도적을 앞세워 그들의 산채까지 당당하게 입성했고, 도적질해 쌓아놓은 장물까지 몽땅 챙겨버린 극적인 사건도 있었다. 그렇게 할아버지는 악착같이 재산을 모았다.

할아버지는 또한 시골 장날 씨름판에 뛰어들어 쌀가마니나 황소도 쏠쏠히 챙겼다. 얼마나 돈 모으기에 열심이었던지 장꾼들이 주막에 모여 투전을 할 때도 그 옆에서 술심부름을 했다. 새벽이면 쇠죽을 쑤어 푼돈을 다시 챙겼다. 그렇게 돌아다니면서도 든든히 챙겨먹는 법이 없었다. 쉰 떡을 사먹으며 돈을 아꼈고 소금을 씹으며 느글거리는 속을 달래곤 했다.

할아버지에 관한 이 모든 이야기는 할아버지 빈소에서 장꾼 친구분들이 "네가 영식이 손자이구나"라며 당신들 무릎에 어린 나를 앉힌 채 들려준 것들이다. 아버지도 틈틈이 방천왕둥이의 전설 같은 스토리를 들려주곤 했다. 그때마다 나는 할아버지에 대해 자부심을 느꼈다.

잠깐 새에 모범적인 보부상으로 뜬 할아버지를 차인(借人)으로 영입하려고 개성의 큰손들은 너나없이 눈독을 들였다. 차인이란 집안일을 돕는 하인들을 부리는 지배인이자 총감독을 겸한 자리다. 결국 우마차 사업을 하는 황해도 부자에게 발탁됐다. 그렇게 9년 동안 꼬박 남의 집 일을 했다. 그 집에서 일하는 동안 할아버지는 더욱 성숙해졌고 관록이 붙었다. 9년을 함께한 황해도 부자는 임종 때 뜻밖의 유언을 남겼다.

"얘들아, 너희들은 아버지 덕에 호의호식을 하느라 세상물정조차 잘 모른다. 내가 장만해둔 땅을 모두 넘기니 너희들은 그걸로 먹고살 아라. 그리고 영식이, 너는 개미처럼 일만 했으니 집안의 모든 달구지 는 네 차지다."

당시 개성에는 외지로 나가면 10년 이내에 돌아와야 한다는 불문율 이 있었다. 그건 아마도 일정기한을 두었을 때 좀더 성공을 위해 노력 할 거라 생각했기 때문에 만들어낸 심리적 기제가 아닌가 싶다. 어쨌 거나 할아버지는 불문율을 어기지 않고 9년 만에 금의환향했다. 소달 구지 수십 대를 이끌고서….

할아버지는 그걸 밑천 삼아 운송업체 사장으로 깜짝 변신을 했다. 이후 정미소를 운영하고, 편리화 제조공장과 밀짚모 공장 등으로 사업 을 확대하면서 자기 당대에 부자가 됐다. 할아버지의 열정이 빛을 발 하는 순간이었다.

예성강 하구인 고랑포와 지금의 판문점 자리인 장단, 그 일대가 모 두 할아버지 당대에 사들인 땅덩어리였다. 그 넓은 땅이 모두 인삼을

자랑스러운 개성상인의 DNA를 물려주신 할아버지.

재배하는 삼포밭 일색이었다. 그렇게 넓은 땅을 갖 게 된 이유는 인삼재배를 했기 때문이다. 개성인삼 이 지금까지도 유명한 이유는 한 번 그 자리에서 인 삼을 재배하면 다시는 그 땅에서 인삼을 키우지 않 기 때문이다. 땅의 영양분과 기운을 온전하게 흡수 한 인삼을 재배하기 위해서는 계속해서 다른 땅을 확보해야만 했다. 그렇게 우리 집안의 땅은 늘어만

배추가 돌아왔다 1

갔다. 덕분에 나의 유년시절은 안락하기 그지없었다. 부유한 집안의 여유를 피부로 느끼며 마음껏 먹고 매일같이 운동을 하면서 자랐다.

이 유복했던 유년시절은 내게 각별한 의미가 있다. 우선 다른 이들보다 견문을 넓힐 수 있었던 것도 중요하지만, 세상을 보는 여유로운 시선을 지닐 수 있게 된 것이다. 한 푼 돈에 벌벌 떨어야 하는 게 현실이지만, 나는 돈이라는 것이 삶을 윤택하게 할 수는 있을지언정, 삶을 지배하는 결정적인 힘이라고는 생각하지 않았다.

그 이후 우리 집안이 몰락하고 형편이 어려워졌을 때에도 돈에 크게 얽매이지 않을 수 있었던 건, 돈을 보고 살지 않고 신용을 지키며 살았던 할아버지 덕분이다. 돈이란 성의를 다한 뒤에 얻을 수 있는 조그마한 선물에 지나지 않는다. 중요한 건 얼마나 자신의 마음에 거리낌 없이 자유롭고 가치 있는 삶을 사느냐가 아닐까. 이 여유를 나는 할아버지에게 배웠다. 그리고 어느새 10대 소년이 되었다.

꼬마 악동의 탄생

요즘 아이들은 발육도 좋고 체격도 좋아져 2차성징도 일찍 나타난다고 하지만 50여 년 전의 나만큼은 아닐 것이다. 나는 이미 초등학교 5학년 시절 '손장난'이라고 부르던 자위행위를 시작했고 덩치도 동무들에 비해 눈에 띄게 큰 편이었다.

아버지가 솔가하여 개성에서 서울로 이사를 올 때 나 역시 다니던 개성상업학교에서 서울의 경신중학교로 전학을 왔다. 1948년 여름, 중학교 1학년이었으니 갓 사춘기에 들어선 열네 살 무렵이었다.

성적 호기심도 왕성한 시기였다. 하지만 왕성한 호기심만큼 숫기가 있었던 건 아니었다. 다른 아이들처럼 지나가는 여학생을 보며 휘파람을 불거나 여학생들을 만날 수 있는 모임에 나가거나, 그런 적극적인 활동을 하지 않았던 걸 보면 말이다.

하루는 서울에 전학 온 뒤 처음 사귄 친구들과 어울려 걷다가 종로 3~4가에서 교통정리에 열중하고 있는 여순경을 봤다. 멋져 보였다. 기름을 담았던 미군 드럼통의 허리를 잘라 알록달록하게 페인트칠을 한 지휘단 위에서 교통정리를 하는 모습은 은근히 호기심을 자극했다.

"동규야! 너 여순경 보는데 오줌 갈겨댈 배짱 있어?"

"짜식, 어떻게 그런 장난질을 하냐?"

악동 친구들은 내 호승심을 살살 부추기기 시작했다. 말 타면 경마 잡히고 싶다더니, 그 격이었다. 처음에는 뜨악했지만 "너밖에 없다"고 치켜세우는 친구들의 호들갑에 겁도 없이 우쭐했다. 사실 뭐 못할 것도 없지 않은가? '성공하면 자장면 곱배기'라는 친구들의 부추김에 쭈뼛쭈뼛 앞으로 걸어갔다.

"누님, 죄송합니다."

이 말 한마디와 함께 다짜고짜 거수경례부터 올려붙였다. 여순경이 지켜보는 가운데 주섬주섬 바지춤을 까기 시작했다. 바로 물건을 꺼내 들었다. 여순경에게는 아닌 밤중에 홍두깨라는 말 그대로인 아찔한 돌발상황이었으리라. 처음에는 여순경의 얼굴에 대체 이 덩치 큰 중학생 녀석이 무엇을 하고 있는지 가늠할 수 없다는 듯 의심스러운 표정이 떠오르더니 상황을 알아차리고 이내 벌겋게 달아올랐다. 이미 일은 돌이킬 수 없었고 내친 김에 에라 모르겠다 싶어 '쏴아~' 하고 오줌발을 뿜어냈다. 설마 싶었던 여순경이 아예 대경실색을 했다.

그러나 이내 냉정을 찾은 그녀는 거리의 오가는 모든 차를 세워버렸다. 그리고는 드럼통에서 폴짝 뛰어 내려서더니 내 뺨을 짝 후려쳤다. 눈앞에 불이 번쩍 일었다. 그 여순경 누님도 보통내기는 아니었던 셈이다. 순간 이거 잘못 걸렸다, 라는 생각이 들었다.

아니나 다를까. 멀찍이 지켜보던 동무 녀석들은 이미 줄행랑을 치고 없었다. 나는 꼼짝없이 여순경의 손에 귀를 잡혀 끌려갔는데 도착해서 보니 종로4가 파출소였다.

"뭐야? 이 녀석이 물건을 꺼내들고 오줌까지 갈겼다고?"

여순경의 동료 경찰들이 껄껄 웃어대는 바람에 그나마 좁은 파출소가 들썩거릴 지경이었다.

"인마, 네 집 어디야?"

"학생이라고? 그럼 부모님 모셔와!"

분통 터져 죽겠다는 듯이 씩씩거리는 여순경을 옆에 둔 채 남자 경찰들이 더 야단법석이었다. 죽을 맛이었다. 그저 장난이었는데, 사태가 이렇게 발전할 줄은 꿈에도 몰랐다. 하지만 호들갑 속에서도 빙글거리는 남자 순경들의 느긋한 표정을 보고 빠져나갈 궁리부터 하기 시작했다.

"저, 그럼 집에 전화를 해도 될까요?"

나는 전화기를 가리키며 물었다. 남자 경찰이 고개를 끄덕이자 나는 태연스럽게 수화기를 들고 전화교환원에게 대뜸 이렇게 말했다.

"경무대를 대주세요."

경찰들이 움찔했다. 경무대, 요즘 말로 하자면 청와대다. '저 자식 웬 경무대 타령이지?' 싶은 반응과, '저 자식 장난치는 구나' 하는 표정이 순간적으로 엇갈렸다. 나는 이 순간이 중요하다고 생각했다. 말하자면 고삐를 더욱 단단히 죄야 하는 순간인 것이다. 이럴 때 주춤거리면 죽도 밥도 안 된다. 나는 더욱 큰 목소리로 수화기 저편의 사람과

70

이야기하는 시늉을 했다.

"예, 저 동규인데요. 종로 4가 파출소에 끌려왔는데…."

파출소 안의 분위기가 확 바뀌었다. 대한민국 정부수립 직후인 그무렵 이승만과 경찰의 밀월관계는 대단했다. 군을 완전히 장악하지 못한 이승만은 경찰을 치안유지와 정치활동의 기반으로 삼았고, 모든 경찰서와 파출소에는 그의 사진이 걸려 있었다.

"야야, 인마 됐어. 전화 그만해라. 좋다. 이번엔 봐준다. 그 대신 공짜는 없다."

경찰 하나가 달려들어 수화기를 낚아챘다. 그 다음부터는 엄숙한척 훈수 아닌 훈수 늘어놓기 시작했다. 훈수를 마치고는 내 머리통에꿀밤 한 대를 주면서 '나가 보라'는 눈짓을 했다. 나는 맞은 머리를 움켜쥔 채 잠시 무척 아픈 척을 했다. 이제 슬슬 눈치를 보며 파출소를나서면 된다. 내 뒤통수에 대고 경찰들이 제각기 한마디씩 던졌다.

"짜식아, 앞으로 누님 같은 분 앞에서는 그거 조심해. 알았지? 그리고 앞으로 나를 보면 인사도 하고!"

"네, 알아 모시겠습니다! 그럼 수고하세요!"

파출소가 떠나가라 목청껏 소리를 지른 다음 잽싸게 도망쳐 나왔다. 여순경이 이를 부득부득 갈고 있을 걸 생각하니 뒤돌아볼 엄두조차 나지 않았으나 입에서는 나도 모르게 실실 웃음이 새어나오고 있었다. 그러니까, 나는 비로소 공인받은 악동이 된 셈이었다. 증조부가 내게 물려준 망종 DNA에 새겨져 있던 기질이 슬슬 잠에서 깨어나는 순간이었다.

"여탕 한번 훔쳐볼래?"

사고는 매일같이 이어졌다. 한번은 늘 같이 어울리던 악동클럽의 멤버인 친구들과 목욕탕에 갔다. 그 무렵 욕탕은 큼지막한 탕 위로 임시 칸막이를 설치하고, 그걸로 남탕과 여탕을 구분했다. 당연히 욕탕 아래로는 물이 오갔다. 다만 통로를 지그재그로 뚫어놓아 마음먹는다고 해서 쉽게 오갈 수는 없게 만들었다. 칸막이도 천장과 맞닿아 있지 않아, 여탕 쪽의 소리가 남탕 쪽으로 고스란히 넘어왔다. 한창 성적 호기심으로 충만할 사춘기 소년들에게 목욕탕이란 관음증을 충족시켜 주는 장소이기도 한 셈이었다.

여탕에서 건너오는 물 끼얹는 소리, 찰박찰박 물기 있는 바닥을 걷는 소리, 물바가지 부딪히는 소리, 장난을 치는지 까르르 웃는 소리 등등, 그런 소리를 들으며 우리는 머릿속으로 건너편 여인의 나체를 그려보았다. 그때 누군가 눈빛을 빛내며 말했다.

"우리 여탕 한번 훔쳐볼래?"

"야 자식아, 저 통로를 어떻게 뚫고 가냐?"

"그러니까 잘해야지. 우리는 성공할 수 있어. 숨을 일단 오래오래 참아. 그리고 요령껏 빠져나가면 여탕으로 진출해서 보고 싶은 거 실컷 볼 수 있단 말이다."

마침 남탕 안에 손님들이 한 사람도 없어서 우리는 마음놓고 이런 의논을 할 수 있었다. 이윽고 차례를 정해놓고 잠수가 시작됐다. 1차로 나섰던 친구가 실패했다. 통로로 들어간다고 껍죽대다가 숨이 가쁜 듯 "푸—" 하고 물을 뿜으며 이내 돌아섰다.

두 번째도 마찬가지였다. 세 번째로 내 차례가 되었다. 통로는 겨우 한 사람이 통과할 너비였고 미끈거리는 물이끼가 빈틈없이 들러붙어 있어 기분이 고약했다. 나는 한껏 숨을 들이마신 다음 탕 속으로 잠수해 들어갔다. 눈을 뜨고 있노라니 눈알이 뻑뻑해졌다.

이윽고 지그재그 통로의 저쪽으로 여탕 출구가 보였다. 미끈거리는 통로를 두 손 두 발로 기다시피 통과하여 여탕 쪽으로 건너갔다. 성공이었다. 숨이 턱까지 찼지만, 두 눈 똑바로 뜨고 볼 것은 대충 다 봤다. 탕에 몸을 담그고 있던 여자들의 알몸이 눈앞에 아른거리고 있었다. 출렁이는 욕탕 물에 더 드라마틱했다고나 할까?

숨은 턱까지 차올랐지만 더 이상 짜릿한 모험은 없었다. 이제 남은 일은 개선장군처럼 의기양양하게 남탕으로 돌아가 내가 본 광경들을 조금 과장하여 친구들에게 떠벌리면 되는 것이다.

그런데 문제는 그 상태에서 남탕 쪽으로 무사귀환 할 수가 없었다는 점이다. 너무나 숨이 차서 '에라 모르겠다'는 심정으로 "푸하!" 하면서 머리를 수면 위로 들어올렸다. 나머지 상황은 굳이 말할 것도 없다. 여탕은 순식간에 아수라장으로 변해버렸다.

"꺅!"

"어머나!"

난데없이 올라온 까까머리 남자의 수박만한 머리통에 여자들은 기겁을 해댔다. 비명소리가 난무했다. 그때 내 표정이 어땠는지 알 수 없으나 아마도 묘한 표정이었을 것이다. 웃을 수도 울 수도 없는 그런 표정이었을 게다. 여자들은 언제 비명을 질렀냐 싶게 침착한 얼굴로 돌아가 나를 향해 물바가지를 마구 날렸다. 그때의 물바가지는 지금 같은 가벼운 플라스틱이 아닌, 물을 잔뜩 먹어 묵직한 나무통이었다. 서너 개의 물바가지를 정통으로 맞았지만 아픈 줄을 몰랐다. 다시 숨을 크게 들이마시고 머리를 물속으로 집어넣었다. 그리고 남탕으로 황망하게 돌아왔다.

이미 친구들은 여탕 쪽에서 넘어온 소리를 통해 무슨 일이 일어났는지 알고 있었다. 잔뜩 폼을 잡고 무용담을 이야기하려는 찰나 이번에는 욕탕 주인에게 끌려가 된통 혼이 났다. 그는 목욕탕이 생긴 이래 처음 있는 일이라며 소문나면 앞으로 손님 받기는 글렀다며 펄펄 뛰었다. 그에게서 풀려난 뒤 나는 동무들에게 과장 섞인 구라로 무용담을 연신 풀어댔다.

"정말, 굉장했디. 눈을 부릅뜨고 보니 저쪽에 그 시커먼 것들이 출렁출렁하면서 어른거리는데 볼 만하지 않갔어. 물속에 들어가면 저쪽의 물건들이 훨씬 더 커 보이잖아. 너 그거 아냐?"

친구들 사이에서 순식간에 영웅이 됐음은 물론이다. 그 일로 동급생들 사이에서 괴물로 소문이 짜하게 퍼졌다. 하지만 사실 나에게 여자 훔쳐보기는 이번이 처음이 아니었다.

온 동네에 소문난 꼬마 악마

개성 초등학교 4학년 때 마 선생님이라는 처녀 선생님이 계셨다. 그 분이 내 호기심의 첫 희생양이었다. 마 선생님이 화장실에 막 들어간 것을 확인한 나는 재래식 화장실 옆 칸으로 번개처럼 들어갔다. 당시 화장실은 일 보는 곳에 커다란 인분통이 딸려 있는 구조였는데, 그 통 뚜껑을 소리가 안 나도록 살그머니 연 뒤 고여 있는 오줌물에 비치는 마 선생님의 치맛속을 잠시 훔쳐본 것이다.

보이긴 뭐가 보였겠나. 보였더라도 희미한 윤곽뿐이었다. 그러나 성적 호기심에 눈을 채 뜨기도 전인 꼬마였던 내게 그것은 어른들의 영역을 기웃거렸다는 모험심을 충족시켜줄 만했다. 거기까지는 일단 성공이었는데 문제는 내 안에 숨었던 악마기질이었다. 왠지 마 선생님에게 '내가 선생님을 훔쳐보고 있어요'라고 말하고 싶은 기분이 들었다.

주위를 두리번거리다 버려져 있는 싸리비 하나를 발견하고 주워왔다. 제법 길쭉했다. 그 싸리비를 인분통 안에 집어넣어 오물을 잔뜩 묻힌 뒤 그냥 위 아래로 연신 흔들어댔다.

76

그 오물이 어디로 튀었는지는 굳이 설명할 필요가 없을 것이다. 나는 교무실에 불려가 한참을 무릎 꿇은 채 벌을 서야 했다. 개성 유지의 버릇없는 아들 녀석을 벼르고 있었는지 한 남자 선생님이 내게 모욕적인 체벌을 했다.

그 뒤 나는 그 남자 선생님에게 제대로 복수를 해야겠다는 생각만 품고 다녔다. 하필 5학년 때 그가 담임선생님이 됐다. 그리고 어느 날 마침 방과 후 음악실에서 혼자 풍금을 치던 그를 발견했다. 계속해서 기회를 노리던 내게 드디어 때가 온 것이다.

이 기회를 놓칠쏘냐. 나는 창가에 늘어진 커튼을 확 잡아 뜯었다. 그러고는 그걸 몰래 들고 가 담임선생님의 뒤쪽으로 접근했다. 순식간에 커튼을 머리 위에 덮어씌우고 마구 두들겼다.

더없이 큰 잘못이라는 것을 왜 내가 몰랐겠는가? 하지만 그 시절에는 내 안의 악동기질이 기승을 부리고 있었고, 그걸 제어할 생각도 필요도 느끼지 못했다. 일단 '저지르고 보자'가 나의 신조라고 할 수 있었다. 나는 이렇게 복수를 한 뒤 걸음아 날 살려라 하고 도망쳤고, 담임선생님은 내 뒤를 쫓아왔다.

선생과 제자가 쫓고 쫓기는 진풍경이 학교에서 연출됐다. 나는 급한 김에 운동장 포플러나무 위로 기어 올라갔다. 원래 나무를 잘 타기는 했지만, 급한 마음에서인지 평소보다 훨씬 빠르게 더 높은 곳까지 올라갈 수 있었다. 손바닥이 얼얼했다. 정신을 차려보니 까치집이 바로 코앞이었다. 아래를 쳐다보니 그렇게 까마득할 수가 없었다. 순간 머리가 어질어질하고 아찔했다. 그러자 이번에는 선생님이 통사정을 했다.

"동규야, 위험하니 내려와. 다 용서해줄게."

"선생님, 정말 죄송해요. 저는 선생님이 교무실로 들어가시면 그때 내려가겠어요."

결국 선생님이 두 팔을 번쩍 들었다.

그뿐이 아니다. 나는 여름철이면 동네 우물에 몰래 기어들어가 땀을 식혔다. 나만의 피서법이라고나 할까. 그곳에 있으면 들킬 일도 없었다. 고려시대에 만들어진 돌우물은 깊고 견고했다. 우물 아래쪽에 있노라면 우물 밖에서는 전혀 보이지 않았다. 두레박이 내려오면 눈치채지 못하게 물을 담아 올려 보내면 그뿐이었다.

그런 못된 짓거리를 보고 꾸중하시는 동네 어른에게도 복수를 감행했다. 한밤중 그 어른의 집 앞에 똥무더기를 수북하게 쌓아놓았다. 아침 첫걸음에 그걸 밟고 넘어져 재수 옴 붙으라고….

어디 그뿐이랴. 닭서리쯤이야 예사였다. 개구리 새끼를 낚싯줄에 끼어 넌지시 닭 앞에 던져주면 그것을 삼킨 닭은 퍼덕대며 질질 달려온다. 굳이 닭을 잡아먹고 싶어서가 아니라 그 시절 나에게 닭서리는 하나의 놀이였다.

6학년 무렵에는 중3 세 명과 시비가 붙은 적도 있었다. 나를 초등학생이라고 깔본 그들은 모두 내게 맞아 나가떨어졌는데 그만 한 녀석의 이가 부러졌다. 그 녀석이 아버지를 앞세우고 우리 집까지 쳐들어왔다. 아버지

악동시절 친구들과 함께. 앞에서 두 번째 사람이 필자.

배추가 돌아왔다 1

의 불호령이 두려워 나는 뒤란에 냉큼 숨었는데, 그들을 상대하는 아버지의 목소리는 들을 수 있었다. 그때 아버지 반응이 걸작이었다.

"이 못난 놈아, 너보다 어린 꼬마에게 얻어맞고 창피하지도 않는? 그리고 당신 말이야. 자식을 좀 씩씩하게 키워. 도대체 이런 애들 싸움에 당신이 끼면 어드렇게 하자는 거야?"

그날 밤 아버지는 쇠고기 볶음을 잔뜩 먹게 해주셨다. 불호령은커녕 오히려 상을 받은 셈이었다. 만약 그때 아버지가 여느 아버지처럼 내게 호통을 쳤더라면 어땠을까. 나는 반발심에 더욱 엇나가거나, 혹은 고분고분 말 잘 듣는 '범생이'가 되었을지도 모른다. 하지만 아버지는 내 악동 노릇을 드러내놓고 두둔하지도 않았지만 또한 무턱대고 나무라지도 않았다. 훗날 내가 낭만적인 주먹이 될 수 있었던 것도 아버지의 이런 교육법 때문이었는지도 모른다.

개성에서 살던 어린 시절 내가 저지른 악동짓들이 유복한 집안환경을 바탕으로 철없이 찧고 까부는 데 불과했다면 서울로 이사 와 중학 시절에 저지른 악동짓들은 조금 다른 의미를 지니고 있다. 그때 나는 고향인 개성을 떠나 서울이라는 낯선 곳에 이제 막 둥지를 튼 사춘기 소년이었다.

서울 친구들에게 무시당하고 싶지 않았고 그들 속에 자연스럽게 스며들어가고 싶었다. 비록 사춘기였지만 어수선한 사회적 분위기에 알 수 없는 불안감을 느끼기도 했다. 그런 상황에서 나는 마음의 안정을 친구들 속에서 찾으려 했고, 성적 호기심이 왕성한 친구들 사이에서 인정을 받으려면 좀더 그악스러워야 했다. 그래서 '유별난 녀석'이라는 평판을 얻어야 했다.

어쨌거나 유년과 소년시절의 나는 가히 증조부의 환생이라 일컬어도 될 만큼 억척스런 악동이었음에 틀림없다. 이것으로 그쳤다면 나 역시 증조부처럼 한량으로 생을 보냈을지도 모른다. 그러나 다행스럽게도 내게는 증조부의 망종 유전자 말고 또 하나의 유전자가 들어 있었다. 억척 개성상인이었던 할아버지가 남겨준 DNA 말이다.

'소년 정주영'의 모험

할아버지가 남겨준 개성상인의 DNA가 빛을 발한 것은 다름 아닌 전쟁이 한창이던 때였다. 6·25 전쟁이 한참이던 마당에 나는 후방에서 제법 큰돈을 챙겼다. 그것도 10대의 나이에. 소년 정주영이 따로 없었다.

수완도 정주영 못지않았다. 정주영의 신화는 부지기수이지만, 세상이 알듯이 첫 히트는 부산 땅에서 나왔다. 1952년 12월 미 대통령 아이젠하워가 방한할 때 미8군에게는 대통령이 참배할 유엔군의 묘지를 단장하는 게 급선무였다.

건설회사 사장들은 한결같이 겨울에 푸른 잔디를 구하는 것은 불가능하다고 말했지만 정주영은 달랐다. 단지 푸르게 보이기만 하면 된다는 것을 포착한 정주영은 밭에서 막 새파랗게 패기 시작한 보리 싹을 트럭 째로 옮겨와 녹색 묘지를 만들었다. 미군장교는 "원더풀"을 외쳤고 그 후 미8군의 공사는 모두 정주영에게로 돌아갔다고 한다.

정주영과 스케일은 다르지만 나 역시 전쟁기간에 남다른 장사수완을 펼쳐 보였다. 전쟁이 발발한 뒤 피난을 가지 못하고 9·28 수복 때까지 인민군 치하의 서울에 남아 있던 우리 식구들은 이쪽저쪽에서 말 못할 고통을 받았다. 인민군 치하에서는 개성 출신의 유한계급이라는 이유로, 9·28 수복 후에는 이복형님이 의용군에 지원했다는 이유로 시달림을 당했다.

당시에는 도강파니 잔류파니 해서 말들이 많았다. 피난을 가지 못하고 서울에 남은 이들은 잔류파로 분류해 부역자 취급을 하고 피난을 떠난 사람들은 도강파로 분류해 애국자 취급을 했다. 이렇게 시달림을 받았던 탓에 우리 식구들도 1·4후퇴 때에는 기어이 피난을 떠났다.

영등포역에서 덮개도 없는 화물칸에 겨우 올라탄 채 남으로, 남으로 끝없이 내려갔다. 한겨울이었다. 눈보라가 치고 칼바람이 불었다. 기차는 느린 황소걸음으로 역마다 몇 시간씩 멈춰 서곤 했다. 생지옥이라는 말들을 하는데, 그 시절 내가 목격한 광경이 바로 생지옥이었다. 하지만 나는 부모님과 5남매, 고모네 식구 네 명을 이끄는 인솔자였기에 힘든 내색을 할 수도 없었다.

피난의 풍경을 묘사하자면 끝도 없을 것이다. 품안에서 얼어 죽은 갓난애를 내던질 수밖에 없었던 어느 어머니의 참담한 모습…. 그렇게 힘들게 도착한 부산에서 도쿄 유학파인 아버지는 무능했다. 생각은 진보적이었지만 복잡하고 혼란스러운 현실을 개척해나갈 수 있는 힘은 부족했다. 책상물림 아버지를 대신해 식구들이 생업전선에 나서야 했다.

전시수도 부산은 전쟁이 만들어낸 기형아였다. 전신주며 판잣집 담

배추가 돌아왔다 1

벼락 등 어디든 곳곳에 잃어버린 사람을 찾는다는 종이가 누더기를 이루고 있었지만, 전시의 이상 경기 탓인지 한편으로는 엄청 흥청거리던 '두 얼굴의 도시'였다. 어머니가 생계를 책임지겠다며 소쿠리장사를 했으나 신통치 않았고 우리 가족은 부산을 떠나 경남 통영을 잠시 거쳤다가 이내 전라도 순천에 자리를 잡았다.

이곳이다 싶었다. 전시이기는 했지만, 격전지가 아니었던 탓에 전쟁 전의 평온함이 살아 있던 그곳에서 나는 돈벌이 궁리를 시작했다. 처음에는 부산에서 사온 뻥튀기 기계로 장바닥에 앉아 뻥튀기 장사를 시작했다.

그때만 해도 "뻥, 뻥" 하고 터지는 그 기계가 신기했던 시절이었다. 인기 만점이었다. 콩, 강냉이, 보리, 가래떡을 튀겨 팔아 조금씩 푼돈을 쥐기 시작했다. 가족들을 총동원해서 순천지원 앞 삼거리 조흥은행 앞에 좌판을 깔았다. 그러고는 돈 되는 거의 모든 것을 취급했다. 과일과 곡물, 군수품을 팔면서 한편에선 군밤, 호떡을 구워 팔았다. 마침 근처에 순천전매청이 있었다. 나는 무작정 그곳에 들어가 담배 공급을 부탁했다.

"저, 피난 나온 학생입니다. 인기 있는 '건설' 담배를 좌판에서 소매로 팔려고 하는데, 하루에 한 보루씩만이라도…."

궁하면 통한다더니 처음 보는 전매청사람들은 정식 판매업자도 아닌 내게 특전을 베풀었다. 영문 'Construction'을 새겨 넣은 건설 담배는 인기품목이었다. 그렇게 돈을 모은 뒤에는 '기계 무역'을 시작했다. 뻥튀기 기계 한 대면 돈을 많이 벌 수 있다고 사람들을 꼬드겨 그걸 팔았다. 그렇게 웃돈을 붙여 판 기계가 수십 대였다.

피난이라는 위기상황이 내 안에 잠들어 있는 기질, 조부가 물려준 개성상인의 기질을 일깨웠던 것이다.

기발한 돼지고기 장사

피난시절 가장 큰 수익을 올린 것은 다름 아닌 돼지고기 장사였다. 이 장사는 순천지역 노인들에게서 아이디어를 얻었다. 어느 날 그 지역 토박이들이 직접 돼지고기를 잡는 광경을 목격했다. 그 광경이야 별로 특별하달 것도 없었는데, 내 눈길을 잡아끈 건 마지막 뒤처리였다. 대개는 그 자리에서 도체(屠體)를 하기 마련인데, 배를 갈라 내장을 빼낸 뒤에 그 안에 숯을 채워넣고 다시 꿰매는 게 아닌가. 호기심이 발동한 나는 노인들에게 무얼 하는 거냐고 물었다.

"이렇게 숯을 채우면 고기가 상하질 않고 오래가는 법이여."

먼 길을 운반해야 하는 고기이기 때문이라고 했다. 순천만을 끼고 있는 남녘의 따뜻한 지역에서 한생을 살아온 사람들의 삶의 지혜였다. 그 순간 '이거다!'라는 생각이 들었다.

순천시 인근의 농가들을 돌아다니며 그동안 모은 돈을 탈탈 털어 돼지를 구입했다. 노인들이 하던 대로 돼지를 잡은 뒤, 상하기 쉬운 내장 부위를 몽땅 들어내고 그 자리에 참숯을 가득 채워 넣은 다음 뱃살을 얼기설기 실로 봉합해 꿰맸다. 관에다 돼지고기를 통째로 넣은 뒤 주변 공간을 다시 숯으로 가득 채우면 일단 상황 끝이다. 그렇게 하면 제 아무리 후텁지근한 한여름 날씨에도 일주일은 거뜬히 버틴다.

이 고기를 부산으로 옮겨 삶아 팔면 엄청 남는 장사이긴 하지만 문제는 어떻게 하루 이틀 사이에 도시 지역으로 옮기느냐였다. 요즘처럼 냉동차가 따로 있는 것도 아니고, 도로사정이 좋은 것도 아니었다. 그때 내 머리에 번쩍 하고 떠오른 게 있었다. 관 위를 대형 태극기로 덮는 건 어떨까.

어떤 생각이 떠오르면 곧장 실천해야 직성이 풀리는 성미는 지금이나 예나 마찬가지였다. 나는 상이용사 한 명을 구슬려 의형제를 맺었다. 변변한 일자리는커녕 먹고살기도 힘들 판이었기에 새까만 나이에 불과한 내 제안을 그는 거절하지 못했다. 그 시절 상이용사는 후방의 골칫거리였다. 국가로부터 제대로 된 보상을 받을 수 없었던 이들은 물품을 강매하거나 무전취식을 하는 식으로 어렵게 생계를 이어가고 있었다. 이들에 대한 국민들의 원성도 자자했다.

그와 내가 돼지 관을 맞들면 영락없이 전몰군인의 운송행렬로 돌변한다. 이 가짜 전몰군인의 관을 들고 가면 기차며 뱃삯이 완전 무료다. 전시라 자주 끊기기 일쑤고, 기차며 버스며 배까지 여러 번 갈아타야 하는 장거리 수송이었지만 어쨌든 무사통과였다. 보통 순천에서 여수까지 기차로 이동한 뒤, 여수에서 부산까지는 배를 이용했다. 제아무리 살벌한 전시라지만, 전몰용사 운구자는 특급대우를 해줬다. 검문

86

헌병들은 깍듯한 부동자세와 함께 경례까지 척척 붙여줬다.

부산에 무사도착한다고 해서 끝나는 게 아니었다. 도착하자마자 돼지를 바로 삶아야 했다. 숯을 채웠지만 그을음이 많이 남지는 않았기에 물로 대충 닦아낸 뒤 대형 솥에 집어넣고 푹푹 삶았다.

신선도도 좋았지만, 대단한 전시경기를 보였던 부산에서는 정말 없어서 못 팔 정도였다. 돌아올 때는 전대(돈주머니)가 항상 불룩했고 돈 버는 재미에 정말 피곤한 줄도 몰랐다. 돈의 일부로 부산에서 생필품을 사들여 전라도에서 다시 팔았다. 호남과 부산을 움직일 때마다 돈이 수북하게 쌓였다.

남원, 벌교, 구례 등지를 돌아다니며 돼지털까지 수집해서 되팔았다. 돼지털은 튼튼한 줄을 만드는 원료라서 비싸게 먹히는 고부가가치 물품이었다. 경찰 토벌대에서 흘러나오는 군수품도 취급했다. 어쨌거나 할아버지가 물려준 DNA는 그때 최고조에 달했지만, 공교롭게도 이후 내 삶에서 돌연 '실종' 돼버렸다. 거창한 도전이 초기에는 될 법하다가도 반드시 삐걱거려 대실패를 반복했기 때문이다. 그 사정을 잘 아는 친구들은 지금도 그 얘기다.

"배추, 만일 네가 전쟁 당시 장사를 계속했더라면 왕회장은 정주영이 아닌 네 차지가 될 뻔했어."

"그러기에 백기완과는 놀지 말았어야 했어. 그때 뺨 한 방을 맞은 다음에 얼이 빠져서 봉이 김선달 기질이 그냥 도망을 가버린 거 아니야? 헛헛헛!"

거상의 꿈을 끝내 접고

서울 탈환 이후 우리 가족은 서울 집으로 돌아왔다. 집을 비운 지 2년 여 만에 잡초만 무성했고 살림은 죄다 도둑맞았지만, 벌어놓은 돈은 200 만 환이 넘었다. 앞날을 내다봐선 시장 통에 상점을 확보하는 것이 이로 울 것 같았다. 동대문 시장의 점포 한 개가 30만 환가량 하던 시절이었 다. 그걸 기반 삼아 돈을 모은 뒤 더 크게 사업을 일으킬 생각이었다.

할아버지가 그랬던 것처럼, 신용과 성실을 밑천 삼아 잘해나갈 자 신이 있었다. 나는 할아버지처럼 거상이 되고 싶은 마음을 아버지에게 털어놓고 의논했다.

"이 돈으로 동대문시장에 상가 몇 개를 사들이면 어떨까요? 알아보 니 상가 하나가 30만 환 정도라는데요?"

그동안 내가 장사를 하며 가족들을 먹여 살렸던 터라 거의 가장 대 접을 받고 있었다. 그랬기에 아버지도 군소리 없이 허락을 하실 줄로 만 알았다. 그런데 아버지는 정색을 하며 호통을 치셨다.

"이놈아. 공부를 해야지, 무슨 소리냐?"

"지금 당장은 이 돈으로 먹고살 수 있지만, 우리 5남매의 장래를 생각하면 장남인 제가 기업을 일으키는 게 좋을 듯한데요…."

"시끄럽다! 이놈아."

아버지는 단호했다. 중학교 3년밖에 마치지 않았으니 남은 공부를 하라는 엄명이었다. 대학을 두 군데나 나온 아버지로서는 선택의 여지가 없었을 것이다. 전쟁통에 이미 학업을 팽개친 채 아들이 거의 장돌뱅이가 다 됐으니, 그 꼴이 얼마나 보기 싫었을까. 상인의 자식으로 태어났으나 아버지는 오히려 유학자의 기질이 더 강했다. 숙모를 통해 미군부대 하우스보이 자리를 제안받았을 때도 아버지는 마찬가지였다.

하루는 숙모가 기쁜 표정으로 우리를 찾아와 말했다.

"동규 쟤를 미군부대에 보내지요."

그 곁에서 내가 숙모에게 물었다.

"하우스보이가 뭐지요? 뭐 하는 일인데요?"

"미군들 돕는 거지, 뭐겠어. 막사의 난로불이 꺼지지 않도록 지켜주고 막사도 가끔 청소해주고 걔네들 총이나 군화도 손질해주고. 간혹 담요와 슬리핑백을 햇볕에 내다 말리는 그런 거 말이야."

그 소리를 듣는 순간 갈등이 일었다. 사실 하우스보이는 안정적인 수입은 물론 부수입도 보장되는 일자리였다. 수입이야 미군부대에서 직접 관리하고 주는 거니까 말할 필요도 없었지만, 어린 소년들이 하우스보이 자리를 호시탐탐 노린 이유는 따로 있었다.

미군 부대 주변의 윤락가에서 일하는 양공주들과 미군들을 연결시켜주면서 따로 챙기는 돈이 상당하다는 소문이었다. 더러는 양공주들이 단골손님을 잡으려고 몸을 주기도 했다. 하지만 이내 나는 지난날에 목격했던 소름끼치는 장면들을 떠올리고는 무겁게 고개를 저었다.

"숙모님, 미군하우스보이를 하느니 차라리 막노동을 하겠어요. 차마 그건 못하겠어요."

"하우스보이 그거 아무나 하는 게 아냐. 영어도 배울 수 있고, 식구들 먹는 게 해결될 정도로 보수도 괜찮고, 잘만 되면 유학도 떠날 수 있는 땡잡는 자리인데…."

한껏 들떠서 소식을 가져온 숙모는 서운한 표정을 지었지만 나는 고집을 꺾지 않았다. 아버지 역시 마찬가지였다. 돈을 버는 일보다는 학업이 우선이라는 생각도 있었겠지만, 진짜 이유는 다른 데 있었다.

개성에 살던 시절의 일이다. 개성 부잣집인 우리 집에는 허드렛일을 거들어주던 아주머니들이 많았다. 그 아주머니들 가운데 한 분의 아들을 우리는 '차 씨 아저씨', 혹은 '곰보 아저씨'로 불렀는데 그는 개성 철도국 직원이었다.

그가 남한 단정수립을 반대하는 시위를 주도했다는 이유로 빨갱이로 몰렸다. 공교롭게도 곰보 아저씨가 잠시 우리 집에 머물고 있던 참에 누군가 헐레벌떡 찾아와 급보를 전했다.

"형사들과 우익청년들이 곧 들이닥쳐. 도망치라우!"

곰보 아저씨가 번개처럼 뛰쳐나간 직후 경찰과 우익 청년들이 덮쳤다. 급하게 돌아가던 그 찰라 마침 개성 시내를 오가던 미군까지 가세

90

했다. 미군 네 명은 '저 사람 빨갱이'라는 말 한마디만 듣고는 바로 엎드려 조준사격을 시작했다. 100m 저쪽, 선죽교 쪽으로 뻗은 배추밭으로 마구 도망치던 아저씨가 어느 순간 픽 고꾸라졌다. 죽은 곰보 아저씨는 피로 흥건한 쌀가마니에 덮인 채 벌건 대낮 시내에 본보기로 전시되었다. 어린 나이였지만 우리나라를 해방시켜주기 위해 왔다는 미군이 그럴 수는 없는 거라고 생각했다.

또 하나 잊을 수 없는 기억이 있다. 인민군 치하이던 1950년 7월 중순 나는 식량을 구하러 아버지와 함께 개성 쪽으로 터벅터벅 걷고 있었다. 임진각에서 개성으로 가던 신작로였다.

전선은 이미 낙동강까지 내려가 있는 상태였다. 아무리 전쟁 중이라 해도 한창 푸릇푸릇 벼들이 자라나는 시기에 저 들판을 내버려둘 수는 없는 노릇이었다. 사람들은 모두 나와 논이며 밭에서 일을 하고 있었다. 그 탓에 그 넓은 신작로에는 흰 옷을 입은 사람들의 무리가 끝도 없이 이어지고 있었다.

우리처럼 식량을 구하기 위해 나선 사람들, 서울과 개성을 오가는 사람들, 근처 농가에서 일을 하러 나온 사람들. 뿐만 아니라 소금가마니를 실은 달구지며, 수레들이 늘어서 있었다. 그런데 그때 어딘가에서 뜨거운 공기를 가르며 날카로운 파열음이 들려왔다.

고개를 돌려보니 남쪽 하늘에서 하얀 비행운을 꼬리에 단 전투기들이 날아오고 있었다. 나는 또 유엔군 비행기들이 전단지를 뿌리려는 줄만 알고 손으로 갓을 만들어 하늘을 올려다보았다. 그런데 아버지가 내 팔을 붙잡고 길가 옥수수밭으로 내달렸다. 나는 영문도 모른 채 아버지의 손에 끌려 젖 먹던 힘을 다해 달렸다.

그 순간 기관총이 작렬했다. 우리 부자는 몸에 지닌 게 없는 탓에 재빨리 신작로에서 벗어날 수 있었지만 다른 사람들은 굼뜨기 짝이 없었다. 쌕쌕이라 부르던 전투기들이 신작로 위로 평행하게 날아오더니 수천 명의 사람들을 향해 기총소사를 하기 시작했다.

몇 백 미터에 이르는 신작로 위에서 붉은 피를 뿜으며 도미노처럼 쓰러지던 삼베옷 차림의 사람들. 그 참혹했던 광경을 나는 옥수수밭에 몸을 숨긴 채 지켜보았다. 고개를 돌리려 해도 너무나 충격적이어서 움직여지지 않았다. 전투기들은 마치 게임을 하듯 무장도 하지 않은 선량한 사람들을 죽이고 있었다. 얼마 후 총소리가 멈췄을 때 도로는 이미 아비규환이었다. 저 멀리 사라져가는 비행기에서 그제야 하얀 눈처럼 전단지들이 쏟아져 내리고 있었다.

그 뒤로 수십 년이 지났건만 지금도 이따금 그때 목격했던 광경들이 꿈속을 찾아오곤 한다. 나중에 알게 되었지만, 그 시절 유엔군들은 흰 옷을 입은 보통사람들을 향해 기총소사나 폭격을 서슴지 않았다. 민간인으로 위장한 인민군이 있다는 게 이유였으나, 내가 보기에 그들은 오로지 먹고살기 위해 집 밖으로 나온 평범한 사람들에 불과했다.

내가 하우스보이 자리를 박찬 이유는 순간의 감정 때문이 아니라, 이 끔찍한 체험들을 바탕으로 생겨난 확고한 주관 때문이었다. 왠지 미군들의 시중을 드는 일은 민족의 양심을 팔아먹는 것과 다름없다는 생각이 들었다. 이런저런 사정으로 장사도, 취직도 할 수 없게 된 나는 돈을 벌겠다는 생각, 할아버지처럼 거상이 되어버리겠다는 꿈을 접고 일단은 학생의 신분으로 돌아갈 수밖에 없었다.

상급생 집단 구타사건

아버지의 단호한 결정으로 나는 다시 학교에 들어갔다. 아직 전쟁은 끝나지 않았고 2년 전부터 시작된 휴전 회담도 지지부진하기는 마찬가지였다. 그러나 휴전 이전에 단 한 뼘의 땅이라도 더 차지하겠다며 3·8선 부근에서는 치열한 고지 쟁탈전이 벌어졌고 젊은이들만 죽어나가고 있었다.

전쟁을 전후한 그 시기는 내게 말도 많고 탈도 많았던 복잡했던 시절이었다. 연속되는 사고, 그리고 그 뒤끝에 거듭됐던 퇴학 처분이 무려 네 번이나 반복됐기 때문에 퇴학 자체가 별스럽지는 않았다. 내 인생의 질풍노도기였다.

지금은 이름도 기억하지 못하지만, 바로 1년 위 졸업반에 있는 경신중고 학도호국단장이 하루는 아침 조례를 지휘하지 않았다. 무단 불참이었다. 50년대 당시는 70년대 박정희 시절의 학도호국단처럼 조례시간에 열병과 사열을 했는데, 그가 덜컥 빠지는 바람에 모든 게 엉망이 돼버렸다. 한바탕 소란이 일어났고 선생님들은 그를 빈 교실에서 찾아

94

냈다.

"너 어디 갔나 했더니 교실에 쭈그리고 있었어? 왜 그래?"

그러나 그는 아무 대답이 없었다.

"단장이 그래도 되는 거야? 개인 사정이 뭔지는 몰라도 학교 행사는 제대로 치러야 할 것 아냐?"

학생들이 그 교실로 우 몰려들었고 나도 무슨 일인가 궁금해 그들 틈에 끼어들었다.

"꼴에 교실에서 혼자 남아 담배까지 피워? 우리 학교는 미션스쿨이야, 인마!"

화가 난 선생님들이 대대장이자 단장인 그 학생의 뺨을 후려쳤다. 그리고 곧바로 정학 처분을 내렸다. 전교생의 모범이던 그가 하루아침에 이렇게 달라진 이유가 뭘까?

이튿날 학교에 가니 이미 소문이 쫙 퍼져 있었다. 다른 친구들은 다들 대학에 진학하는데 간부인 자기는 집이 가난해 대학생이 될 수 없음을 비관했다는 것이다. 그래서 욱하는 심정에 조례고 뭐고 간에 때려치워버린 것이다.

고개를 끄덕였다. 남보다 성실하고 능력 있는 그가 오로지 가난 때문에 상급학교에 진학하지 못한다는 데에 같이 분노했고 이 세상에 대한 적개심도 생겨났다. 그런데 더욱 의아스럽게 생각한 건 졸업반 학생들이 왜 단장의 편을 들어줄 생각을 하지 않느냐는 점이었다.

졸업이 몇 달 남지 않았으므로 단장은 자칫 유급을 당할 수도 있는 상황이었다. 유급의 위기에 처한 친구를 모른 척하고 자기들끼리만 졸업하려 하는 친구들은 이미 친구가 아니라고 생각했다. 그런 사람들은 선배 자격도 없다.

악동기질이 다시 꿈틀거리기 시작했다. 아니, 그건 정당한 의분이자 분노였다. 무턱대고 6학년 교실 쪽으로 튀어갔다. 6학년이라 해봤자, 한 반이 전부이던 시절이었다. 교실 문을 부서져라 열어젖히자, 교실 안 6학년생들이 일제히 고개를 돌려 나를 바라보았다.

"6학년 새끼들, 이 비겁한 놈들아. 운동장으로 모두 집합!"

이미 소문 난 주먹인 탓에 잠깐 사이에 6학년생 전원이 쭈르르 운동장에 모여들었다. 나는 전원 40명을 한 줄로 정렬시킨 뒤 앞에 서서 일장 훈시부터 했다. 졸업반 상급생들이 고개를 푹 숙인 채 나이 어린 후배 녀석의 일갈을 듣는 진풍경이 연출됐다.

"너희들 같은 반 학생들이 맞아? 이러고도 나중에 서로가 동창이라고 말할 수 있냐? 너희들이 정말 인간이라면 함께 졸업하도록 노력이라도 해보는 것이 순리 아냐?"

상급생들은 모두 고개를 푹 숙인 채 돌장승처럼 굳어버렸다. 상급생 선배들을 집합시킬 때부터 나는 이미 브레이크 없는 기관차, 고삐 풀린 망아지였다. 그 순간에는 아무 말도 없이 고개를 숙이고 있는 그들이 더욱 얄미웠다. 단 한 사람이라도 '네가 잘못 알고 있는 거다, 우리도 노력하고 있다'라고 말해주길 바랐기 때문이다.

"너희들 좀 맞아야 정신을 차리겠냐?"

나는 으름장만 놓고 마는 사람이 아니었다. 바로 그 다음 수순에 돌입했다. 길게 늘어선 상급생들을 하나씩 앞으로 나오게 한 다음 주먹

배추가 돌아왔다 1

질을 시작했다. 하나씩 나가떨어졌다.

누군가 새파랗게 질린 얼굴로 "형님, 살려줘!", "아저씨, 살살 때려
줘!" 하며 빌었다. 상급생의 이런 비굴함은 나의 화를 누그러뜨리기는
커녕 오히려 부채질했다. 나는 거의 이성을 잃다시피 했다. 그러자 선
생님들이 우르르 달려 나왔다.

"동규, 너 이놈 이게 무슨 짓이냐?"

동양사 선생님과 지리 선생님이 맨 먼저 운동장으로 총알처럼 뛰쳐
나왔다. 뜨끔했지만 여기서 멈출 수는 없었다. 나는 운동장 저쪽에 놓
여 있던 작대기를 주워다가 기다란 줄 하나를 그었다. 홍명희의《임꺽
정》에서 얼핏 보았던 대목이 생각난 것이다.

"선생님, 이제는 저도 어쩔 수 없습니다. 이 선을 넘어서 오는 사람
은 모두 죽습니다. 선생님이고 뭐고 간에 없습니다. 자, 이제 넘어오시
든 말든 마음대로 하십시오."

너무도 미친 척을 해서 그랬을까? 선생님 두 분은 기다란 줄 저쪽에
서 꼼짝을 못했다. 나는 나머지 10여 명 학생들을 마저 두들겨 팼다.

그런 난동을 부린 뒤 나는 조용히 학교 측의 처분을 기다렸다. 선생
님들은 회의에 회의를 거듭한 끝에 '6학년 전원졸업' 이라는 결정을
내렸다. 물론 학도호국단장에 대한 정학처분도 즉시 철회됐다. 그도
함께 졸업을 할 수 있게 된 것이다. 내게 불이익은 전혀 없었다.

그건 아마도 그 시절에 통용되고 있던 낭만의 힘 덕분이 아니었을까
싶다. 아무리 주먹이 무섭다 해도 상급생들이 후배에게 그냥 얻어터지

고 있을 만큼 배알이 없는 것도 아닐 텐데, 고스란히 내 주먹을 받았던 것도 그들 내면의 양심 때문이었을 테고, 학교 측이 내 난동을 귀엽게 봐주고 예외적인 조치를 취한 것도 그 시절의 관용이었을 것이다.

자장면 때려먹고 교직원 사칭한 죄

배
추가
돌
아
왔
다

그 사건 이후 나는 다시 한 번 그럴듯한 계획을 세웠다. 이번에는 분노에 미쳐 날뛴 게 아니라 기쁨에 미쳐 날뛰었다. 나는 6학년 교실을 찾아가 선배들 앞에 넙죽 절을 했다. 그리고 나도 모르게 이렇게 외쳤다.

"방동규, 이 배추가 상급생 전원을 중국집으로 모시겠습니다!"

골든벨을 울리겠다는 선언인 셈이다. 나는 약속한 대로 졸업식 날 졸업생 송별회를 겸해 선배 40명과 동급생 10여 명을 데리고 학교 근처 중국집으로 우르르 몰려갔다.

그냥 자장면만 먹는다 해도 적지 않은 돈이 들겠다 싶었는데, 막상 식당에 들어가자 선배와 친구들은 도대체 브레이크 없는 폭주기관차처럼 음식을 시켜댔다.

"사장님! 여기 탕수육에 잡채!"

조금 지나자 여기저기 배갈 타령을 하는 학생들까지 나왔다. 경신 중고는 미션스쿨인 탓에 다소 엄했다. 학교 교사가 몰래 담배를 피우다가 교장에게 발각되면, 쫓겨나는 일도 없지 않았다. 호국단장이 처음에 정학을 맞은 것도 그런 배경이었던 판에 상황이 점점 고약하게 돌아갔다.

"여기 배갈 한 병 주세요!"

"사장님, 여기도!"

마음대로 시키고 아쉬움 없이 정말 허겁지겁 먹어들 댔다. 자장면한 그릇씩만 해도 음식 값이 만만찮을 판에, 이제는 아무도 감당할 수없는 수준까지 갔다.

"이거 누가 다 계산해?"

맘껏 배를 채우고 술까지 마신 학생들과 함께 중국집을 우르르 몰려 나갈 때 가게 주인이 걱정스런 표정으로 물어봤다. 뒷감당 따위는 조금도 생각해본 적이 없던 나였지만, 그때는 조금 걱정이 되기도 했다. 하지만 그때 파출소에서 경무대를 빙자해 무사히 풀려났던 기억이 떠올랐다. 잔머리를 굴린 것이다. 태연스럽게 이쑤시개로 잇새를 쑤시면서 대답했다.

"어, 나 경신중고 교직원이요. 학교 이름 앞으로 달아두시오. 학교에서 나중에 갚아줄 거요."

내일이면 들통 날 빤한 거짓말이었지만 일단 그 순간은 무사히 넘길 수 있었다. 다음날 자장면 집 주인이 학교를 찾았을 때 학교 측은 당황할 수밖에 없었다.

"우리 학교에는 그런 교직원이 없는데요."

뒷조사를 벌인 학교 측은 발칵 뒤집혀버렸다. 계산서를 들여다보니 당시로서는 호화사치 음식인 온갖 중화요리까지 동원됐고, 놀랍게도 학생주제에 고량주까지 퍼마신 게 아닌가. 미션스쿨의 수치가 아닐 수 없었다. 유야무야 넘어가기에는 액수도 만만치 않았다.

결국 학교에서는 그 돈을 못 내겠다고 버티면서 동시에 나의 퇴학을 심각하게 논의했다. 그러나 정작 속병을 앓는 사람은 따로 있었다. 자장면 집 주인이었다. 그는 나를 형사고발까지 해버렸다.

며칠 뒤 역도부에서 운동을 하다가 잠시 밖으로 나왔는데 낯선 사람 두 명이 내게 다가왔다. 덩치가 좋은 30대들이었는데, 얼핏 수갑이 보이기에 그들이 형사인 걸 알았다.

"어이, 학생! 이리 와봐!"

"왜 그러세요?"

"너도 여기 경신고 학생이지?"

나는 대답 대신 고개를 끄덕였다.

"그럼, 방동규라는 학생 알아?"

느낌이 이상하다 싶었는데, 이들은 나를 잡으러 온 형사들인 게 분명했다. 하지만 다행히 아직 나의 얼굴은 모르고 있는 듯했다. 눈앞에 멀쩡히 나를 두고서도 방동규를 찾고 있으니 말이다.

"당연히 잘 알죠. 동규 걔는 지금 교실에 있을 거예요. 방금 전에도 교실에서 봤거든요."

그러면서 최대한 가장 먼 곳에 있는 교실 쪽을 가리켰다. 형사들은 내게 고맙다고 말한 뒤 내가 가리킨 곳으로 재빠르게 달려갔다. 나는 뒤돌아서 그들과 반대 방향인 교문 쪽으로 어슬렁어슬렁 걸어갔다. 교문을 빠져나오자마자 그대로 냅다 달려서 도망쳐버렸다. 그들은 정말 나를 잡으러 온 형사들이었다. 돌아보면 정말 식은땀이 흐르던 순간이 아닐 수 없었다. 그리고 학교 측에서는 나의 퇴학을 확정지어버렸다.

개인적으로 매우 큰일이 아닐 수 없지만 그때의 일을 회상하면서 후회한 적은 한 번도 없다. 어떤 이들은 내게 혹시 그 단장이었던 학생이 나중에 인사라도 했는지, 이후 사회생활을 할 때 서로 알고 지내지는 않았는지를 묻곤 한다. 하지만 단장이었던 그 사람은 내가 잘 알던 선배가 아니었을뿐더러 졸업 뒤에 만난 일도 없다. 그저 내가 좋아서 했던 일이니 생색을 낼 필요도 없었고, 훗날 무언가 그와 관련해 보상을 받고 싶다는 생각은 해본 적도 없다.

그 일 때문에 가장 피해를 본 건 어쩌면 나 자신이다. 나중에 경신 출신 동문들에게 '배추 깡패'라는 소리를 들어야 했기 때문이다.

사람이면 누구나 한 번씩 겪게 되는 이 질풍노도의 시기를 나는 말 그대로 거센 바람(질풍)처럼 성난 파도(노도)처럼 달려 나갔다.

배추가 돌아왔다 1

KODAK TMX

"세상과 부딪쳐라"
천방지축 내 멋대로 인생

일탈을 눈감아준 낭만시대

1950년대에 청년기를 보낸 사람이라면 내 이야기에 어느 정도 수긍할 수 있을 것이다. 그 시대는 말 그대로 격동기였다. 해방 뒤의 혼란스러움, 한국전쟁, 전쟁 뒤의 폐허를 딛고 일어서려는 눈물겨운 노력들. 한마디로 춥고 배고프고 서러운 시절이었다.

하지만 그 이면에는 그 시대가 아니라면 불가능했을 낭만이 살아있었다. 지금처럼 '통조림 삶'을 살아가는 때와는 시절 자체가 달랐다. 1분 1초도 허투루 쓸 수 없는 속도의 시대에는 꿈도 꾸기 힘든 일들이 수두룩했다. 그 틈을 타고 비리와 부정이 독버섯처럼 자라나기도 했지만, 없는 사람들의 마음을 어루만지는 인간적이고 낭만적인 일들도 숱하게 많았다.

영화 '장군의 아들'을 보면 길거리에서 싸움이 붙었을 때 구경꾼들이 몰려드는 광경들이 자주 나온다. 그건 일제시대의 이야기만은 아니다. 해방 뒤부터 50년대까지는 그랬다. 그래서 당시의 싸움은 일종의 '결투'와 같았다.

106

지금처럼 힘 좀 쓴다고 동급생들을 괴롭히고 주머니에서 푼돈이나 우려내기 위해 인상을 쓰는 양아치들은 찾아볼 수 없는 시절이었다. 나도 싸움꾼으로 이름이 난 뒤 종종 길거리에서 결투를 신청하는 사람들을 만나게 되었다. 그렇게 싸우다 보면 상대방을 곤죽이 되도록 두들겨 패는 때도 생겼는데, 그러면 뒤늦게 경찰이 나타나곤 했다.

요즘 그런 일이 있다면 상대방을 때려눕힌 뒤 도망을 가겠지만 나는 도망가지 않고 순순히 붙잡혀가곤 했다. 한번은 상대방과 함께 파출소에 잡혀갔는데 상대방 가족들이 와서는 나를 고소하겠다고 길길이 날뛴 적이 있다. 그러자 경찰이 느닷없이 그 상대방의 뺨을 때리는 게 아닌가.

"이런 치사한 자식! 사내 녀석이 맞장을 떴다가 졌으면 그 자리에서 깨끗이 끝내야지, 가족들을 불러와 이 소란이야!"

지금이라면 꿈도 꿀 수 없는 일이겠지만 그때는 이런 호통이 먹히는 시대였다. 상대방 녀석이 부끄러움을 느끼고 고소는커녕 치료비도 받지 않겠다고 했으니 말이다. 또 한번은 이런 일도 있었다.

나와 친구들은 종로경찰서 부근의 한 중국집을 자주 들락거렸는데 돈을 내본 적은 별로 없었다. 중국집 주인이 참다못해 경찰을 불렀다. 우리는 경찰들 앞에 일렬로 선 채 주머니 뒤짐을 당했다.

당시 나는 역도부였고 나름대로 운동을 열심히 하고 있었던 무렵이다. 친구들의 주머니에서는 담배꽁초며 포르노사진이며, 온갖 불량스러운 물건들이 나오는데 내 주머니에서 나온 건 세계역도신기록,

한국역도기록 등 역도와 관련된 것들뿐이었다. 그러자 경찰은 나만 빼놓고 친구들의 뺨을 한 대씩 때렸다.

"야 이 녀석들아. 이 학생을 보고 좀 배워라. 어떻게 된 게 학생이라는 녀석들이 죄다 주머니에 담배꽁초뿐이냐. 야, 방동규! 너는 됐으니까 집에 가. 운동 열심히 해서 꼭 한국신기록 세워라!"

법과 제도의 미비도 한 이유였겠지만 당시 사람들은 법과 규칙의 틀에 모든 걸 끼워 맞추려고 하지는 않았다. 그렇게 붙잡힌 친구들과 몇 대 얻어맞고 훈계를 듣기만 하면 풀려났으니 말이다. 나도 그렇지만 그 친구들 역시 나중에 깡패가 되거나 비열한 어른이 되지는 않았다.

출구 없는 답답한 시절을 건너가는 건 너나없이 마찬가지였고 젊은 혈기에 일탈을 꿈꿀 수도 있다. 그걸 이해해주고 눈감아준 시대가 바로 그 시대였다.

난데없는 경찰서 안 힘 대결

6·25 이후 수복 당시에는 이런 일도 있었다. 그때도 주먹질 때문에 파출소에 끌려갔는데 담당형사가 나를 위아래로 훑어보더니 느닷없는 제안을 해왔다.

"너 몇 살이냐?"

"열여덟 살이요."

"열여덟? 엄청 몸집 좋네! 너 나랑 한번 붙어볼래? 네가 지면 더 볼 것도 없이 영창행이다. 단 네가 이긴다면 내가 어떻게든 석방시켜주도록 노력을 하마."

담당형사는 한눈으로 보아도 힘깨나 쓰게 생겼다. 두툼하게 나온 가슴근육도 그렇고 굳은살이 박힌 손바닥만 봐도 그랬다. 하지만 진다고 해도 본전이니 거절할 이유가 없었다. 그는 나를 경찰서 뒤뜰로 데려갔다.

상대는 20대 후반의 잘 단련된 무도경관이었다. 내가 또래에 비해 힘도 세고 싸움기술이 좋다 해도 이건 어른과 아이의 싸움이나 마찬가지였다. 그러나 나는 전혀 주눅 들지 않았다.

잠깐 서로 눈싸움을 한 뒤 얼러붙었다. 형사는 제법 몸이 빠르고 손아귀 힘이 좋았다. 그는 유도 유단자였는지 주먹이나 발을 쓰지 않고 나를 붙잡으려고만 했다. 나는 그런 그를 이리저리 피해 다녔다. 상대방이 유도식의 대결을 원하는데 나라고 해서 주먹이나 발을 쓸 수는 없는 노릇이었다. 그랬다가는 모처럼 보여준 호의를 발로 박차고 마는 꼴이 될 수도 있으니 말이다.

그러다 보니 마치 씨름이나 레슬링을 하듯 서로를 붙잡고 낑낑댈 수밖에 없었다. 졸지에 힘자랑이 되어버린 것이다. 승부는 좀처럼 나지 않았다. 입 안에서 단내가 나고 뜨거운 숨이 목구멍으로 푹푹 치솟았다. 이마에 맺힌 땀방울이 또르르 굴러 눈에 들어가는 바람에 연신 눈을 깜박거려야 했다. 그건 그도 마찬가지였다. 우리 둘은 10여 분을 그렇게 말없이 서로를 붙잡고 끙끙거려야 했다. 형사가 내뿜는 뜨거운 숨이 내 볼에 와 닿았다. 그때 그가 내 귓가에 한마디를 찔러 물었다.

"너, 운동 좀 했냐?"

"예."

"짜아식, 진즉에 말할 것이지."

그 말끝에 엉긴 몸을 뗐다. 피차간에 알아볼 것은 다 알아봤던 셈이다. 누구도 이기거나 지지 않은, 그러나 실제로는 형사가 두 손을 들고만 싱거우면서도 흥미로운 대결이었다.

나는 물론 형사의 호의로 곧장 풀려날 수 있었다.

110

이 난데없는 형사와의 힘 대결을 이후에도 나는 그와 같은 인간적인 경찰을 만난 적이 있다. 성동역에서 전차를 막은 채 군인깡패들과 큰 싸움을 벌였을 때도 담당경찰들은 "졌으면 그만이지, 무지막지하게 총까지 들이댔던 놈들이 나쁘지…" 하는 말로 오히려 나를 두둔해주었다. 이승만 시절, 부패한 경찰들도 많았지만 이처럼 인간적인 형사들도 많았다.

가난한 집 형제들이 우애 깊다는 말은 들어본 적 있어도 부잣집 형제들이 우애 깊다는 말을 들어본 적은 없다. 그 시절, 우리 모두 가난했기에 서로를 이해하고 도와주려고 노력했던 건 아니었을까. 때로는 경제적 풍요보다 그 시절의 낭만이 소중하고 값진 걸로 여겨지기도 한다. 그래서 가끔은 비굴한 모범생보다 아름다운 괴짜들이 많았던 그 시절이 문득문득 생각난다.

괴짜들의 천국

나는 중고시절에 학교를 다섯 곳이나 전전했지만, 그건 주먹질이나 악동짓 때문에 쫓겨났을 뿐이지 성적 때문에 낙제로 퇴학당했던 적은 한 번도 없었다. 그러니 일상생활에서는 선생님들도 내가 사고를 치더라도 웬만하면 눈감아주려고 했다.

서울로 이사 오기 전, 개성상업학교에 다니던 시절의 일이다. 한번은 시험시간에 백지를 제출했다. 항의나 반항의 의미로 그런 게 아니라 단지 시험 준비를 하지 않은 탓에 아무것도 몰라 그렇게 한 것뿐이었다. 커닝은 내 적성에 맞지 않았다. 그런데 나중에 성적표를 받아보니 분명히 백지를 낸 시험이 60점이 아닌가. 나는 다른 누군가의 성적을 내 성적으로 잘못 기재한 건 아닌지 궁금해 선생님을 찾아갔다.

"선생님, 이게 대체 어찌 된 일인지…."

"네가 최소한 부정행위는 하지 않았잖아. 그것만으로도 60점은 충분해. 다음부터는 공부 좀 해라? 알았지?"

나는 선생님과 나눈 대화를 급우들에게 전해주었고, 이 이야기는 일종의 미담으로 윤색되어 금세 화제가 되었다. 지금처럼 경쟁만을 부추기고 성적 1점에 민감한 시대에는 상상도 하지 못할 일이다.

이러한 학장시절의 분위기를 가장 잘 대변하는 사람이 바로 당시에도 그랬지만 지금까지도 존경해마지 않는 《새 역사를 위하여》의 저자인 성천 유달영 선생님이다.

유달영 선생은 해방 전후 개성 호수돈여고와 서울농대에서 분필을 잡았는데 그 시절에도 자신만의 교육철학을 펼쳤다. 그는 점수와 상관없이 출석만 잘하면 A학점을 줬다. 또한 시험 감독을 해본 적도 없다. 시험시간에 들어가서 칠판에 문제만 쓰고 바로 밖으로 나와버렸다. 그리고 맨 나중까지 답안지를 작성한 학생이 답안지를 걷어 연구실로 가져다주는 걸로 모든 절차를 대신했다.

더욱 가관인 것은 유달영 선생의 시험문제는 미리 공개된다는 점이다.

(1)한국에서 화훼원예가 산업화되려면 최선의 방향은 무엇인가?

(2)화훼나 관상식물은 인간생활에 어떤 영향을 주는가?

이 문제는 20년 동안 한결같았다 한다. 어느 날 선생에게 한 학생이 질문을 했다. 자기는 첫 번째 한 문제만 제대로 썼을 뿐인데, 무려 80점이 나왔으니 혹여 채점이 잘못된 것은 아닌지를 물은 것이다. 그때 선생은 이렇게 대답했다고 한다.

"첫 번째 답안은 30점짜리야. 그러나 백지로 낸 두 번째 문항에는 내가 50점 만점을 다 줬지. 학생의 정직함에 만점을 준 거야."

지금 시대에 유달영 선생과 같은 교육자가 있다면 당장에

필자의 마음에 농촌 공동체운동의 불을 지핀 유달영 선생.

교직에서 쫓겨날지도 모른다. 하지만 적어도 그 시절에는 낭만이라는 게 있었다.

그 시대 분위기를 잘 보여주는 일화는 숱하게 많다. 열아홉 시절, 한참 배가 고프던 그때 '자장면을 몇 그릇까지 먹을 수 있나'를 두고 친구 셋과 시합 아닌 시합을 벌였다.

"야, 많이 먹는 놈이 이기는 거다."

"이의 없어. 나중에 군말하기 없기다."

"그러지 말고 30그릇을 채우는 놈이 이기는 걸로 하면 어떨까?"

이왕이면 시합답게 해보고 싶어 30그릇을 제안했으나 친구들의 반대로 끝내 남보다 많이 먹는 사람이 이기는 걸로 규칙을 정하고는 종로 4가까지 진출했다. 화교가 운영하는 중국집이었다.

우리는 홀이 아닌 룸을 차지하고 앉아 호기롭게 자장면을 주문했다. 각자 한 그릇씩을 비웠다. 두 그릇, 세 그릇, 거기까지는 모두 성공했다. 네 그릇째에 한 명이 두 손을 들었다. 다섯 그릇째에 나머지 두 명이 포기했다. 세 친구들은 숨도 제대로 쉬지 못했다. 아는 사람은 알겠지만, 예전 자장면 그릇은 얼마나 무지막지하게 컸던가.

이미 시합은 이겼다. 하지만 나는 계속 젓가락질을 했다. 여섯, 일곱 그릇…. 게 눈 감추듯 빨랐던 젓가락질의 속도가 점점 느려지기 시작했다. 자장면이 목구멍까지 차올랐다. 종업원은 눈을 동그랗게 뜨고 불안한 듯 나를 지켜보고 있었다. 친구들도 마찬가지였다. 내 예전 기록은 일곱 그릇이었으나, 이번 기회에 기록을 갱신하고 싶었다. 여덟,

114

아홉, 드디어 열 그릇을 채웠다. 참 바보 같은 짓이었지만 그때에는 포기하고 싶어하는 내 안의 또 다른 나와 싸워 이겼다는 생각에 우쭐하기만 했다. 그러나 문제는 그 다음이었다.

내기에서 진 녀석이 자장면 값을 지불하기로 했는데, 그가 돈이 없다고 두 손을 든 것이다. 우리는 스물너덧 개의 빈 그릇을 앞에 두고 망연자실해 있었다. 어쩔 수 있나? 두 손이 닳도록 싹싹 비는 수밖에. 중국집 주인에게 자초지종을 털어놓았다.

"무엇을 해서라도 자장면 값은 반드시 갚겠습니다. 시간만 좀 주시면…."

주인장의 입가에 빙그레 미소가 떠올랐다.

"좋아, 좋아. 우리 중국에서는 이런 말이 있어 해. 집에 천하장사가 들어오면 잘 대접을 해야 복받는다고…. 그게 우리 풍습이야. 돈은 됐어. 언제라도 들러. 열 그릇이면 빠켓스로 하나가 넘어. 그걸 다 먹었어 해. 배추라고? 당신 정말 마음에 들어. 언제라도 찾아와 해."

이후 나는 무려 1년간 그 자장면 집을 무상으로 출입했다. 화교인 주인장은 내가 들를 때마다 고급요리를 내놓고 대접했다. 지금도 이와 비슷한 내기이벤트를 벌이며 음식을 대접하는 가게가 있기는 하지만, 그건 마케팅 차원에서 이루어지는 것이지 이처럼 무턱대고 찾아와 자기들끼리 멋대로 내기를 한 손님을 포용하는 음식점이 있을지는 의문이다. 내가 그 시절을 멋스러운 한때로 기억하는 이유는 바로 이런 사람들이 있었고 그런 낭만이 통용되었기 때문이다.

내 이야기를 들은 사람들은 하나같이 다음과 같이 묻는다.

"공짜로 마음껏 먹을 수 있는 그 좋은 중국집을 왜 1년만 다녔어?"

내 대답도 하나뿐이다.

"여느 날처럼 말야, 주린 배를 쥔 채 이제 마음껏 먹을 수 있겠구나 기대를 잔뜩 하고 찾아갔더니, 간판이 없어져버렸더군. 이웃집에 물었더니 중국집 주인이 미국으로 이민을 갔다는 거야, 글쎄."

설마, 그 호탕하던 중국집 주인이 내게 주는 공짜 음식이 아까워 이민을 간 건 아니겠지?

잦은 퇴학의 시작

숱한 악동과 기행으로 집안은 물론 장안의 골칫덩이로 막 자리 잡아가던 무렵의 일이다. 앞서 교원사칭으로 경신중고에서 퇴학받은 이야기를 했지만 그건 사실 그 학교에서의 두 번째 퇴학이었다. 내가 사고 하나를 친 뒤 이력서 한 칸에 '학교 첫 퇴학'을 기록하게 된 건 경신중고 2학년이던 1949년 말이었다.

어느 날 혼자서 을지로 거리를 걷는데 웬 학생이 내 앞을 가로막더니 느닷없이 갖고 있는 전차표를 달라고 하는 게 아닌가. 그때는 그런 갈취행위가 흔했다. 너나할 것 없이 금품 자체가 귀했으니 갈취품목도 전차표가 고작이었다.

"왜 내 전차표를 그냥 줘야 합니까?"

"어쭈? 이 자식 봐라?"

"난 절대로 못 줘요."

"그냥 달라는 게 아니고 잠시 빌리자는 거야. 너 왜 이렇게 답답하게 노냐? 야, 잠깐 따라올래?"

덩치는 나보다 조금 클까 싶을 정도였는데, 행동거지가 꽤나 불량해 보였다. 뭔가 믿고 있는 구석이 있었는지 아니면 많이 해본 솜씨였는지 공갈을 치는 품이 당당했다. 얼결에 그에게 끌려가게 되었는데 그는 어떤 건물의 문을 열고 들어가더니 내게 들어오라고 손짓을 했다. 명패를 보니 '전학련' 을지로 사무실이었다. 분위기가 심상치 않았다. 오가며 마주치는 상급생에게 경례를 깍듯하게 올리는 학생들이 제법 군대조직 비슷한 분위기를 내고 있었다.

"애들아, 이 새끼 좀 묶어라!"

그가 명령을 내리자 하급생들이 달려들어 나를 사무실 기둥에 묶어버렸다. 엉겁결에 당한 일이라 저항하고 말고 할 것도 없었다. 전학련이 무슨 단체인지는 익히 알고는 있었지만, 이처럼 막무가내일 줄은 몰랐다.

전학련은 1947년 서울 인사동 중앙예배당에서 설립됐는데, 대표적인 우익학생단체로 대단한 위세를 떨치고 있었다. 찬탁, 반탁의 소용돌이 속에서 등장했던 반탁학생연맹을 발전적으로 해체시키고 등장한 전학련은 출발부터 요란했다.

일제시대 말의 병영사회를 부활시킨 그들은 자기들끼리 모여 군대식 제식훈련과 열병식 따위를 진행하곤 했다. 전학련은 당시 이승만, 조병옥 등 우익정치인들의 비호 아래 반탁학생운동의 거두로 급부상하던 고려대 학생 이철승이 이끌었는데 그는 자기가 무슨 장군이라도 되는 양 긴 칼을 찬 채 엄숙한 표정으로 사열을 진행하기까지 했을 정도였다.

118

전학련의 위세는 이처럼 대단했다. 결성대회에 이승만, 조소앙, 김성수 같은 정계의 우익 거물들이 두루 참석했다는 신문보도가 있을 정도로 우익세력의 비호 아래 각 학교들을 망라한 전국적 조직까지 갖췄다.

알고 보면 철부지에 불과한 이들이 과도한 짓을 해도 아무런 문제가 되지 않았다. 경찰서에 잡혀간다 해도 당시 경무부장 조병옥, 수도경찰청장 장택상 등이 일일이 전화를 해서 곧바로 빼줬기 때문이다.

전학련은 1949년 대한학도호국단의 결성과 함께 해체됐는데, 내가 이들과 마주친 건 그 직전의 일이었다.

나를 기둥에 묶은 그들은 먹잇감을 발견한 하이에나처럼 달려들었다. 처음 몇 대를 맞을 때까지는 견딜 만했다. 입안에 비릿한 핏물이 고이면 오기를 부리며 녀석들의 면상에 뱉어주기도 했다. 그러나 시간이 흐를수록 맷집 좋은 나도 더는 버티기 힘들었다. 거의 정신을 잃을 지경이 되도록 두들겨 맞았다.

맞아서 화가 난 것도 사실이지만, 나를 더욱 분노케 한 건 그들의 이런 행태였다. 이처럼 여러 사람이 몰려다니면서 힘없는 사람을 붙잡아놓고 얼마나 많은 폭력을 행사했겠는가. 머릿속으로 이런 생각들이 스치고 지나갔다. 결국 나는 전차표를 빼앗긴 건 물론이요, 거의 피 칠갑을 한 채로 쓰레기처럼 내던져졌다.

그러나 그들과의 인연은 이제 시작일 뿐이었다. 그로부터 며칠 뒤 내게 린치를 가한 전학련 학생을 학교 안에서 발견했다. 친구들에게 확인해보니 놀랍게도 그가 경신중고의 2년 선배라는 것 아닌가. 또한 전학련 소속이라는 배경을 업고 다른 학생들을 괴롭히는 녀석이라는 것도 알게 되었다. 기회를 노렸다. 마침 그가 혼자 교실에 있는 것을 포착했다. 나는 불문곡직하고 들어가 그의 앞에 섰다.

"야! 너 나 알지? 기억하냐?"

"어? 너…!"

녀석의 얼굴이 일그러졌다.

"이제 네가 죽어볼 차례야? 알갔냐?"

그는 내 주먹 한 방에 나가떨어졌다. 다른 때 같았다면 그쯤에서 손을 털었을 것이다. 그러나 당한 만큼 되돌려주겠다는 개인적 분노만으로 시작한 일이 아니었다. 나름대로 의협심에 불타고 있었던 탓에 나는 평소와는 달랐다. 그의 몸통 위에 올라탔다. 그동안 그에게 이유도 모른 채 얻어맞아야 했던 사람들의 몫까지 때려주고 나서야 겨우 분이 풀렸다.

"너 이 새끼. 다음에도 그 따위로 살 거냐?"

"아이고, 아닙니다. 잘못했습니다."

"나이 어린 애들 전차표나 빼앗고, 그것도 안 되면 전학련 사무실에 끌고 가서 마구잡이로 사람이나 때리고. 한 번만 더 그런 짓을 하면 너는 내 손에 죽는다. 알간?"

"아, 예예."

그의 말을 전적으로 믿지는 않았지만 그렇게라도 다짐을 받고 나니 더없이 상쾌했다. 어린 마음에 뿌듯하기까지 했다. 하지만 생각해보니 그게 아니었다. 복수전은 멋지게 치렀다지만, 은근히 후환이 두려웠

120

다. 당장 내일부터 등교할 일이 까마득했다. 분명 그 녀석은 전학련 패거리를 동원해서 나를 손본다고 설칠 것이다.

그렇게 하루 이틀이 갔다. 나는 학교에 간다며 집을 나서서는 정작 학교에는 가지 못하고 엉뚱한 곳에서 시간을 보내다 들어왔다. 그렇게 며칠이 흘렀다. 아무래도 낌새가 이상했는지 어머니가 물어오는 통에 할 수 없이 자초지종을 밝혔다. 나중에는 아버지까지 알게 됐다. 당시만 해도 우리 집안은 부자였으니 학교 전학쯤이야 문제가 안 되었다. 아버지가 해결책을 제시했다.

"동규야. 너 경기중고로 전학 갈래?"

"아뇨."

"왜?"

"그 학교는 왠지 싫어요. 학교 분위기가 좀 저랑 안 맞을 거 같아요. 보성중고 정도라면 왠지 저한테도 잘 맞을 것 같은데요."

경기중고 학생들을 '잔머리 굴리는 재수 없는 아이들'이라고 얕보던 나였기에 경기중고는 싫었다. 그렇게 말도 안 되는 고집을 부려 결국은 보성중고를 선택했다. 당시에는 약간의 기부금을 준비하면 학교를 옮기는 일은 얼마든지 가능했다. 어머니가 두어 번 보성중고 담당교사를 만난 뒤 모든 게 해결됐다. 이렇게 해서 나는 이후 세 번이나 반복될 퇴학의 첫 테이프를 끊게 되었다.

등교 한번 못해보고 받은 보성중고 퇴학

1950년 5월, 전쟁이 터지기 직전 보성중고로 전학이 결정된 뒤 나
는 사복을 입은 채 구경삼아 학교에 갔다. 날씨는 한결 따스해져 한낮
에는 제법 초여름 기운마저 느낄 수 있는 화창한 날이었다.

6년제 고급중학교에서 보성중학교, 보성고등학교로 막 분리된 때
였다. 이렇게 중고가 분리된 때문인지 새로 건물을 세우고 있었다. 웅
장하고 고즈넉한 느낌을 주는 석조건물로 거의 완공이 된 듯 주변 정
리를 하고 있었다. 가까이 가보니 신축 도서관이었다. 앞으로 이 새로
건설된 도서관에서 책을 보고 공부를 할 생각을 하며 가벼운 흥분마저
느꼈다. 새로움이란 나에게 언제나 설렘으로 다가왔다.

들뜬 기분으로 교정을 왔다 갔다 하고 있는데, 그런 내가 마뜩찮았
는지 제법 덩치가 큰 학생 한 명이 다가와 시비조로 말을 붙였다.

"너 뭐야?"

"나? 나도 보성중고 학생이거든?"

내 대답이 좀 뻣뻣하다고 생각했는지 교복을 입은 그 학생이 대뜸

122

언짢은 표정을 지었다.

"근데 네가 무슨 통뼈냐? 왜 사복을 입고 설치고 다녀?"

"전학을 왔거든. 내일부터 등교하기로 돼 있는데, 교복은 아직 지급 받지 못했어. 그게 뭐 그렇게 크게 잘못 된 일이냐?"

"시건방진 녀석! 도무지 겁이 없구만?"

이건 숫제 한판 붙자는 말이나 다름없었다.

"네 버릇을 고쳐주지. 따라와!"

그는 성큼성큼 걸어 교문을 빠져나갔다. 결국 학교 뒷산 으슥한 곳에 올랐는데 그 녀석은 덩치만 컸지 동작이 굼떴다. 몇 번 주먹을 뻗자 움찔하는 게 아닌가. 시간 끌 필요도 없어 급소 몇 군데를 가볍게 두들겨주고 산을 내려왔다.

아직 정식으로 등교도 하지 않은 판에 싸움부터 벌였으니 기분이 좋을 리 없었다. 집에 돌아왔을 무렵에는 이미 소문이 퍼져 있었고 집안 식구들까지 그 사실을 알고 있었다. 그렇다고 해도 별일은 아니겠다 싶었는데, 일이 꼬이려고 그랬는지 내가 상대한 녀석이 보성의 유도부장이었다. 보성중고등학교는 경신, 계성 등과 더불어 우리나라 유도 역사에 획을 그은 유도명문이었다. 학교를 대표하는 운동부인 만큼 학생들의 사랑을 독차지할 정도로 신망이 두터웠다.

나는 다음날 등교도 해보지 못한 채 다시 퇴학을 당했다. 만약 내가 보성을 다녔다 해도 학교생활이 순탄치는 못했을 것이다. 처음 보는 전학생에게 흠씬 두들겨 맞은 유도부장이 어떻게든 보복을 하려 했을 테니 말이다. 그런 위험을 무릅쓴 채 학교를 다닐 바에는 차라리 퇴학을 당한 게 다행이지 않았나 싶었다.

이런 연유로 나는 학생 신분이 아닌 무적자 신분으로 6·25를 맞았다. 학생이지만 학생이 아니게 되어버린 이 모호한 신분은 전선이 휴전선 부근에서 고착된 1952년 여름까지 유지됐다.

학업을 계속해야 한다는 아버지의 완강한 뜻을 꺾지 못한 나는 복학을 준비하고 있었는데, 그때 전혀 예상치 못했던 희소식이 들려왔다. 미군 폭격으로 경신의 학적부가 몽땅 불타버렸다는 것이다. 전쟁의 추이를 관망하느라 피난민들은 아직 서울로 다 돌아오지 않은 상태였다.

먹고살기도 힘든 판에, 목숨을 부지하는 것만으로도 힘에 겨운데 학교를 다닌다는 건 여간한 일이 아니었다. 때문에 경신에는 학생도 거의 없었다. 그나마 대광중고교와 정신여중고교 등 기독교 계열의 학교들과 전시연합학교를 만들어서 겨우겨우 학교를 꾸려가고 있다는 소식이었다.

'이때다' 싶어 복교신청을 했다. 물론 전학련 소속의 2년 위 상급생을 두들겨 팬 일로 퇴학을 맞은 사실이 걸림돌이 될까봐 조금은 불안했다. 조마조마한 가슴으로 학교에 가서 말을 했더니 즉석에서 바로 무사통과되었다. 학적부가 불타버렸다는 소문이 사실이었거나 아니면 나 같은 녀석일지라도 한 명의 학생이 아쉬웠던 때문이었을 텐데, 어쨌거나 나에게는 다행스러운 일이 아닐 수 없었다.

배추가 돌아왔다 1

연합학교는 서울 낙원동의 한 교회와 서울 정동의 지금 미대사관 자리 바로 옆에 있는 구세군회관의 붉은 벽돌집을 이용하고 있었다. 이곳 연합학교를 다니던 시절이 각별한 이유는 다른 데 있다. 본명인 방동규보다 더 유명한 '배추'라는 평생의 별명을 이때 얻었기 때문이다.

방동규에서 방배추로

전후의 혼란과 함께 물자가 부족했던 시절이었기 때문에 교복이고 가방이고 따로 있을 리가 없었다. 학생들의 몰골은 그야말로 가관이었다. 군복 등 입을 수 있는 거라면 아무거나 걸쳤기 때문에 흡사 누더기 옷을 입은 듯이 여겨지기도 했다. 나 역시 부산과 호남지역에서 장사를 하던 옷차림새 그대로였다. 베 잠방이에 헐렁한 고무신이나 게다를 신고 학교에 다녔다.

"어머머! 쟤 좀 봐."

"왜? 어머, 학생인지 선생인지 잘 모르겠네?"

"꼭 배추장수 차림 아냐?"

"쟤가 그렇게 싸움을 잘한다던데?"

정신여학교 학생들은 친구들보다 머리통 하나가 쑥 나오는 키에 전쟁통에 훌쩍 웃자란 몸집의 나를 보고 킬킬대며 웃기에 바빴다. 아무리 전쟁통이라지만 차림과 행색에 민감하기 마련인 여학생이라서였을까? 정신여학교가 예나 제나 깔끔하고 조신한 풍토로 유명했기에

126

시커먼 소도둑 같은 내 모습이 호기심을 끌기도 했을 것이다. 이렇게 시작된 나에 대한 인상이 한 사람 두 사람의 입을 건너면서 숫제 나를 일컫는 호칭이 배추장수로 굳어졌다. 그러더니 나중에는 아예 '배추'라고 줄여 부르기 시작했다.

그렇게 어렵게 재입학에 성공한 나였지만 앞서 언급했던 상급생 구타와 뒤이은 자장면 집 외상사건으로 재퇴학을 당하고 말았다. 이제 도리가 없었다. 서울에 있는 중고교는 거의 포기하다시피 했다.

이왕에 다닌 학콘데 졸업장은 있어야 하겠고, 나를 받아줄 학교는 없고, 그렇게 고민 끝에 찾은 곳이 인천에 있는 송도중고였다. 내 이름이 인천까지 퍼졌는지, 혹은 누군가의 언질이 있었는지 알 수 없으나 그곳에서도 내 이름을 듣고는 선뜻 전학 신청을 받아주려 하지 않았다. 아버지의 이름을 팔아서 겨우 전학수속이 가능했다.

해방 전후 개성 최고의 부자였으니 그 명성이 송도중고에서도 통했던 것이다. 본래 송도중고는 1906년에 문을 연 뒤 6·25때까지도 개성에 자리잡고 있던 명문이었다. 개성에 있는 송도고는 대리석 건물이었는데 '와세다 대학 캠퍼스보다 더 멋지다'는 말을 들을 정도로 그 위세가 대단했다. 전쟁 직후 학생과 교사가 뿔뿔이 흩어졌다가 임시수도 부산에서 52년 초에 재개교를 한 다음 그해 4월 인천에 올라와 판잣집 학교로 다시 문을 열었던 참이다.

나는 그 학교를 명목상 6개월 동안 다녔으나 실제 등교한 것은 불과 한 달여밖에 되지 않았다. 매일같이 기차를 타고 인천을 다니는 것도 고역이었고 그 학교에 그다지 흥미를 느끼지도 못했다. 이런 방만함이 가능했던 건 전쟁으로 인한 어수선함 덕이기도 했다. 부산과 인천에서 두 차례나 다시 문을 열었으니 학사관리가 오죽 부실했겠는가.

쉬 믿어지지는 않겠지만 나 같은 '먹고 학생' 노릇은 전시의 혼란 속에서 얼마든지 가능했던 풍속이다. 선배 중 한 명인 리영희는 대담 집《대화》에서 서울법대를 다녔던 송건호(전 한겨레신문사 대표)의 경우 법대 졸업까지 강의실에서 수업을 받은 것은 두어 차례에 불과했다고 밝힌 적도 있다. 그렇게 다녔던 학교였지만 졸업식이 다가오자 조금은 서운한 마음도 들었다. 드디어 6개월이 지나고 졸업식날이 되었다.

그날 나는 왼팔에 깁스를 한 채로 집을 나섰다. 며칠 전 치렀던 싸움에서 뼈에 손상이 갔기 때문이다. 그런데 학교에 가보니 분위기가 좀 달랐다. 왠지 내가 나타나길 모든 사람이 기다리고 있었던 것 같은 기분이 들었다. 그때 친구 가운데 한 명이 내게 귀띔을 해주었다.

"배추야, 오늘 분위기가 좋지 않아. 개성 출신 선배들이 자기들을 선배 대접해주지 않는다면서 너를 손보겠다고 단단히 별러왔거든. 졸업을 해버리면 손볼 기회조차 없어지니까 무슨 수를 써서라도 오늘 일을 벌이려 할 거야."

고등학교 졸업식 무렵 친구들과 함께. 맨 왼쪽이 필자.

그런 일로 겁먹을 내가 아니었다. 다만 나는 왜 내가 그들에게 그렇게 밉보였는지가 궁금했다.

"배추, 네가 개성 출신인 걸 아는 사

배추가 돌아왔다 1

람은 대충 다 아는데 네가 2, 3년 고향 선배들을 선배로 모시지 않고 거들먹거리면서 놀고 다닌다는 거야."

"내가 그 사람들이 개성 선배인지 뭔지 알게 뭐야. 학교라고 건성으로 며칠 다니지도 않았으니 모르는 게 당연하지. 정 그게 아니꼬웠으면 내게 직접 자기들이 개성 선배라고 말이라도 해주던가 하지, 뭐 혼을 내주겠다고? 할 테면 해보라지!"

그렇게 별스럽지 않게 생각했다. 어쨌거나 졸업장은 타야겠으니 졸업식장으로 들어갔다. 그런데 몇 사람이 길을 막아서는게 아닌가.

"야, 네가 배추냐?"

"네가 그렇게 잘났냐?"

그런 욕지거리와 함께 떼거리를 지어 마구 주먹을 휘둘러댔다. '제아무리 이름 높은 배추라 해도 오른손 한쪽뿐인데' 싶어서 그냥 치고 들어온 것이다. 상대는 6~7명이지만 다행히도 맨손이었다. 그렇다면 내게도 승산이 있다.

나는 재빨리 벽을 등졌다. 여러 사람과 상대할 때는 그게 최선의 선택이다. 벽을 등에 진 채 상대가 들어오는 족족 오른손 펀치를 내리 꽂아버렸다. 싸움은 힘으로만 하는 것이 아니라 눈으로 한다는 게 나의 지론이다. 상대방이 어떻게 행동할지를 재빠르게 간파하면 그만큼 대처할 수 있는 시간을 확보할 수 있기 때문이다. 스피드 역시 눈에서 비롯된다.

"퍽, 퍽"

단 5분 만에 상황은 끝이 났다. 결국 졸업식장에는 들어가보지도 못하고 나의 학창시절은 그렇게 우당탕 쿵쾅 하면서 요란스럽게 마무리되었다.

시라소니, 김두한, 주먹의 전설

'주먹' 하면, 사람들은 보통 시라소니와 김두한을 떠올린다. 특히 일제시대와 해방 전후의 감격시대, 낭만시대를 헤쳐갔던 대표적인 사람이 두 사람이기 때문이다.

시라소니 이성순(1914~83년). 주먹사에서 최고의 실력자로 인정받는 신의주 출신의 그는 일제시절에는 만주를 떠돌다 해방 직후 귀국했다. 170Cm가 될까 말까? 체격도 왜소한 편이고 둥글둥글한 얼굴 역시 전혀 싸움꾼답지 않았다는 게 그를 본 사람들의 증언이지만, 싸움에 관한 한 그를 대적할 상대가 거의 없었다.

그에 관한 숱한 이야기들이 지금도 재생산되고 있는 것도 그 때문인데, 그에게는 가공할 만한 주특기가 있었다. 상대와 5~6m 떨어진 곳에서 순간적으로 몸을 날려 머리로 들이받는 공중걸이는 박치기 직전에 머리를 잠깐 뒤로 젖혀 그 탄력으로 상대방을 들이받는 위력적인 기술이다.

작은 키에 빠른 몸놀림이 토대가 되는 이 기술은 한번 빗맞거나 제대로 들어가지 않았다 싶을 때도 효과적이다. 바로 이어서 연속적으로 파고들 수 있기 때문에 제 아무리 맷집이 강한 상대라 해도 결국에는 뻗고 만다는 전설 속의 기술이다.

60년대 한때 국내 권투 챔피언이었던 모씨가 시라소니와 맞붙었던 일화는 지금까지도 떠돈다. 당시 글러브를 낀 채 권투시합을 했던 챔피언은 2라운드를 넘기지 못했다. 머리, 어깨, 팔꿈치, 주먹, 무릎, 발 등 몸의 모든 부분이 살상무기였던 시라소니가 어찌나 빠르게 가격을 해대는지 도무지 정신을 못 차렸다는 것이다. 그는 근접전에서 위력이 큰 잡기와 꺾기 등에도 능했다.

그가 전설의 주먹으로 회자되는 데는 이름 덕도 있다. 스스로가 자랑스러워했다는 시라소니라는 이름은 실은 어미에게 버림받은 '못난 호랑이 새끼'를 뜻한다. 그러나 그런 탓에 나홀로 자라면서 강해진 호랑이를 말하기도 한다. 사람들이 그에게 시라소니라는 별명을 붙인 이유는 그가 그만큼 빠르기 때문인데, 사람들은 아직까지도 이렇게 묻곤 한다.

"김두한이 생전에 유일하게 두려워한 사람이 시라소니라는데, 둘이 붙으면 누가 이길까?"

"이종격투기 때문에 더욱 유명하진 극진가라테의 창시자로, 전 세계에서 당할 자가 없었다는 최배달(최영의)과는 누가 더 셀까?"

모두가 잘디잘아진 시대, 사람들은 보통 마누라라는 이름의 유폐된 성(性)과 자식이라는 이름의 감옥에 갇혀 산다. 그

'시라소니'라는 별명으로 더 유명한 이성순.

걸 처성자옥(妻城子獄)이라고 하던가? 꽉 조여진 생활, 팍팍한 일상 속에서 왕년의 장쾌한 주먹들에 대한 향수는 어쩔 수 없는 하나의 판타지인지도 모른다.

시라소니는 빠른 몸놀림과 깨끗한 박치기를 주무기로 한 시절을 풍미했다. 그러나 그는 무엇보다 '나홀로 주먹'이었다. 나홀로 주먹? 평생을 '일인분주의자 협객'으로 떠돌던 그의 일생을 염두에 두자면 그건 맞는 말이다.

말년의 그가 이승만에게 맞섰던 야당 지도자 신익희의 경호를 했다는 설도 있지만, 그건 아직도 설왕설래가 있고 실은 고독한 파이터로 평생을 살았던 것이다.

그에 비해 일제시대 서울 종로지역을 중심으로 성장한 김두한(1918~72)의 경우는 스타일과 노는 물이 시라소니와는 꽤나 달랐다. 불과 18세의 나이로 조선의 주먹계를 평정했던 그는 조선팔도를 아우르는 '전국구 주먹'으로 발전했다. 그 이전까지 종로의 주먹패는 '구마적'으로 불리는 고희경, 학생패를 이끈 보성전문 출신의 '신마적' 엄동욱, 별명이 '쌍칼'이던 김기환 등 3자구도였지만, 그걸 깨끗하게 평정한 것이 바로 김두한이다.

주먹도 주먹이었지만, 그의 핵심역량은 네트워크에 있었다. 해방 직후 그가 민주청년단 등 우익주먹으로 활동하고, 1954년 정계입문과 함께 짙은 정치색까지 갖게 된 것도 그런 배경이다.

싸움의 천재라고 불렸던 김두한.

어쨌거나 그는 '잇뽕(한 방)'이라는 별명에 걸맞은 가공할 주먹과 함께 오른발 돌려차기라는 '보조 필살기'까지 갖췄다. 순수하게 싸움기술로 보자면 그는 같은 안동 김 씨로 친구사이였던 김동회의 증언대로 싸움의 천재였다.

"한마디로 싸움천재였다. 정식으로 무술을 배운 유단자가 봐도 탄복할 정도였고, 주먹보다 발차기가 특기였는데 한마디로 붕붕 날아다녔으니까. 물론 첫 인상이 곱지는 않았다. 보통 사람보다 머리가 두 배 정도인 데다가 호랑이 상이다. 그럼에도 순간적인 머리회전이 빠른 사람이었다. 그 점에서 TV 대하드라마 '야인시대'의 묘사는 얼추 비슷하다고 보면 된다."

김동회, 그는 영화 '장군의 아들'에서 김두한의 어렸을 적 친구로 등장해 한판 대결을 펼쳤던 인물(이일재 분)이다.

시라소니와 김두한을 언급한 건 내게 붙은 하나의 수식어 때문이다. 쑥스럽게도 사람들은 내게 '시라소니 이후 최고의 주먹'이라는 과분한 수식어를 붙여주었다. 나는 시라소니보다 스물한 살 아래이고 김두한보다는 열일곱 살 아래라서 서로 세대가 다른 주먹이다. 그들이 누볐던 시대와 내가 지나온 시대 역시 크게 구분된다. 시라소니와 김두한은 그들이 10대였던 1930년대부터 일찌감치 사회적 활동을 시작했다.

김두한이 조선의 주먹세계를 평정한 것은 34년도의 일이다. 거창하게 말해서 조선의 주먹이라고 하지만, 서울 종로 장악이 전부였다.

134

이후 그는 명동상권을 쥐고 있던 '명동의 지존' 하야시(한국이름 선우영빈)와 세력을 분할해 가졌다. 조선주먹 대 일본주먹이라는 으르렁거리는 관계는 과장된 것도 사실이고, 실은 적당한 협력관계를 유지한 정도였다.

어쨌거나 '낭만주먹'의 시대는 해방 이후에도 계속되었다. 김두한은 민주청년동맹을 이끌면서 이북 출신이 중심이 된 서북청년단과 함께 우익주먹으로 입지를 굳혔고, 반대쪽 좌익주먹패에서도 세력을 불려갔다. 거지패 시절 김두한의 친구였던 정진용(보통 정진영으로 불리지만 정진용이 정확한 이름이다)이 이끈 조선청년전위대도 모습을 드러냈다.

힘의 진공상태였던 해방공간이 특히 격렬했던 건 좌익들의 적색테러와 우익주먹들의 백색테러가 횡행했던 탓도 무시 못한다. 파업현장 개입을 통한 무자비한 테러와 상대진영에 대한 보복 등은 전에 없던 정치권력과의 짝짓기를 통해 가능했다.

그럼에도 사람들이 그들을 '낭만주먹'으로 부르는 것은 '연장', 즉 흉기에 의존하기보다는 깨끗한 맨손대결이 주류였다는 점 때문이다. 당시의 싸움은 힘과 스피드를 토대로 한 게임의 성격이 짙었다. 깨끗한 승복 이후에는 선명한 상하관계가 형성되는 풍토 역시 요즘과 달리 인간미 있었다.

단 이승만 시대 중반 이정재, 임화수, 유지광, 이화룡 등이 중심이 된 정치깡패의 등장은 낭만주먹의 물을 흐렸고, 한 시대의 종언을 알렸다. 54년 김두한이 정계에 뛰어든 뒤 현대적 조직의 개념이 등장했고, 그들은 자금과 조직력을 동원해 이기붕 같은 권력과 밀착을 했던 것이다.

한번은 화가 친구 여운 교수과 함께 호남지역에서 힘깨나 쓴다는 친구들을 만났던 적이 있었다. 우연치 않게 자리가 만들어진 그때가 80년대 초중반인데, 술자리가 무르익어 내가 과거의 무용담을 신나게 풀었다. 분위기도 제법 좋았다. 그러다가 한 녀석이 투덜거린 한마디는 나를 깜짝 놀라게 한 것은 물론 절망까지 하게 만들었다.

"아니, 왜 땀 뻘뻘 흘려가면서 힘들게 쌈박질을 하고 그런답니까. 쥐도 새도 모르게 그냥 찔러불제…."

그걸로 그 자리에서의 얘기는 끝이었다. 내가 지나온 시대의 주먹들과 70년대 이후 유흥가를 무대로 자라난 새로운 조폭(조직폭력배), 사시미칼을 휘두르던 이른바 깍두기 머리들과는 차이가 있다. 60년대 군사정부의 등장 이후 잠시 숨을 죽이고 있던 주먹세계는 70년대 중반 범호남파의 등장과 함께 새로운 조폭시대를 연 것이다.

범호남파는 경제성장과 도시화의 진행 속에 상대적으로 소외됐던 지역색을 무대로 한 조직이다. 오종철과 박종석(일명 번개)이 양분하던 그들의 주 활동무대는 무교동 같은 서울시내 유흥가였는데 주류공급권과 상납금이 주 수입원이었다.

조양은의 '양은이파', 이동재를 대장으로 하는 '광주 OB파', 김태촌이 중심이 된 '서방파' 등이 이런 배경 속에서 급부상했다. 이렇게 해서 전통적인 주먹시대는 확실히 끝이 나고 주먹들의 활동공간과 형태 역시 모두 바뀌었다. 조폭이라는 호칭 역시 이때 생겨나 오늘까지

136

굳어진 것이다.

　나는 주먹으로 이름깨나 날렸지만 이들과는 다르다. 그리고 인생선배 뻘인 시라소니나 김두한과도 다르다. 나에게 주먹, 그리고 싸움은 세상살이의 한 기술에 불과했다. 50년대 주먹들이 정치적으로 우파라면 나는 차라리 좌파에 가깝고, 이후 무리를 이루며 활동한 조폭에 비하자면 나는 철저히 '나홀로 주먹' 이었다.

나는야 낭만주먹, 나홀로 주먹

내가 한창 주먹으로 이름을 날릴 무렵 이정재가 제3자를 보내 은근히 영입의사를 밝힌 적이 있다. 당시 이정재는 유지광을 전면에 내세워 동대문시장과 평화시장 일대를 주무대로 하는 '화랑동지회'라는 단체를 조직했다.

또 그 조직의 후신인 반공청년단 등 그럴싸한 명목의 단체를 만들어 각종 사회적 이권과 정치세계에까지 개입하고 있었다. 특히 그런 이권개입 중에 이른바 가장 큰 건수는 미군부대 입찰이었다. 그걸 따낸 뒤 업자를 뜯어먹는 것이다. 그 조직의 위세가 어느 정도였느냐 하면, 조직의 소두목만 되어도 차를 타고 다녔다. 현역 특무상사를 운전수로 부리면서 말이다.

특무상사는 엄연한 군인이지만 수시로 휴가증을 갱신하여 항상 휴가자로 분류되었다. 당시 유행어대로 '나이롱 휴가'를 나온 셈이었다. 아마도 그들 눈에는 새로 뜨는 주먹이었던 내가 매력적인 '젊은 피'로 보였던 모양이다. 이정재의 영입제안은 혈기 넘치는 젊은이로서는 쉽게 뿌리칠 수 없는 유혹이었다. 그러나 나는 그 자리에서 거절했다.

당시 낙원동을 중심으로 세력을 형성하고 있던 '아오마쓰파'에서도 함께 일해보자는 제안이 들어왔으나 그 역시 거절했다. 내가 거절한다고 해서 쉽게 물러설 그들이 아니었지만, 만남 이후 내 뒷조사를 해보고 나를 '생각이 분명한 별종'이라고 판단했던 것 같다. 억지로 데려와 봤자 골칫거리를 키우는 것밖에 안 된다는 생각도 들었을 것이다.

그런 제안들을 깊이 생각하고 말 것도 없이 그 자리에서 거절한 이유는 내 나름의 삶의 기준에 어긋나는 일이었기 때문이다.《중국무협사》에 빗대어볼까. 거길 보면 노나라의 주가(朱家)에 대한 내용이 나온다. 그는 유가(儒家)의 고향에서 생활을 하였고, 이름이 높은 대협(大俠)이었다는데, 세 가지 측면에서 사람들의 추종을 받았다.

첫째, 그는 '가난하고 빈천한 사람부터 돕는다'는 원칙을 정해두고 이를 충실히 따랐다. 둘째, 그는 의협을 행하면서 남이 알게 될 것을 두려워했고 굳이 대가를 바라지 않았다. 셋째, 그 자신은 가난하고 청빈하여 집에 재물이 없다.

그것은 사마천이 《사기》의 그 유명한 〈유협열전〉을 통해 무협의 근본이라고 밝힌 바와도 통한다. 적어도 사내라면 이러한 의기는 지녀야 한다고 생각했던 나였기에 그런 정치깡패들과 한통속이 된다는 건 자존심이 상하는 일이었다. 이거, 너무 폼을 잡았나?

그러나 나는 과거의 협사들처럼 따분하고 고지식한 사람은 아니다. 아니, 오히려 어딘가 어수룩해 보이는 헐렁한 사람이기도 하다. 내가 시라소니와 비슷하면서도 다른 점이 있다면 바로 이런 게 아닐까 싶다.

기껏해야 소년 악동에 불과했던 내가 주먹으로 처음 이름을 알린 건 49년 말이었다. 당시 경신중고로 전학을 온 지 얼마 안 된 나는 친구들 사이에서 '조금 센 놈'이었을 뿐 명성과는 멀었다. 그러던 어느 날 다급한 연락이 왔다.

"동규야, 네 친구가 지금 엄청 터지고 있어. 네가 가서 조금 거들어 주면 어떨까?"

"뭐? 어딘데?"

"창경원 스케이트장이야."

듣자마자 튀어나갔다. 망설이고 자시고 할 것도 없었다. 모처럼 창경원 스케이트장 구경이라도 할 수 있지 않나 싶은 생각도 있었다. 당시 창경원은 일제시대 이래 시민유흥지로 탈바꿈한 곳으로 요즘의 에버랜드쯤 된다.

도착해보니 친구 녀석은 이미 죽사발이 났다. 얼굴이 엉망인 채 코가 쭉 빠져서는 턱 끝으로 저쪽을 가리켰다.

"쟤네들 학생 권투선수들이래. 두 명이 몰려다니니까 조심해."

떡 벌어진 어깨를 보니 한 주먹 하게 생겼다. 오히려 안도가 되었다. 기본도 안 된 녀석들끼리 헛방질 좀 하다가 이내 뒤엉켜 붙어 엎치락뒤치락 하는 싱거운 동네싸움을 '개싸움'이라고 하는데, 일단 개싸움이 될 일은 없을 테니 의욕이 생겼다. 녀석들이 나를 위아래로 훑어봤다.

"어쭈, 한번 해보겠다는 거냐?"

"좋지! 두 놈 모두 덤벼라. 단 장소는 좀 바꾸자."

사람이 없는 곳을 찾았다. 그쪽 패거리와 내 친구 일행 모두 예닐곱 명 정도가 지켜보는 가운데 주먹싸움이 벌어졌다. 학생 권투선수 두 명에, 나 하나. 나는 열다섯의 중2에 불과했지만, 상대는 중학 고학년 즉 요즘의 고교생이었다.

두 녀석이 한꺼번에 달려들었다. 보통 싸움을 해보지 않은 녀석들은 고개를 처박고 들어오기 마련이고, 그런 채로 주먹을 마구 휘두르며 들어온다. 그게 전형적인 파리채 주먹이다. 어깨에 잔뜩 힘만 들어서 그렇게 주먹을 휘두르다 금세 하체의 균형을 잃어 비틀거리기 마련인 허깨비 싸움꾼들.

하지만 두 녀석은 달랐다. 샌드백을 몇 년 두드려봤는지 하체가 받쳐줬고, 제법 펀치에 리듬을 실을 줄도 알았다. 하지만 스트레이트를 쭉쭉 뻗어대는 대신 훅 펀치를 날렸다. 나를 너무 쉽게 보고 대들었던 것이다.

상대를 얕보는 것만큼 어리석은 건 없다. '아, 이 녀석들 제대로 된 싸움꾼은 못 되는구만' 싶어 날아오는 주먹을 가볍게 피했다. 그렇게 주먹 몇 개를 흘려버렸다. 본래 싸움은 손이 아니라 다리로 한다. 또 그보다는 눈으로 한다는 걸 나는 이미 알고 있었다.

상대에 대한 파악을 끝낸 나는 바로 코앞에 있는 녀석의 명치부터 겨냥했다. 녀석이 외마디 비명을 질렀다. 정확한 오른발차기 한 방이었다. 발끝에 척 걸렸다 싶었고 느낌이 짜릿했다. 녀석은 바로 고꾸라졌다. 허리를 움켜쥔 채 숨도 못 쉬고 뻗어버린 녀석은 더 건드릴 것도 없다. 송장 치고 살인 낼 일 있겠나?

이미 끝난 게임, 자빠진 친구를 본 나머지 한 녀석은 이미 제풀에
질려버렸는지 덤빌 생각조차 못했다. 채 1, 2분밖에 안 되는 짧은 순간
이었다. 싸움이라기보다는 상큼한 주먹시합이라고 해야 옳은 창경원
스케이트장 결투는 너무도 쉽게 종료됐다.

하지만 그건 개성 유치원 시절부터 닦아온 권투, 유도, 검도 솜씨에
다가 전국소년체육대회에 단골로 출전했던 몸이니 어찌 보면 당연한
결과이기도 했다. 사실 할아버지, 아버지에서 삼촌들에 이르기까지 우
리 집안은 대대로 무골 스타일이었다.

그 결투 이후 '쇠주먹 탄생'을 알리는 소문이 마구마구 퍼져나갔
다. 본래 그런 일이 더 빠르게 퍼져나가는 법 아니던가. 그 뒤 나는 친
구들의 부탁으로 요즘 말로 '해결사 주먹'으로 뛰기도 했다. 그리고
이런저런 싸움으로 조금씩 내 이름이 알려지기 시작했다. 학내에서만
이 아니라 서울시내 학생들이라면 내 이름을 모르는 사람이 없게 되었
다. 그러자 자연히 내게 도전하는 사람들도 생겨났다. 내가 주먹으로
명성이 높아진 결정적인 이유도 내게 도전장을 내민 어떤 녀석들 때문
이었다.

배추가 돌아왔다 1

천하장사 씨름꾼에게 받은 도전장

배추가 돌아왔다

돈암동 집에서 멀지 않은 이화동에 학교 친구가 살고 있어 마침 놀러갔다가, 밤이 이슥할 무렵 배웅하는 친구와 함께 막 집을 빠져나온 참이었다. 저쪽에서 시커멓게 생긴 세 녀석이 한옥이 들어찬 비좁은 골목을 막아섰다.

짚이는 게 있었다. 길목을 지키고 서 있는 걸로 보아 나를 노리고 있던 무리다. 요즘 식으로 하자면 일종의 '학교짱'이라 할 수 있는데, 서울시내에 이름이 높았던 한 학교의 씨름부 녀석들임이 분명했다. 한판 붙을 수밖에 없는 상황인데, 점점 가관인 것은 세 녀석이 내가 보는 앞에서 보란 듯이 바지춤을 내리더니 오줌을 찌익 갈겨버린 것이다. 명백한 도전이다.

"오호라, 한번 붙어보겠다는 거냐? 너희들 그 유명한 씨름선수들 맞지?"

저쪽은 말도 없이 고개만 끄덕였다. 골목길을 나오자 조금 큰 공터가 보였다. 그 짧은 시간에 최대한 상대를 간파하려 노력했다. 결코 만만치 않은 녀석들이라는 직감이 왔다.

"치사한 자식들. 그래, 오냐! 다 받아줄 테니 세 놈 다 덤벼라!"

제대로 붙자는 각오로 맨 앞줄의 녀석을 겨냥해 복부를 슬쩍 찔러봤다. 싸움질의 시작이다. 저쪽에서 손을 쓰기 전에 먼저 주먹을 날린 것이다. 원래는 쉽게 선빵을 뻗지 않는 게 나의 스타일이었는데, 그때만은 달랐다. 덩치 큰 세 녀석을 상대하다 보니 어쩔 수 없었다. 상대는 거짓말처럼 붕 뜨더니 저쪽 한옥 담벼락에 쑤셔박히듯 꽂혀버렸다.

'생각보다 싱겁네?' 하는 생각이 들었다. 더구나 상대는 기절했는지 미동도 하지 않았다. 그 어름에 남은 두 녀석은 싸움을 해볼 엄두도 내지 않았다. 쭉 뻗어 엎어져 있는 녀석의 몸통을 똑바로 돌려놓을까 싶었다. '어디 송장 치울 일 있나' 싶어서였는데, 아뿔싸! 그게 아니었다. 그 순간 녀석이 내 발목을 낚아챘다.

방심한 상태에서 허를 찔렸다. 벌러덩 나가자빠질 수밖에 없었다. 이런 상황에서는 주먹보다 힘이 우선이다. 또한 이런 상항은 엉겨 붙는 그라운드 기술을 즐기는 씨름선수에게 일단 유리했다. 나는 굳이 이종격투기 식으로 따지자면 스탠딩 타격에 상대적으로 강했다.

그렇게 엎치락뒤치락 하기를 몇 번. 웬만해서 개싸움까지 가는 일은 없었기 때문에 일순 당황했다. 헉헉거리며 서로 힘을 쏟았지만, 쉬 결판이 나지 않았다. 힘에서는 외려 내가 밀렸다.

불과 3분여일 텐데, 엄청 오래간다는 느낌을 받았다. 본래 격투기나 막싸움만큼 체력부담이 많은 게임도 없는 법이다. 지칠 대로 지친 상황에서 승부수를 던졌다. 마침 하마 같은 덩치를 한 상대 녀석의 목이 눈에 들어왔다.

요란한 기합소리와 함께 오른쪽 팔로 헤드록을 걸었다. 씨름선수의 약점을 잡아챈 것이다. 녀석은 요란하게 몸통을 흔들며 버둥댔지만, 제대로 들어간 기술이었다. 그렇게 버티기를 2분여? 그녀석의 힘이 축 처지는 게 느껴졌다.

'휴, 이제 끝인가' 싶었다. 목을 막 풀려주는 찰라 상대가 죽을힘을 다해 내 오른손 엄지를 지끈 깨물었다. "헉?" 소리가 그냥 나왔다. 순간 떡심이 풀려버린 것이다. 사실 이 정도로 죽기 살기가 되면 응당 나올 수도 있는 행위였고, 예상을 했어야 옳았다.

더는 인정사정 볼 것 없었다. 정신이 없던 차에 저쪽에 있는 주먹크기 두 배만한 돌멩이가 보였다. 왼손을 겨우 뻗어 그걸 집어든 뒤 녀석의 머리를 겨냥해 왕창 내리쳤다. 녀석은 축 뻗어버렸다. 10분 가까운 싸움, 나로서는 유례없이 길게 끌고간 싸움이 겨우 끝난 것이다.

"배추 형님, 제가 졌습니다. 대단하십니다."

일주일 뒤 우리는 다시 만났다. 상대는 머리에 난 큼지막한 혹덩이를 슬슬 쓰다듬으면서 패자로서의 예를 갖췄다. 나는 엄지에 흰 붕대를 맨 채였다. 관례대로 술이 한 순배 돌아가고 나이는 저쪽이 위이지만, 아우임을 자처했다. 그러나 상대는 미처 몰랐다. 컴컴한 밤중이라 친구들도 전혀 눈치를 못 챘다. 그 마지막 순간에 내가 돌멩이 하나를 집어들었던 것을…. 사실 지금도 그때를 생각하면 얼굴이 붉어진다.

주먹 이외에 물건을 끌어들인 것은 평생의 경험 중에 그때가 처음이자 마지막이었다. 믿어주시라. 어쨌거나 나의 이름은 그 싸움을 통해 더 널리 알려지게 되었다. 한국전쟁 직후에 내 이름을 파는 가짜 배추를 만나기도 했으니 말이다. 이 싸움으로 명성을 얻게 된 뒤로는 함부로 내게 시비를 걸거나 도전장을 내미는 녀석들이 없었다.

물론 그 뒤에도 숱하게 많은 싸움을 치렀지만, 어느 한 고비를 넘겼다고나 할까. 그때는 몰랐지만, 지금 돌아보면 그 순간 이미 나는 내 삶에서 무언가 다른 것들을 찾아야 한다는 걸 어렴풋이 느꼈던 것 같기도 하다. 낭만도 좋고 싸움질도 좋지만, 나도 별 수 없이 어른이 되어야 한다는 걸, 그 성장의 두려움을 이미 서서히 감지하고 있었는지도 모른다.

146

가짜 배추와 맞닥뜨리다

1954년 8월 한참 무더운 날씨였다. 그해는 나에게 매우 다사다난했
다. 아버지가 돌연 자살을 했기 때문이다. 또 그해 초에는 백기완을 만
나 일대 전환기를 맞기도 했다. 하지만 아직까지 나는 치기 어린 총각
에 불과했다.

아버지 상도 무사히 치렀고 하니 친척들에게 고마움도 표할 겸해서
겸사겸사 부산을 들렀을 때다. 고모와 고모부를 뵈러 갔던 부산에서
뜻밖에도 가짜 배추와 마주쳤다. 6·25를 전후한 혼란 속에서도 나에
대한 소문이 부산까지 내려갔던 것이다. 어쨌거나 배추라는 이름이 이
미 전국적인 유명세를 타고 있음을 나에게 확인시켜준 사건이었다.

부산의 번화가인 광복동, 좁은 골목길에서 두 녀석이 다가와 노골
적으로 시비를 걸었다.

"야 인마! 우리가 바로 배추라꼬. 너도 알제?"

"…."

"하하, 이 자슥 봐라? 겁도 없네?"

"네 녀석이 감히 배추를 몰라봐?"

어깨를 툭 치면서 그들이 건넨 말이다.

'이거 뭐야? 놀~구 있네' 하는 생각이 절로 들면서 피식 웃음까지 나왔다. 초짜가 분명했다. 배추도 몰라봐? 어쩌고 하면서 두 녀석은 윗 주머니에서 흰 장갑까지 척 하고 꺼내더니 잔뜩 폼을 잡아가면서 끼기 시작했다. '나 엉터리요' 하는 내용증명을 제 스스로 까발리는 것과 마찬가지였다. 웃음이 금방 터져 나올 것 같았다.

"야, 인마. 너그들 말이야. 무좀 같은 거나 조심해."

"뭐야, 인마?"

"한여름에 웬 장갑을 끼고 지랄들이야?"

상대 두 명은 안면부터 확 찌그러졌다. 얼치기 깡패는 상대가 쪼그라들어야 신바람이 나는데 덩치는 제법 크다지만 얼굴이 허여멀끔한 녀석이 뭘 믿고 이리 뻣뻣하게 나오나 싶었을 게다.

두 녀석이 동시에 주먹을 날렸다. 허겁지겁 뻗는 주먹 따위야 거의 장난 수준이다. 살짝 몸을 틀어 피했다. 아주 엉터리는 아니었지만, 눈은 엉뚱한 데를 바라보고 있었고 하체보다는 팔에만 힘을 잔뜩 싣고 있었다.

"헉!"

한 녀석의 우악스런 주먹이 슬쩍 피하는 내 등 뒤로 흘러가 좁은 골목의 판잣집 송판을 뚫고 들어가 박혔다. 날씨도 푹푹 찌는데 오래 끌고 자시고 할 것도 없었다. 빼도 박도 못한 채 버둥대는 녀석의 옆구리를 숏 펀치로 가격했다. 가벼운 주먹 한 방에 녀석은 바로 축 늘어졌다.

배추가 돌아왔다 1

순식간의 상황에 깜짝 놀란 또 한 녀석은 허공에 마구 손짓발짓을 날려댔는데 가히 우악스런 댄스 수준이었다. 가벼운 발차기 한 방을 옆구리에 살짝 찍어 날렸더니 녀석은 털퍼덕 주저앉아버렸다. 펀치 한 방, 발차기 한 방으로 두 녀석을 순간적으로 제압해버린 것이다.

"너희들이 잘 모르는 모양인데 말야, 실은 배추가 나하고 친한 친구 이걸랑? 그런데 말야. 배추란 녀석은 너희들과는 영판 다르게 생겼어. 아냐?"

한여름이었지만 땀을 흘리고 말 것도 없었다. 두 녀석은 바로 엎어 졌다. "형님, 형님" 소리를 연발하면서 당장 막걸리를 사겠다고 굽실 거렸다. 어쩌나, 그저 못 이기는 척하고 따라갈 수밖에…. 찬찬히 살펴 보니 나이는 스물 대여섯 내외? 자세히 보니 순진한 녀석들이었다. 사 실을 밝힐까 말까 조금 망설이다 입을 열었다.

"인마, 실은 말이야, 배추가 내 친구가 아니고, 내가 바로 배추 방동 규야."

둘은 다시 한 번 자지러졌다. 금세 사색이 됐다. 술김이라지만 이미 얼굴이 새파랗게 질려버렸다.

"너희들 내 이름을 팔아가면서 무슨 나쁜 짓이나 하고 다니는 것은 아니냐?"

"아닙니다. 어데요? 그런 일 절대로 없고 앞으로도 없을 겁니다."

"배추 형님, 저희들은 그저 껍신거리면서 장난치는 거죠, 뭐. 정말 로 죽을죄를 지었십니다. 아까 형님을 만났을 때도 저희들이 어디 돈 을 달라 말라꼬 하던가예."

정말 순진한 친구들이었다. 그들은 이후 서울에 놀러왔다면서 나를 두어 번 찾았다. 매 끝에 정 난다더니 옛말이 딱 맞았다. 어찌 보면 괘씸했지만 한편으로는 우스웠다.

"배추 형님!"

"응?"

"형님은 서울 배추 아닙니까?"

"오, 그래. 너희들은 부산 배추야. 맞지?"

큰일이 아니면 마음속에 별로 담아두는 법이 없기 때문에 그들을 만나면 허허 웃으며 이런 농담을 해대기 일쑤였다.

내가 직접 맞닥뜨린 전국의 가짜 배추만 해도 무려 세 건이니 전국에 얼마나 많은 가짜 배추가 설치고 다녔을까를 생각하면 웃음과 함께 식은땀이 난다.

이 우스운 해프닝은 당시 사회상을 반영하는 건지도 모른다. 한참 나중에 알게 된 리영희 교수는 가짜 배추 출몰사건을 재미있게 듣더니 한마디 툭 던졌다.

"맞는 얘기야, 사실 당시 50년대 이승만 시절은 모두가 장길산과 홍길동을 기다리던 시대였지. 녹두장군과 홍경래가 서울거리를 지나가는 것을 보았다는 사람도 있었고…."

당시 합동통신사 기자였던 그가 했던 이 말은 나중에 《역정: 나의 청년시대》에 그대로 실렸다. 글쎄, '배추'라는 별명은 나도 모르게 의적 비슷한 이름으로 둔갑을 했던 셈이었을까?

150

이판사판, 남자답게 죽자

전국적인 명성을 얻고 가짜 배추까지 만나게 된 건 54년 초, 대학에 입학하기 직전에 일어난 사건 때문이었다.

"배추야, 우리 집안 좀 살려주라. 질 나쁜 녀석들 혼꾸멍 좀 같이 내주자."

경신중고 친구인 기택이가 찾아와 통사정을 했다. 그녀석 삼촌이 청량리에서 고무신 가게를 하는데 군인깡패들이 괴롭히면서 사사건건 돈을 뜯어간다는 하소연이었다. 보통 개천 옆 판자촌을 개조한 가게가 즐비했던 시절인데, 기택이네 삼촌 가게는 청량리 시장 안의 번듯한 점포였다. 그런대로 부자였던 셈이다.

이런 일에는 망설일 이유가 없다. 바로 연락을 해서 마주친 곳이 하필이면 전차가 서는 성동역 근방의 대로변이었다. 이쪽은 기택과 나 두 명, 저쪽은 카빈 소총과 권총용 밴드 따위를 찬 군인깡패 무리 세 명이었다. 대로변인 데다 유동인구가 많은 터라 금세 구경꾼이 우 하고 몰렸다.

얼결에 미군들도 싸움구경에 합세했다. 역 바로 근처에 미군 수송부대가 있었던 것이다. 그들은 아예 서로 자기네 주머니에서 달러를 꺼내 내기를 했다. 수십 명의 미군 병사들이 철조망 너머로 휘파람을 불며 배팅상대를 소리치며 응원하는 진풍경이 벌어졌다.

이런 아수라장이 오래가다 보니 오가는 차가 올 스톱을 했다. 당시에는 자동차가 많지 않아 다행이었지만, 차가 움직일 틈이 없을 정도로 거리는 싸움 구경꾼들에게 점령당했다. 결국에는 지나가던 전차까지 운행을 중단했다. 구름처럼 많은 사람들 때문에 시가지가 잠시 마비된 것이다. 그 당시에는 전차가 길 한복판으로 다녔다.

"아악!"

2대 3의 싸움은 일단 우리 쪽이 불리할 수밖에 없었다. 제법 싸움 좀 한다는 기택이는 초장부터 상대가 휘두른 공갈반도에 코가 찢어지면서 주저앉고 말았다. 본래 기택이는 약골이 아니었지만 번듯하게 주먹 한번 제대로 내뻗지 못하고 널브러지고 말았다. 손바닥 사이로는 붉은 피가 흘러 범벅이 됐다.

50년대 양아치 싸움판의 단골무기였던 공갈반도는 너비 10여Cm가 넘는 두툼한 권총밴드다. 한 손에 그걸 감고 휘두르면 가공할 흉기가 따로 없었다. 공갈반도 끝자락은 쇳덩어리였으니 파괴력 또한 무시 못한다.

'이거 정말 질이 안 좋은 녀석들이구만' 하는 생각이 절로 들었다. 피범벅이 된 기택이는 순간 그를 엎어놓고 녀석의 눈자위를 내리쳤다.

152

기택이의 그 한 방에 눈알이 터져버려 상대방은 한 쪽 눈을 영영 잃고 말았다. 당시의 비속어로 '깨꾸'가 되어버린 것이다.

자기 편이 그렇게 당하자 남은 두 놈은 화가 머리끝까지 솟아오른 모양이다. 앞뒤 가리지 않고 나에게 덤벼들었다. 하지만 상대가 조급하게 굴수록 냉정하게 대응하는 게 싸움의 원칙이다. 가만히 숨을 골랐다. 그리고 우선은 한 놈을 공략해 주먹을 날렸다. 주먹을 정통으로 받은 그는 그대로 나뒹굴었다. 나머지 한 놈도 당황해하는 틈을 타 순식간에 처리했다.

'이제 대충 정리했나?'

가쁘게 숨을 몰아쉬며 그런 생각을 하던 참에 옆에 쓰러져 있던 군복차림의 한 녀석이 어느새 일어나 카빈 소총을 내 가슴팍에 갖다댔다.

"야, 이 새끼야. 그만 설쳐. 다 끝났다. 무릎 꿇어!"

"꿇으라니까?!"

창졸지간에 상황이 뒤바뀌었다. 순간 활극구경에 신났던 사람들 사이에 정적이 흘렀다. 벌건 대낮의 피 터지는 싸움이었지만, 전쟁 직후라서인지 사람들은 그저 흥미로운 구경거리라는 듯 쳐다만 봤었다. 그런데 총까지 동원되자 일순 찬물을 끼얹은 듯 조용해졌다.

정적 가운데 긴장감이 흘렀다. 아무리 담이 센 나라지만 간담이 서늘해졌다. 가슴을 겨냥한 총구 앞에서는 별 수가 없었다. 누구라도 그런 상황에서는 바짝 얼어붙을 수밖에….

'에라, 모르겠다. 이판사판인데 남자답게 죽지, 뭐.'

이렇게 마음을 굳히고 '오늘이 내 제삿날이구나' 하는 생각까지 했다. 그렇게 생각하니 조금은 마음이 진정됐다. 일단 무릎을 꿇는 시늉부터 했다. 계산이 있었다. 바지 뒷주머니에 먹다 남은 소주 한 병을 꽂고 있었다. 당시 서민들의 입을 적셔줬던 '백마'. 아직까지도 그 상표를 선명하게 기억한다.

쭈그려 앉는 시늉을 하다가 왼손으로 얼른 총구 끝자락을 낚아채면서 옆으로 돌렸다. 아주 짧은 시간이었다. 자칫 방아쇠가 당겨졌다면 돌이킬 수 없는 일이 일어났을지도 모른다. 세련된 싸움꾼이라면 도저히 취할 수 없는 담대한 행동이었는지도 모른다.

동시에 오른손으로는 백마 소주병을 거머쥐었다. 순간 그녀석의 눈에서 당황하는 표정을 읽어낼 수 있었다. 이제 칼자루는 다시 내 쪽으로 넘어왔다. 소주병 바닥으로 녀석의 머리통을 정통으로 찍어버렸다.

"빠-각!"

소주병이 박살나면서 유리파편이 좌우로 튀는 찰라 군인 녀석이 푹 꼬꾸라졌다. 숨 막히게 흘렀던 정적이 일순간 깨지고 사람들 사이에 와, 하는 함성이 일었다. 철조망 저쪽의 미군들도 펄쩍펄쩍 뛰고 난리가 났다. 하지만 이게 또 웬일인가! 저쪽에서 권총 쏘는 소리까지 연방 터지면서 성동역 일대가 다시 술렁였다.

"따가닥 따가닥!"

동대문경찰서 기마소속의 경찰들이 신고를 받고 총알처럼 달려오고 있었다. 그들도 수백 명에 가까운 군중들을 해산시키기 위해 하늘에 대고 공포탄을 연신 쏘아댔다. 그러기를 한 30분, 현장정리를 끝낸

154

경찰들은 싸움판의 다섯 명 모두를 경찰서로 끌고 갔다.

"내 아들 눈깔 뽑은 놈 얼굴 좀 보자!"

나중에는 군인들의 부모들은 물론 기택이 부모와 삼촌까지 떼거리로 몰려와 옥신각신 입씨름을 벌이느라 경찰서 안은 시끄럽기 짝이 없었다. 그런 소란 가운데서도 나는 혼자였다.

앞에서도 말했지만 그때 경찰들은 인간적이었다. 쌍방과실 따위가 아니라 명백하게 내 편을 들어줬다. 군인깡패들의 악명을 익히 알고 있었기 때문일까, 아니면 대낮에 카빈 소총을 들고 설치는 세 명을 박살낸 나의 담대함을 높이 산 것일까?

"여보, 당신들 조용히 좀 안 할 거야? 젊은 놈들하고 붙어서 백주에 총을 들이댄 놈들이 문제 아냐? 당신들 그럴 수 있어? 그리고 방동규, 당신은 잘못 없어. 집에 가!"

'살고자 하면 죽을 것이고 죽고자 하면 살 것'이라고 했다. 이런 마음가짐 덕분에 이 위기를 헤쳐 나갈 수 있었던 건 아닐까 생각한다. 이렇게 나의 10대와 20대 초반은 질풍 같기만 했다. 그 시절을 뭐라 부를 수 있을까. 사회적으로는 격동기라 할 만큼 변화가 가득했고 혼란스러웠지만 사람들 사이에는 아직까지 따듯한 인정과 낭만이 있던 시기.

사람들은 나를 '주먹'으로 인정하고 알아보기 시작했지만 나에게 주먹은 혼란스러운 이 세상을 헤쳐 나가는 하나의 방편이었다. 나는 그렇게 맨몸으로 세상과 부딪히며 '나의 방식'으로 살아가는 방법을 하나씩 배워나갔다.

4

KODAK TMX 5052

웃을 수도 울 수도 없는,
쌩쇼 퍼레이드

온 식구가 닭장에서

1951년 스물한 살 무렵, 나는 정말 엉뚱한 일을 벌였다. 집안의 유
일한 재산인 집을 팔아 한 여인에게 몽땅 갖다 줘버리고 만 것이다. 내
한 몸만 고생했다면 별 상관이 없겠지만 나 때문에 가족들 모두가 고
생한 건 두고두고 죄송할 따름이다. 그 사건은 내 인생의 험난한 굴곡
을 알리는 신호탄이 분명했다. 나의 20대, 즉 50년대 중반부터 60년대
초반까지의 시기는 최악이었다. 그 최악의 시기 한복판에 사찰생활과
군대생활이 있다.

그때를 전후해 조금씩 사회의식에 눈을 뜨기는 했지만 아직은 설익
은 상태에 불과했다. 대학이라고 다니기는 했지만, 그저 학적부에 이
름을 올려놓았을 뿐 학교 밖에 있는 시간이 훨씬 많았다. 나를 둘러싼
현실은 암담하기만 했다. 백기완 등 친구들과 어울리다 집에 돌아오면
나를 반기는 것은 오로지 적막뿐이었다.

게다가 집을 팔아버렸으니 마땅한 거처를 구하는 게 우선이었다.
수소문을 해보니 정릉에 양계장을 하다 망한 곳이 있었다. 살림이라고

는 냄비 몇 개와 이불 몇 채가 전부였다. 우리 가족은 우선 그곳으로 거리를 옮겼다. 어머니의 눈에 눈물이 잠시 비치는 듯했지만 나는 애써 모른 척했다. 동생들은 닭장의 참담한 꼴을 보고 말도 제대로 하지 못했다. 볏짚으로 짠 가마니를 깔고 주변을 정리하니 그런 대로 이슬은 피할 만했다.

오래된 닭장이라 바닥에는 한 뼘 두께로 닭의 배설물이 굳어 있었다. 가마니를 깔고 자도 몸에서 열이 나기 때문에 밑에 굳어 있던 닭똥이 녹아 고약한 냄새가 몸에 뱄다. 닭장에서 살기 시작한 이후로 다시 동생들도 학교를 중단하고 돈을 벌러 나서야 했다.

돈암동에 작은 장국집을 차렸다. 장국집이라고 해서 모양을 갖춘 건 아니었고 그저 어느 집 담벼락에 지붕처럼 천을 드리우고 그 아래서 장사를 하는 것이었다. 여기저기서 도움을 받기도 했다. 정육을 취급하는 사람들도 나를 배추라고 알아줬다. 내장을 사면 남들보다 서너 배는 많이 줬다. 그걸로 토장국을 만들어서 술과 함께 팔았다.

장국집을 한다고 새벽같이 닭장을 나와 밤늦게 돌아가니 어머니가 눈치를 챘다. 어느 날 장사를 하고 있는데 어두운 그림자 하나가 내 얼굴을 덮쳤다. 고개를 올려 바라보니 어머니가 아닌가.

"동규야, 이게 대체 뭐하는 짓이냐? 내가 언제 너보고 이런 장사를 하라고 했어?"

"아, 어머니. 저 때문에 집까지 날렸는데…."

"이미 지난 일을 어떻게 하겠니. 잊어버리자. 응?"

"그래도, 어머니…."

"계속 장사를 하겠다면 내가 차라리 혀를 깨물고 콱 죽어버리겠다."

어머니는 이렇게 부득부득 우겨 나를 다시 학교에 보내고 대신 장사를 맡았다. 내가 장충동의 독종을 만나게 된 것도 모두 이 즈음이었다. 내 아래 모든 동생들까지 돈벌이를 나선 마당에 장남으로서 가만히 있을 수가 없었던 것이다.

장사는 생각처럼 쉽지 않았다. 무엇보다 여자의 몸으로 하루 종일 사람들에게 부대끼는 어머니 보기가 민망하고 죄스러웠다. 그러던 어느 날 어머니는 우리 형제들을 불러 모아놓고 엄숙하게 선언을 했다.

"잘 들어라. 아는 분의 소개로 돈을 벌러 떠나게 되었다. 나는 부산으로 간다. 그러니 동규, 너는 이 어미가 걱정하지 않게 동생들 잘 챙기려무나."

"어머니, 굳이 그 먼 부산까지 가실 필요가 있습니까?"

"좋은 기회야. 우리 가족이 다시 일어설 수 있는 기회라구. 그러니 잔말 말고 내 뜻에 따르거라. 그리고 너희들은 동규 말 잘 듣고 건강하게 지내야 한다. 알았지?"

그렇게 어머니는 홀로 부산으로 떠나버렸다. 한 달이 지나고 두 달이 지나자 동생들이 어머니가 보고 싶다며 울고불고 난리였다. 무엇보다 나 역시 어머니가 걱정이 되고 보고 싶었다. 하지만 어머니의 당부도 있었고 일단은 동생들과 어떻게든 살아갈 궁리를 해야 했다. 하루 앞 끼니가 걱정이던 때였다. 나는 어떻게든 동생들과 함께 굶지 않으려고 막노동판에 나갔다.

160

홍제천에서는 축대공사가 한창이었다. 작업을 시작하는 여섯 시까지 가서 작업표를 받으려면, 늦어도 세 시쯤에는 출발해야 했다. 그래서 정릉에서 새벽 세 시부터 뛰어갔다. 통행금지는 네 시에 풀리지만, 네 시에 출발하면 이미 늦다. 순경이 붙잡으면 사정을 설명하고 다시 계속 뛰었다. 숨이 턱까지 차올라도 멈출 수가 없었다. 하루에 100명에게만 일을 줬기 때문에 101번째로만 가도 그날 하루는 딱 공치고 만다. 그러니 죽기 살기로 뛸 수밖에 다른 선택이 없었다.

그렇게 고군분투 하다가 결국 다시 휴학계를 내고 어머니를 찾아 떠났다. 동생들을 줄줄이 이끌고 서울역까지 나가기는 했지만 기차표 살 돈이 없어 막막하기만 했다. 독과 냄비, 이불을 지고 역 대합실 안에서 한참을 서성거렸다. 할 수 없이 역 직원을 붙잡고 통사정을 했다. 때마침 기다리는 데 지친 동생들이 울어주어서 그 직원의 동정을 살 수 있었다. 당시 기차에는 객차 사이에 화물차가 끼어 있었는데 직원이 우리를 몰래 데리고 가 그곳에 넣어줬다.

"이게 부산 가는 거니까 여기서 절대로 나가면 안 된다. 다른 건 중간 역에서 분리될 수 있으니까 꼭 여기 있어야 된다. 어쨌든 너희들이 무사히 도착해서 어머니를 만날 수 있기를 나도 바라마."

그 직원의 호의로 우리는 무사히 부산에 내려갈 수 있었다. 당시 심산한 나를 찾아와 가끔 위로해주던 개성소학교 동창 김종석이 서울역까지 나와 손을 흔들어 배웅하던 모습이 아직도 눈에 선하다.

"풍경소리에 취해…"

1956년 초 늦겨울 추위가 한창이던 무렵, 고시 공부를 해야겠다는 결심이 섰다. 그것만이 휘청거리는 가족을 구할 수 있는 최선의 카드라고 생각했다. 솔직히 말하자면 그때의 나는 법으로 정의를 세우겠다는 의지 같은 것을 따로 품었던 건 아니다. 처음으로 나 자신의 개인적 영달을 꿈꾸었던 것이다. 때문에 지금도 그 일을 생각하면 얼굴이 홧홧 달아오른다.

그러나 출세해 잘 살아보겠다는 마음을 가지게 된 건 가세가 그믐달처럼 기운 탓도 있었다. 하여튼 그때는 이왕 고시공부를 할 바에야 제대로 해봐야겠다는 생각이었다.

마침 어머니를 의지해 부산에서 지내고 있던 터라 가까운 곳을 물색해보았다. 주위 사람들의 권유도 있고 해서 범어사를 택했다. 절을 택한 건 다른 이유가 있어서는 아니었다. 고시공부를 위해 '입산 아닌 입산'을 하는 것이 당시 고시생들 사이의 관례이기도 했다.

또 어쨌거나 나는 당시 홍익대 법대 소속이 아니던가. 장학금으로

쌀 두 가마니를 받고 내가 홍익대 체육특기생으로 입학한 게 1954년 3월이다. 나는 당시에도 적지 않았을 등록금 4만3천 환을 고스란히 면제받고 들어갔다.

입학 당시에는 내가 어느 학과소속인지조차도 몰랐다. 증명사진 몇 장을 들고 오라고 해서 제출했는데, 나중에 교부받은 학생증을 살펴보니 법대라고 돼 있어 '응, 그렇구만' 싶었을 뿐이다. 그만큼 무심했다.

입학 당시 홍익대는 수구와 농구 등 운동종목으로 유명했지만, 그런 구기종목에는 젬병이던 나는 역도특기생으로 입학을 했다. 그때의 나는 법대 소속의 '먹고 대학생' 꼴이었다. 꼭 그렇게 2년을 어영부영 보내던 뒤끝에 그런 생활도 청산할 겸, 또 법전의 그 많은 한자도 익힐 겸해서 고시공부를 결심하고 범어사로 들어간 것이다.

당시 범어사는 비구승과 대처승을 합쳐 모두 100여 명의 승려들이 수행하는 도량이었다. 비구니도 꽤 많아 얼추 60명 정도는 됐다. 그곳에서 나는 스님들을 통해 재미있는 이야기를 들을 수 있었다. 범어사 스님들 사이에 이른바 '먼씹'이라고 불렀던 별난 데이트가 유행했다는 것이다.

저녁 무렵이면 비구와 비구니가 각기 무리를 지어 멀리 떨어진 바위산 쪽으로 산책을 즐겼다. 범어사를 드나드는 신도들을 포함해 남의 이목도 있으니 따로 올라갔고, 그래서 잡는 자리 역시 서로 멀찌감치 떨어질 수밖에 없었다. 그러나 각자 자리를 잡은 다음에는 들고 온 망원경을 빼어들고 상대방을 훔쳐보곤 했는데, 그걸 가리켜 자기들끼리

'먼쎔'이라고 불렀다는 것이다.

범어사는 딸린 암자가 10개 있었는데, 나는 그 가운데 금강암을 차지하고 똬리를 틀었다. 처음에는 그런 대로 글줄이 눈에 들어왔다. 그러나 의지와 달리 공부는 정말 쉽지 않았다. 무엇보다 갑갑해서 힘들었다. 전쟁기간 중 혹독한 세상의 저잣거리를 헤맸던 탓일까. 속세와 인연을 끊다시피 하고 책에 얼굴을 파묻고 지낸다는 사실 자체가 처음부터 강한 염증을 유발했다.

내게는 장터를 삶의 터전으로 삼고 살아가는 사람들의 피가 흐르고 있었다. 학자연하며 고고하게 산수를 즐기며 글줄이나 읽는 선비들과는 전혀 다른 피다. 역시 나는 사람들과 함께 웃고 울고 떠들고 싸우고 부대끼는 게 체질이다.

그런 피의 내력을 억지로 억눌렀던 셈이니 병이 날 만도 했다. 꾀병이 아니었다. 정말 나는 시름시름 앓기 시작했다. 처음에는 수면부족과 운동부족으로 인한 피로감인 줄로만 알았다. 그러나 시도 때도 없이 온몸이 뜨거워지곤 했다. 정신을 가다듬고 공부를 좀 할 만하면 어김없이 열병이 찾아왔다.

이젠 적당히 요양하는 셈으로 지내다가 집으로 돌아가는 수밖에 없었다. 그러던 어느 날 아침 예불 광경이 나를 사로잡았다. 그 장엄한 예불이 25년여 동안 세파에 시달린 나의 지친 마음을 부드럽게 쓰다듬어주는 걸 느꼈다. 그제야 나는 알았다. 내게도 자성의 시간이 필요함을, 지친 몸과 마음을 잠시 누이고 차분히 나 자신과 이 세계를 관조

164

할 시간이 필요함을.

그때 한 줄기 바람이 대웅전 처마 밑을 스치고 지나갔고 그에 응답이라도 하듯 풍경이 소리를 냈다. 나지막한 그 풍경소리가 내게는 폐부를 찌르는 굉음이었다. 수도승도 아니요 고시생도 아닌, 어정쩡한 상태로 그곳에서 3년을 보낸 계기는 바로 이 찰나에 찾아온 평온함과 충격 때문이었다. 결과적으로 나는 범어사에서 지내는 3년 동안 단 한 번도 고시에 응할 수가 없었다. 하지만 그 3년이 내게 약이 되었음은 분명하다. 내 체질을 분명히 알게 된 것도 소득은 소득이었다. 나는 관념 따위와는 까마득하게 먼 인간이라는 발견이었다.

비록 계(戒)를 받지는 않았지만, 용맹정진을 한답시고 삭발까지 할 만큼 후회 없는 구도의 길을 걸어보았다. 그 덕에 그때 배운 독경 솜씨가 '개인기'로 남았다. 지금도 술이 한잔 들어가면 '정구업 진언 수리수리 마하수리 수수리 사바하', '아제아제 발아아제 발아승가제' 등등을 줄줄 왼다.

어쨌거나 인생사라는 게 정말로 흥미롭고 기막힌 우연의 연속이기도 하다. 내가 범어사에서 지내던 시절 그곳을 거쳐간 고시생 중에서 유명한 검사가 한 명 탄생하기도 했는데, 그가 유신 시절 대표적인 인권유린 사건이었던 민청학련(74년), 인혁당(75년) 등을 맡았던 공안검사 문호철이다. 정치인 이부영도 여러 차례 마주

범어사 시절, 필자를 찾아온 식구들과 함께.

쳤던 인물인 그는 '긴 턱에 영락없는 저승사자'였다.

노느메기밭에 힘을 쏟던 1974년 '김일성과 교신했다'는 얼토당토않은 이유로 구속되었을 때, 범어사에서 만난 적이 있는 그와 마주쳤다.

"형씨, 나를 기억하실 텐데…."

서대문형무소에서 문호철을 조우를 했을 때 먼저 알은체를 한 사람은 내가 아니라 바로 그였다. 생각지도 못했다. 옛날 범어사에서 알고 지내던 기억을 떠올리는 데는 제법 시간이 걸렸다. 우연치고는 너무도 황당하지 않던가. 재회이기는 한데 황당한 재회가 아닐 수 없었다.

한 사람은 유명세 짜한 공안검사로, 다른 한 사람은 그 검사의 취조를 받는 간첩혐의자로 만났으니 말이다. 문호철은 취조하면서 고량주에 잡탕밥까지 시켜줬는데, 그건 대단한 호의였다. 또한 형무소 안에서 검사취조를 받는다는 것은 거물급만이 받는 특대우였다. 그가 나를 배려해 일부러 찾아와 취조한 것이다. 그러면서도 그는 직업정신을 잊지 않았다.

"자, 며칠 못 가서 죽을 게 뻔한데, 모두 고백하시지?"

조금도 겁이 나지 않았다. 하지 않은 일을 했다고 답하라는 데 웃음만 나올 뿐이었다. 내 대답은 뻔했다.

"김일성이 어디 할 일이 없어 '야, 배추! 나 김일성인데, 지금 뭐하나?' 하면서 교신을 했겠는가?"

어쨌거나 인생은 희한하기 짝이 없다. 마치 사람과 사람 사이에는 가늘고 투명한 줄이 이어져 있는 듯했다. 때로는 악연이기도 하고 때로는 인연이기도 한 그런 줄 말이다.

166

최악의 군대 부적응자

범어사에서 지낸 지 3년이 될 즈음 어느 날 여동생에게서 전갈이 왔다. 내가 병역기피자로 몰려 있다는 내용이었다. 어느덧 절을 떠나야할 때가 온 것이다. 3년 동안 나름대로 수행을 하면서 느낀 것도 있었으니, 이를테면 '하산'을 준비한 것이다.

1959년 9월이었다. 논산훈련소의 신병교육을 거쳐 배치된 부대가 경기도 연천의 8사단이었다. 비무장지대(DMZ)가 코앞인 군대에서의 생활은 순탄치 못했다. 원체 조직생활이 맞지 않는 체질이다 보니 군대 입장에서 보면 나라는 녀석은 최악의 사고뭉치였을 것이다. 하지만 나도 나였지만, 이승만 말기의 군대기강은 도를 넘어 참기 어려운 수준이었다.

흔히 쌍팔년 군대로 불리는 자유당 말기의 군대는 부조리와 불합리의 극치였다. 서기로 1955년이 단기 4288년이었다. 당시에는 서기가아닌 단기가 보편적인 단위였다. 당시 사람들은 보통 1955년이라면잘 모르고 4288년이라고 해야 알아들었다. '사천이백팔십팔'이라고 말하기가 번거로우니 팔팔년이라고 할 것을 팔이 두 개라고 쌍팔년이라고 부르게 된 것이다. 전쟁 뒤의 어수선한 분위기를 대표하는 시대라 쌍팔년이라고 하면 흔히 부조리, 뒷거래, 악습 등이 예사롭게 행해지는 시대를 뜻하는 말이 되어버렸다.

우리 부대는 24시간 교대근무를 했다. 전방이다 보니 훈련보다 경계근무가 주요한 군무였다. 처음에는 견딜 만했지만 날마다 되풀이되는 경계근무는 지루하기 짝이 없었고 수면부족으로 스트레스가 쌓여 고역도 그런 고역이 없었다.

하지만 고참들은 으레 그래왔다는 듯 보초근무를 빼먹기 일쑤였다. 말년 고참만 그렇다면 이해할 수도 있으나 중고참까지 그러는 건 이해하기 어려웠다. 그런 사정으로 교대시간이 돼도 내무반의 불침번들은 그 고참들을 깨울 수가 없었다. 혹여 깨우기라도 했다가는 왜 깨우느냐고 손찌검을 당하는 판이었으니 말이다.

나는 늦게 입대를 해 다른 사람보다 나이가 많았다. 그러거나 말거나 나 역시 밤을 꼬박 새우다시피하며 고참 몫까지 보초를 서야 했다. 더구나 신병의 경우 아침이면 새벽같이 중대본부로 내려가 내무반의 아침식사를 타 와야 했다.

산 아래 중대본부를 오가는 일은 모두가 꺼리는 일이었다. 운동 삼아 등산하는 것과는 차원이 달랐다. 밤샘근무를 하고 동이 틀 무렵 부리나케 산속에 나 있는 전술도로를 뛰어 내려가 소대원 분량의 식사를 이고지고 땀을 뻘뻘 흘리면서 다시 그 길을 올라와야 했다. 그렇게 한

168

번 갔다 오면 온몸에서 땀이 흘렀고 너무 허기가 져 배고픈 줄도 몰랐다. 더러는 물조차 먹지 못하고 헛구역질을 할 때도 있을 정도였다. 체질상 군대가 맞지도 않았지만 이거 원, 이렇게 조금만 더하다가는 몸부터 못 배겨날 것 같았다.

군대나 수행이나 인내를 해야 한다는 점에서는 비슷하지만, 자율적이냐 타율적이냐로 보았을 때는 전혀 다른 인내심을 요구했다. 높이뛰기 선수에게 멀리뛰기를 시킬 수는 없는 노릇이다. 나는 높이뛰기를 하겠다고 하는데 자꾸 멀리뛰기만 시키는 곳이 바로 군대다.

정릉에서 불광동까지 쉬지 않고 달려야 했을 때도, 무릎이 까지고 이마가 벗겨지는 삼천배를 할 때도 나는 힘든 줄을 몰랐다. 아니 인내할 수 있었다. 그러나 군대는 전혀 다른 세계였다. 아무리 참고 적응하려 해도 나와는 도무지 맞지가 았았다. 그때부터 이미 군대에서의 못 말릴 '배추 쌩쇼'가 슬슬 시작될 준비를 하고 있었는지도 모르겠다.

수류탄 하나를 뽑아들고

배
추
가
돌
아
왔
다

불합리한 부대 풍속에 앙앙불락하면서도 애써 꾹꾹 참던 차에, 엉뚱한 데서 그 분노가 폭발했다. 이듬해 3·15 정부통령 선거가 코앞으로 다가왔을 때니 1960년 2월 말쯤이었다. 선거를 10여 일 앞두고서 투표용지가 배달되었다. 그런데 나를 비롯한 몇 명에게는 투표용지가 배달되지 않았다. 확인을 해보니 이승만 비판발언을 자주 한다는 이유로 고참들과 장교들이 합세를 해서 아예 용지 자체를 빼돌려버린 것이다.

부대장은 집권당 후보인 이승만과 이기붕에게 100% 찬성표가 나오지 않으면 추궁을 당할까 겁이 났던 것이다. 당시 군대는 요즘 같은 부재자투표 방식이 아니고 부대 현지에서 바로 찍었기 때문에 부대별 투표율과 개표상황이 백일하에 드러나게 돼 있었다. 그날 밤 나는 아무리 화가 나도 꾹 참아야 한다고 생각하면서도 한편으로는 '이럴 수는 없는 일'이라는 생각을 눌러 담을 수가 없었다.

전방고지는 3월이 돼도 엄청 춥다. 날씨도 날씨였지만, 그날도 다른 때와 마찬가지로 고참병이 교대를 해주지 않아 꼬박 날을 새야 할 판

170

이었다. 그렇게 하얗게 샌 새벽 나는 수류탄 하나를 들고 벙커 안으로 뛰어 들어갔다.

"전부 기상!"

"전부 일어나! 무릎 꿇어!"

사회에서는 며칠 뒤면 정부통령 선거라고 난리법석인데, 바로 그날 전방의 한 초소에서는 아무도 모르는 일대 활극이 벌어졌다. 수류탄은 이미 안전핀이 뽑혔으니 일촉즉발이었다. 언제 어느 때 투척될지 모르는 최악의 상황에서 소대원 전원에게 비상이 걸려버렸다. 잠결에 놀라 깬 그들의 흐리멍덩한 눈동자에 두려움이 떠올랐다. 그들은 팬티 차림으로 줄줄이 무릎을 꿇었다. 완전히 사색이 됐다. 스스로를 못 봐서 그렇지 사색이 된 건 아마 나도 마찬가지였을 것이다.

"알간? 너희들 모두 오늘이 제삿날이다! 야, 이 새끼들아. 너희들 내 성질 알지? 나 그동안 엄청 참았어. 고참이랍시고 보초 안 서고 그냥 자빠져서 잠이나 퍼 자면 그게 군대냐? 다시 또 한 번 그럴 거야? 너 죽고 나 죽고 한번 해볼까?"

"방 병사, 제발 성질 좀 죽여라."

팬티 바람의 동료 중 한 명이 어렵게 입을 뗐다. 통사정에 애원조였다. 그러나 어림도 없었다. 눈이 뒤집혀 참호숙소에 내려올 참에는 수류탄을 던지고 함께 죽어버릴 생각이었으니까.

"다시 한 번 묻는다. 그럴래, 안 그럴래?"

"목숨만은 살려주시게. 다음부터는 보초를 제대로 설게. 응?"

고참이고 신참이고 구분이 없었다. 한밤중의 소동에 뒤늦게 벙커로 뛰어든 인사계 선임하사까지 옆에서 벌벌 떨었다.

"좋다. 한 번만 내 성질을 죽여볼까? 너희들 약속할 수 있나? 보초 제대로 설래?"

"네!"

"정말 믿어도 되냐?"

"네!"

그쯤에서 그만 수긍하는 척하고 수류탄 안전핀을 다시 꼽았다. 실은 나도 십년감수했다. 안전핀을 다시 꼽는데 손이 떨려왔다. 그 짓을 하고 있는 나나 보고 있는 그들이나 식은땀을 흘리기는 마찬가지였다.

그 뒤 부대기율이 싹 바뀐 것은 물론이다. 최소한 우리 부대만큼은 보초 교대가 잘 되었다. 물론 나도 아무런 처벌을 받지 않았다. 군대 기강이 무너졌던 시대이기에 가능한 일이었다. 지금 같으면 당장 영창 행이고 사고경위 조사며 재판회부 등으로 한바탕 난리가 났겠지만, 쌍팔년 군대라서 그랬는지 그런 것도 전혀 없었다.

부대 주변 산의 나무를 '시야 확보를 위해'라는 명목으로 몽땅 도벌해 군 트럭을 동원하여 후방에 팔아넘기거나, 군 장성들이 사병 부식비를 떼어먹으면서 그걸 후생사업이라 불렀던 것이 이승만 군대의 풍속이었다. 사회도 그랬지만, 부대 역시 만만치 않았다.

그날 이후 고참병 누구 하나 내게 뭐라는 이가 없었다. 외려 내 눈치를 슬슬 봤다. 내 버릇을 고치겠다고 나선 사람이 아주 없었던 건 아니었다. 배 하사라는 충청도 출신의 고참병이 나를 막사 뒤로 불렀으나 그는 내 주먹 한 방에 나가떨어졌다.

172

그럼에도 불구하고 3·15 정부통령 선거에서 나는 투표를 할 수 없었다. 이 선거는 희대의 부정선거였다. 개표결과 유권자 군인의 120%가 이승만에게 표를 던진 것으로 나타났다. 100% 투표했다는 것도 우스운 일이지만 저 나머지 20%는 도대체 뭐란 말인가. 유령이겠지. 시대가 만들어내고 권력이 조장해낸 유령 말이다.

소대장 구타사건

3·15 부정선거 여파로 사회와 군대 모두가 뒤숭숭해졌다. 비록 투표는 못했지만 내무생활에 여유가 생겼다. 간섭하는 사람이 없다 보니 심심하기도 했지만 다른 사람들을 유심히 관찰할 수 있게 되었다. 그러자 '나이롱 휴가병'으로 불리던 사람들이 눈에 들어왔다. 쌍팔년 군대가 돌아가는 꼴이 한눈에 보이기 시작했다. 행세깨나 하는 집안의 자식이나 조폭 출신들은 내무반이 아니라 집에서 빈둥거린다는 걸 알게 된 것이다.

그들은 때가 되면 진급까지 했다. 당시 깡패들은 술집이나 당구장 같은 사회의 유흥공간에서 놀면서 서로를 '김 상사', '이 상사' 등으로 부르곤 했는데, 그들은 십중팔구 나이롱 휴가병이었다. 이름만 군대에 걸어놓은 사람들이었다. 나는 청량리 성동 전차역에서 친구 기택이를 위해 한판 붙었던 군인깡패들을 떠올렸다. 카빈총까지 휘둘렀던 그들이야말로 장기휴가를 낸 전형적인 나이롱 군인이 아니던가.

"아니 일보(군대 병력을 세는 일일 보고서)에는 멀쩡하게 병력으로 잡혀 있는데, 막상 사람은 왜 없는 거지요? 그러면 꼬박꼬박 지급되는 부식비에 휴가비, 개인 화기 등은 어떻게 됩니까? 어느 놈이 빼돌려 처먹습니까?"

한번은 이렇게 소대장에게 항의를 했다. 그는 대답 대신 다짜고짜 주먹을 날렸다. 새까만 부하가 대드는 꼴이 영 마뜩찮았겠지. 명색이 소대장 아닌가, 한 주먹감도 안 되는 놈이지만 맞아줄 수밖에 없었다. 별로 아프지도 않았다. 그러나 가랑비에 옷 젖는다고 계속 맞고 있자니 슬슬 화가 치밀었다.

나는 고개를 들고 그를 똑바로 쳐다보았다. 그가 순간 움찔했다. 그 순간 단 한 방을 옆구리에 박아 넣었다. 그는 픽 고꾸라지더니 눈자위를 드러내며 거품을 내뿜었다. 쓰러져 있는 소대장을 보고 있노라니 큰일이다 싶었다. 한두 번도 아니고, 이번에는 정말 영창을 가는 게 아닌가 싶었다. 나는 부대 저쪽의 지뢰밭으로 냉큼 뛰어 들었다. 계획이 있어서 그런 게 아니라 가서 보니 지뢰밭이었다.

'아뿔싸! 재수 좋은 놈은 넘어져도 과부 배 위라던데, 왜 나는 이 모양 이 꼴인가.'

다시 한 번 부대가 발칵 뒤집혔다. 바로 한 달 전 수류탄 난동에 이은 또 한 번의 사고였다. 이번에는 스케일이 커졌다. 소대 내무반 정도가 아니라 대대 전체가 흔들거렸다. 급보를 듣고 대대장까지 몰려나와 통사정이었다.

"야! 방 병사, 제발 나와만 줘라. 거긴 너무 위험하잖아."

"우리가 잘못했다."

"다 없던 일로 처리할 테니 대충 나와 줘라."

지뢰밭 저쪽에서 전 부대원들이 아우성이었다. 나는 그냥 버텼다. 일이 이렇게나 커졌는데 쉽게 투항할 수는 없는 노릇이 아닌가.

"나 방동규는 이곳에서 죽어버리고 말겠다."

이렇게 호언장담은 했지만, 한 30분쯤 그렇게 서 있노라니 은근히 두려워지기 시작했다. 후환도 후환이지만, 어디에 묻혀 있을지 모르는 지뢰에 겁이 났다.

"야, 방 병사! 나오기만 하면 특박이다!"

나는 고개를 저었다.

"야, 그럼 5박6일짜리 특별휴가다!"

나는 계속 고개를 저었다. 사실 무슨 소리인지 잘 들리지도 않았다. 그냥 뭐라고 묻고 있는 것 같아 무조건 고개를 저은 것이다. 그러자 대대장이 목청이 떠나가라 고함을 질렀다.

"저 새끼 정말 센 놈이네. 알았다, 이 자식아! 영창도 안 보내고, 휴가도 20일짜리로 준다, 됐냐? 이제 나와라!"

귀가 번쩍 뜨였다. 다른 소리는 잘 안 들렸지만 휴가 20일이라는 말은 똑똑히 들렸다. 그제야 못 이기는 척하고 게임을 끝낼 수 있었다. 그러나 아직 끝은 아니었다. 지뢰밭을 무사히 빠져나갈 일이 남았다.

4월 초였지만 전방 고지에는 아직도 여기저기에 눈이 쌓여 있었다. 그 눈이 나를 살렸다. 들어올 때의 발자국이 고스란히 남아 있었던 것이다. 물론 그 발자국에서 한 치만 어긋나도 결과는 장담할 수 없었다.

배추가 돌아왔다 1

'발자국만 따라가자.'

이렇게 다짐을 하고 조심스럽게 한 발 한 발 내딛었다. 그렇더라도 등에 식은땀이 줄줄 흐르는 건 어쩔 수 없었다.

이렇게 쌩쇼를 하고 나니 군대에 정나미가 다 떨어져버렸다. 대대장은 약속한 대로 내게 특별휴가를 주었다. 나는 휘파람을 불면서 부대를 빠져나왔다. 군대란 참으로 이상한 곳이었다. 군대와 사회를 갈라놓는 무슨 유리벽이 따로 있는 것도 아닐진대, 위병소를 지나 부대 정문을 통과해 밖으로 나오는 순간 공기부터 달랐다.

'아, 이 얼마 만의 자유인가.'

돌아온 고문관

 어쨌거나 나는 조금씩 훈훈해지기 시작하는 사회의 4월 공기를 흠 뻑 들이마시며 서울로 향했다. 내가 군대에 있는 동안 어머니가 다시 동생들을 데리고 서울로 돌아갔던 것이다. 공교로운 일이었다. 사회는 막 뒤집히려는 분기점에 있었다. 며칠 뒤 4·19 혁명이 일어났다. 학생 의거와 이승만의 하야, 장면 정권의 등장 등 이 모든 정치적 격변이 일 어날 때 나는 휴가기간 동안 방 안에서 빈둥거렸다. 그것도 우리 집이 아닌 갓 결혼을 한 새신랑 백기완의 집에서 말이다. 아무래도 동생들 이 득시글거리고 어머니까지 계시는 집보다는 백기완의 집이 편했다.

 "배추야. 너 휴가 대충 끝나가잖아. 왜 들어갈 생각을 도통 하지 않 냐?"

 "…."

 "휴가 미귀(未歸)는 탈영이야. 배추, 너 끝내 영창 신세를 질 거냐?"

 빈둥빈둥 하루하루를 보내는 나를 묵묵히 참고 견디던 백기완이 걱 정스런 눈초리로 물어도 나는 그저 모른 척했다. 휴가기간은 이미 지

178

나 있었다. 그의 잔소리가 늘어가자 어쩔 수 없이 속내를 드러냈다.

"나 부대에 들어가지 않을 거야. 마음 굳혔으니까 더 이상 묻지 말라우."

어느새 부대 복귀일을 두 달이나 넘겼다. 4·19 직후 탄생한 장면 정부의 출범으로 혼란한 상황이었으니 군대는 탈영병 검거 따위에 소홀할 수밖에 없었다.

그렇게 1년여를 탈영병으로 지냈다. 그동안 나를 잡으러 온 헌병은 없었다. 그리고 5·16이 일어났다. 이 군사독재를 알리는 신호탄이 내게 기회가 될 줄 꿈이라도 꾸었을까. 탈영병 사면령이 내려졌다. 자유당 말기 여러 가지 이유로 군대를 기피하거나 탈영했던 인적자원들이 너무 많았던 것이다.

"배추야. 기회는 이때야. 자수해라."

백기완이 다시 윽박질렀다. 탈영병 신분이 불안하기도 했고 걱정하시는 어머니를 안심도 시켜드릴 겸 부대복귀를 선택했다. 라디오 방송에서는 군 헌병대에 신고를 하라고 종용하고 있었다. 군 헌병대는 지금 '한국의 집'이 있는 서울 필동 근방에 있었다. 헌병대로 향하는 발걸음이 쉬이 떼어지지 않았다. 머리는 아무렇게나 자라 텁수룩했다.

사면을 해주겠다고는 했으나 총칼로 집권한 세력의 말을 믿어도 되는 건지 의심도 들었다. 하지만 막상 군 헌병대에 가보니 나 같은 탈영병들이 우글거리고 있었다. 나중에 들었지만, 이승만 정부시절 탈영병은 무려 40만 명이었다.

헌병대는 며칠 조사를 하더니 사면을 결정했고 나는 일주일 뒤 원대복귀를 했다. 같은 부대, 2중대 1소대 1분대, 완전히 제자리였다.

자수한 탈영군인들의 원대복귀가 원칙인 줄은 알았으나 이처럼 정확하게 재배치를 할 줄은 미처 몰랐다.

"고문관, 돌아왔구나. 얼마 만이냐?"

"인마, 과거는 다 잊어주라."

"어쭈, 고문관 꼴통께서 천사가 되시겠다고? 누가 믿어?"

동기들은 상병 계급장을 달고 고참 행세를 하느라 목에 힘이 들어가 있었다. 나는 여전히 이등병이었다. 머릿속으로 헤아려보니 제대는 아직 30개월이나 남았다. 예나 지금이나 국방부 시계는 느리다. 제대해서 사회에 나가면 서른 살이 턱 앞이다. 끔찍했다.

'에라, 앓느니 죽자.'

그렇게 모진 결심을 했다. 이런 가치 없는 군대에서 썩느니 무슨 짓을 해서라도 의가사 제대 같은 것으로 빠지자고 작심한 것이다. 7~8년 전 백기완이 운용하던 사회봉사대인 '학생자진녹화대'에서 함께 활동했던 김광일, 그가 군의관 중위계급장을 달고 어느 군병원의 정신과의사로 근무하고 있다는 정보를 나는 보물단지처럼 믿고 있었다.

야전 전투훈련 도중에 엄살을 부리며 쓰러지는 시늉을 했다. 그 뒤에는 밥을 먹을 수가 없다면서 음식물을 거부하기 시작했다. 그렇게 일주일을 버텼다. 하늘이 노랗게 보였다. 화장실에 가다가 내무반 바닥에 그대로 뒹굴었다. 극적인 효과를 노리기 위해서는 한두 번쯤 그렇게 넘어지는 게 좋았다.

하지만 이건 연기가 아니라 실제였다. 일주일, 아니 사흘만 굶어보

180

라. 절로 무릎이 꺾일 테니. 그렇게 마구잡이로 아픈 시늉을 했더니 내 꾀병을 알면서도 대대 의무실에서 소견서를 써줘 연대병원으로 후송되었다.

"저 새끼, 순전히 애물단지인데, 이 기회에 치워버리자."

대대장이 그렇게 말했다는 것을 나중에 들었다. 수류탄 투척기도에 지뢰밭 소동, 그리고 4·19와 5·16으로 세상이 두 번 바뀌고 그 사이에 무단탈영 1년 2개월…. 또 다시 시작된 나의 발광에 그도 두 손 두 발 다 들어버린 것이다.

그러나 진짜 시작은 이제부터였다. 우선은 연대병원의 병동 입퇴원 과장부터 속여야 했다.

꾀병 끝에 얻은 이등병 제대

"덩치는 산만한 녀석이 어디가 아프다고 이 엄살이야?"

"아닙니다. 저 지금 거의 죽을 지경입니다."

병동실장은 내 말을 믿지 않는 눈치였다. 마음이 조급해졌다. 점호 때마다 환자들은 침대 앞에 앉은 자세로 점호를 받아야 했다. 그때마다 실장은 지휘봉으로 내 배를 쿡쿡 찌르며 괴롭혔다. 단식 중이라서 살짝 건드리기만 해도 넘어갈 판이었다.

실장은 어디 '네가 이기나 내가 이기나 두고 보자'라는 식이었다. 이제 더는 꾀병을 부릴 수도 없을 만큼 탈진한 상태였다. 포기하고 싶은 마음이 굴뚝이었다. 그때 입퇴원 선임하사가 나를 찾아오더니 이렇게 말하는 게 아닌가.

"방 병사, 혹시 나를 모르겠어? 혹시 인천 송도중고를 나오지 않았나?"

"네, 그렇습니다."

선임하사가 반색을 했다. 갑자기 말투가 바뀌었다.

"배추 형님 맞으시죠? 저도 그 학교 출신이거든요."

그의 방에 따라 들어가 즉석 면담을 했다. 이름만 걸어놓은 채 6개월밖에 나가지 않은 송도중고의 덕을 보는 날도 있구나 싶었다.

"상급부대 병원으로 옮겨주면 어떨까. 사단병원으로…."

"좋습니다. 일단 사단병원 이관은 제 소관이니까요."

이튿날 선임하사가 만들어준 가짜 소견서를 가슴에 품은 채 사단병원으로 옮겼다. 만사가 순조로웠다. 그러나 어딜 가나 연대병원 병동 실장 같은 사람이 있기 마련이었다. 사단병원에서의 내 천적은 대위 계급장을 단 군의관이었다.

"숨을 쉴 때 가슴이 답답하고 뜨끔거리지 않나?"

"네, 그렇습니다."

"식사를 하면 위가 더부룩하면서 소화도 안 되고."

"물론입니다."

"글쎄, 앉았다 일어서면 조금 어지러울 걸?"

이거 뭔가 이상했다.

"그렇구만. 아무리 생각해도 너 이제 곧 죽을 것 같아."

군의관이 병상을 훑어보며 갑자기 소리를 쳤다.

"얘들아. 이 녀석이 바로 '나이롱 환자 종합병동'이다. 다들 와서 구경해!"

제대로 공부한 의사였던 그는 연대병원의 소견서가 엉터리라는 걸 알아챈 모양이었다. 어쩐지 너무 술술 풀린다 싶었다. 여성 간호장교들도 고개를 외로 뺀 채 힐끔거렸다. 창피도 창피지만, '꾀병 전역'이란 게 쉽지 않다는 걸 깨달아 이만저만 낙담이 되는 게 아니었다. 원대 복귀를 하느니 차라리 죽고 싶은 심정이었으니 말이다.

"방 병사, 너는 죄질이 정말 나빠. 한 일주일만 고생해봐. 그 뒤 헌병 대로 넘겨버릴 생각이니까. 짜식이 영창 맛을 보면 정신 번쩍 들걸?!"

군의관은 나를 격리 수용된 나병환자 병동에 처넣었다. 그들 사이에 둘러싸여 있자니 온몸에 벌레가 기어 다니는 듯한 기분이었다. 지금이야 나병환자에 대한 인식이 바뀌었지만 그때만 해도 나 역시 여느 사람과 마찬가지로 그들을 두려워하고 혐오했다. 인생 여기에서 종 치는구나 싶었다.

"야, 동규야. 나 알지?"

난생 처음 보는 군의관 한 명이 특별병동으로 찾아왔다. 그러고는 개성 선죽소학교 동기라고 소개했다. 정확하게 6학년 2반이라고 설명을 해줬지만, 나는 도통 기억이 없었다.

"네 문제로 사단병동이 온통 화제야. 아는 이름이라 혹시나 하고 입퇴원 과장 방에 들러 병력카드를 보았더니 틀림없는 너야."

이게 웬 하늘에서 떨어진 동아줄이란 말인가. 나는 그의 팔에 매달렸다. 그만큼 절박했다. 오죽했으면 눈물까지 찔끔거렸겠는가. 그는 난감하다는 듯 인상을 찌푸리더니 "길은 딱 하나 군단병원 후송뿐이다"라고 말했다.

"거기에 간다고 뭐 뾰족한 수가 있을까?"

"… 보장은 없지. 영창행이라도 미루자는 것이고, 거기에서 네 깜냥

184

껏 재주를 부려보라는 것뿐이야. 가볼래? 독종 입퇴원 과장은 잘 구슬려볼 테니까. 그리고 군단병원 사람들에게 말도 전할게."

선택의 여지가 없었다. 이틀 뒤 나는 동두천 근방의 군단병원으로 재후송되었다. 이동하는 앰뷸런스에서 '가짜 병력카드'를 슬쩍 훔쳐보니 '결핵'이라고 씌어 있었다. 진짜 환자의 엑스레이 사진까지 버젓이 들어 넣었다. 그러나 그게 제대로 먹히진 않았다. 그곳에 도착하자마자 엑스레이를 새로 찍었다.

"이 사진을 잘 봐. 네 폐는 운동장이냐? 폐에 뚫린 구멍이 멋대로 이리저리 옮겨 다니게? 그리고 말야, 너 정말 특수체질이구나. 새 사진을 보니 하룻밤 새 깨끗하게 구멍이 메워졌잖아…."

"…."

"지금 나랑 장난하냐? 이 새끼 맛 좀 봐야 정신 차리겠구만?"

새로 찍은 내 사진이야 말할 것도 없었지만 친구가 준비한 가짜 엑스레이 두 장마저 서로 다른 사람의 것이었다. 이제는 솔직하게 내 사정을 말하는 수밖에 없다. 다시 한 번 나 자신을 믿어볼 수밖에.

"군의관님, 엑스레이 사진은 실은 가짜입니다. 제 친구인 사단병원 군의관 녀석의 코치에 따른 것인데, 오죽하면 제가 이런 짓을 했겠습니까? 솔직히 밝히자면, 저는 도저히 군대체질이 못 되는가 봅니다."

이렇게 털어놓고 나니 오히려 홀가분했다. 정면돌파로 동정심을 얻을 수 있을지 없을지는 미지수다. 그런데 그때 군의관이 너털웃음을 터뜨렸다.

"이 자식, 소문대로 정말 괴물이구만! 그래, 사단병원 군의관한테 전화를 받았다."

이번에도 나의 잔머리가 나를 구원해준 듯싶었다.

"군의관님, 제발 63병원으로 보내 주십시오."

"왜 63병원이지?"

"실은 제 친구가 거기서 정신과를 맡고 있습니다. 이왕 봐주실 거면 그쪽으로 해주시면 고맙겠습니다."

그런 우여곡절을 거쳐 대전에 있는 63병원에까지 갔다. 폐에 구멍이 나지 않았으니 결핵환자 흉내는 통하지 않겠고, 이번에는 정신과 환자로 행세하기로 작심을 했다. 김광일만을 신주단지처럼 믿고 또 믿은 것이다.

하지만 병원은 컸고, 김광일 중위는 만나볼 수가 없었다. 하는 수 없이 도착하자마자 입퇴원과에서 검진까지 받았다. 계획대로 정신이상자 행세를 했지만, 눈자위를 몇 번 까본 군의관은 내가 나이롱 환자임을 금세 알아봤다. 정말 그 먹고살기도 힘든 시대에 군의관들은 왜 그다지도 진찰에 허점이 하나도 없었단 말인가.

군의관은 내 뺨을 몇 차례 때렸다.

"너 이 새끼, 영창 대기나 하고 있어라."

낙심천만의 심정으로 며칠을 보내던 참에 꿈에도 그리던 김광일 중위를 만났다. 그의 얼굴은 하얗게 질려 있었다.

"배추야. 지금이 도대체 어느 때냐. 서슬이 시퍼래. 무시무시한 혁명정부 아냐. 제발 자중해다오."

"광일아. 오죽하면 내가 이 짓을 하겠냐. 네 힘이 닿는 대로 좀 도 와주라."

그렇게 여러 차례 면담을 하던 김광일이 며칠 뒤 다시 찾아왔다. 영 창행은 면하게 해주겠지만 원대복귀를 해서 남은 복무기간을 채워야 한다는 조건이었다. 그러고는 며칠 생각 해보라는 말과 함께 휑하니 가버렸다.

옛날 백기완하고 놀던 김광일이 이것밖에 안 되나 싶었다. 당시로 는 그의 입장이나 처지를 생각할 여유가 없었다. 실망스러웠다. 이제 현실적으로 어쩔 도리가 없었다.

그러던 차에 아는 얼굴인 듯한 사람이 어른거렸다. 나는 무턱대고 그의 이름을 불렀다.

"엇! 야, 규황아!"

실수하면 어쩌나 하는 마음도 없지 않았다. 하지만 밑져야 본전 아 니던가. 대위 계급장을 단 그가 나를 쳐다보았다. 살았다! 그는 개성 중앙유치원 동창 규황이었다. 그가 내게 달려와 어깨를 껴안았다. 그 리고 일단 자기 방으로 가자며 등을 떠밀었다.

"사람 죽으라는 법은 없는 모양이다. 그 순간에 너를 보다니…"

나도 모르게 눈물을 몇 방울 떨구고 말았다. 나는 그에게 지난 몇 달 동안 대한민국 육군의 거의 모든 병원을 돌며 단식 흉내에서 나이 롱 결핵환자 노릇에 미친놈 흉내를 낼 수밖에 없었던 내력을 줄줄이 털어놓았다. 나는 도저히 군대에 적응할 수 없는 놈이라고 하소연도 했다. 정말이지 나는 군대에서는 죽으면 죽었지, 도저히 있을 수 없겠다는 생각이 들 정도였다.

"동규야. 됐다. 내가 다 알아서 하마."

이미 이리저리 치인 터라 똑 떨어지는 그 말을 완전히 믿지는 않았다. 그저 두 손을 맞잡고 묵묵히 들어주는 것만 해도 고맙기 짝이 없었다. 이미 갈가리 찢겨지고 상처 난 마음의 나는 초라하게 될 대로 되라는 생각뿐이었다.

"동규야, 여기 있다."

한 달 뒤 규황이가 비쭉 내민 것은 작은 종이쪽지였다. 뭔가 싶어 슬쩍 펴본 나는 내 눈을 믿을 수가 없었다. 손에 쥔 종이딱지를 눈을 씻고 다시 보았다. 제대증이었다. 제대날짜는 11월 15일. 63병원은 병원 직권으로 제대증을 발부할 수 있었던 곳인데, 분명한 불법임에도 불구하고 옛 친구의 의리와 정성이 나를 군대라는 울타리에서 벗어나게 해준 것이다.

이처럼 우격다짐으로 군대를 벗어나게 된 걸 자랑으로 생각하지는 않는다. 하지만 지금과 같은 대체복무 제도가 없던 그 시절에, 집단과 잘 어울리지 못하는 나와 같은 부적응자들에게는 다른 통로가 없었다. 군대에 남아 죽거나 어떤 방법을 써서라도 조기전역하는 것뿐이었다.

가짜 환자 시늉을 시작하여 제대할 때까지 나는 많은 인연과 악연을 만났다. 어쩌면 이게 내 인생의 축도판인지도 모른다. 살아오면서 많은 악연을 만났지만 내가 견뎌올 수 있었던 건 또한 나를 도와준 인연들이 있기 때문이었다. 절망적인 상황에서도 굴하지 않으면 반드시

188

누군가 도움의 손길을 내밀게 마련이다. 악연을 견디는 것도 중요하지만 소중한 인연을 만들고 가꾸어가는 게 더 중요한 일이 아닐까 싶다.

그때 나에게 제대증을 발부해준 그 고마운 친구를 다시 한 번 만나보고 싶다는 생각이 들기도 했지만, 그 후 내 자신이 부끄러워 그를 만나지 못했다. 참고로 밝혀두자면, 그는 지금도 경기도 수도권에서 현역 개업의로 활동 중이다.

5

KODAK TMX 5052

피고 지는
사랑에 취했던 시절

여자를 모르는 숙맥

"우리 형님은 말이죠, 정말 특이체질이라니까. 그거 아셔?"

문화계 후배들 중 나를 따르는 이가 꽤 된다. 그중 하나가 대여섯 살 연하의 화가 주재환인데, 속이 없는 천진함까지 그와 나는 빼다 꼽은 듯 닮았다. 에헴, 하는 괜한 격식 따위는 없다. 간혹 그는 사람들이 모인 자리에서 이상한 말을 해서 내 얼굴을 후끈거리게 만들기도 한다.

"배추 형님은 말이야. 나이가 70줄인데도 거기에 햇볕만 슬쩍 들어 기분이 따듯해지면 바지 속의 물건이 벌떡 일어서. 버스를 타거나 할 때 창밖으로 햇살이 비추잖아. 그럼 그게 들고 일어서는데, 정말 특이체질 아냐?"

나야 그저 웃어버리고 만다. 시인을 하든 부인을 하든 민망하고 우스운 일이 되기 십상 아닌가. 하지만 조용한 자리에서 나는 슬쩍 이렇게 털어놓는다.

"나는 지금도 벤치프레스와 씨름을 하잖아. 의사들이 체지방과 근육의 양으로 치자면 내 신체나이는 서른아홉 청년이라고 하더라고."

192

하지만 믿거나 말거나 나는 여자를 그리 밝히는 편이 아닐뿐더러 누구처럼 후안무치하게 즐기려드는 위인은 전혀 못된다. 90년대 충청도 홍성에서 서해화성의 대표이사를 지냈을 적만 해도 그렇다. 명색이 대표이사이니 당시 관례대로 협력업체에서 나에게 이른바 접대를 자청했다.

뭔가 짚이는 게 있어 일부러 회사 식구 서너 명을 데리고 자리에 갔다. 방패막이를 만들어놓은 것이다. 아니나 다를까. 술자리가 한창 진행되고 분위기가 무르익자 여자들이 줄줄이 들어왔다. 접대하는 측의 사인에 맞춘 동시입장이었다. 하지만 그건 도무지 내 체질이 아니다. 자리를 박차고 일어났다.

"여보쇼. 겨우 이런 못된 짓을 하려고 우리를 부른 거요? 사람 잘못 본 모양인데, 나 이런 거 안 좋아해!"

"…"

"당신들이 정 우리 서해화성과의 협력관계를 끊고 싶은가 본데, 원하는 게 그거라면 그렇게들 하쇼!"

협력업체 사람들은 난데없는 나의 호통에 기겁을 했다. 어쩔 줄 모르는 그들에게 아예 훈계조로 혼쭐을 내줬다. 뒤통수를 맞은 듯 멍한 표정을 한 그들을 뒤로 한 채 나는 직원들을 데리고 싸늘한 표정으로 휭하니 술집을 나와버렸다. 혹시 직원들이 여자들에게 미련을 가질까 봐 일일이 차를 태워 집으로 보내버렸다. 그 사건에 대해 누가 내게 물어보면 나는 그렇게 대답을 한다.

"그 직업여성들도 집에 가면 그 누구의 누이이고, 어머니일 수도 있지 않아? 그걸 뻔히 알면서도 어떻게 함부로 행동할 수 있지?"

어쨌거나 여자에 무심한 그런 태도는 어제오늘 일이 아니다. 송도 중고 말 무렵 종삼의 추억부터 사실 그랬다. 50년대는 물론 이후 60년 대 내내 종삼은 대표적인 사창가 역할을 했지만, 대한민국 남자들이 성인이 됐음을 신고하는 공간이기도 했다.

지금 말끔하게 정비된 종묘, 그곳 옆과 뒤가 바로 땀 냄새와 살 내음, 술 냄새와 여자들 분내가 진동했던 곳이다. 사창가는 비좁은 골목 사이로 엉성한 한옥집이 어깨를 맞댄 모양새를 하고 있었다. 장안의 젊은이들은 물론 주당들이 술의 힘을 빌려, 혹은 친구들에게 등을 떠밀리는 억지걸음으로 그곳을 찾았다.

그들은 그렇게 성인의 몸짓을 배워갔고, 지친 세상살이의 답답함과 꽉 들어찬 성적욕구를 잠시잠깐 풀기도 했다. 한창 때인 우리 고교생들도 그랬다. 이 방향 없는 청춘의 고향에 내가 잠시 발을 디딘 것은 와자지껄한 분위기의 졸업파티 직후다.

깁스를 한 채 송도고 졸업식장에 갔다가 들입다 싸움질만 하고 왔기 때문에 나는 더욱 기분이 복잡했다. 학생이라는 압박감을 '술'이라는 해방구를 통해 벗어버리고 싶었다. 하지만 친구들은 달랐다. 친구들은 술이 한잔씩 들어가자 나를 앞세워 종삼으로 내처 달려갔다. 내가 썩 내키지 않는 표정을 짓자 친구들은 더욱 재미있어하기 시작했다. 몇 번 출입을 해본 경력이 있는 한 친구가 먼저 호기롭게 문을 열고 들어갔다.

배추가 돌아왔다 1

얼결에 합류하게 되었지만, 속으로 '이건 정말 아닌데' 하는 생각을 종래 떨칠 수가 없었다. 무엇보다 무섭고 떨렸다. 기회를 봐서 도망칠 궁리만 들입다 하고 있었는데 그런 찬스를 도통 잡을 수가 없었다. 친구들은 기대에 찬 표정으로 벌써 계산까지 마치고 막 일을 치르려했다. 옴짝달싹 못하는 최악의 순간이었다.

머릿속이 빙빙 돌았다.

'에라, 모르겠다.'

슬그머니 일어나 변소로 냅다 튀어버렸다. 그러곤 변소 문을 안에서 잠가버렸다. 잠시의 안도감에 한숨을 길게 몰아쉬었지만 그래도 마음이 안 놓여 안에서 문고리를 붙잡고 대롱대롱 매달렸다. 10여 분이돼도 도대체 돌아올 생각을 하지 않자 친구들이 변소 앞을 둘러싸고생야단법석을 벌였다.

"야 인마! 배추, 너 왜 그래?"

"너 주먹만 세지, 별 거 아니구나. 이 좋은 걸 안 하겠다고?"

"이 새끼, 알고 보니 너 고자 아냐? 고자 맞지?"

매상을 놓쳤다고 생각한 아가씨까지 변소 앞에 나왔는지 바깥은 거의 장이 서버린 모양새였다. 다들 낄낄거리며 한소리씩 해댔다. 나는거의 울상이 되어 변소 문고리를 신주단지 모시듯 붙잡고 벌벌 떨면서겨우 한마디를 했다.

"인마들아, 나 됐거든…? 너그들이나 하고 대충 집으로 가면 좀 안되겠냐? 나 조금도 생각이 없어. 제발 좀 살려주라. 됐냐?"

일을 치른 친구들이 다시 변소 문을 발로 차고 손으로 두드릴 때까지도 나는 그 안에서 나올 줄을 몰랐다. 모두들 사라진 한참 뒤에야 혼자서 빼꼼히 빠져나와 도망치듯 겨우 집으로 돌아갔다. 나중에 친구들은 나를 그 방면에서 거의 바보 취급을 하면서 놀려댔지만 그게 나의 묘한 모습이다.

다른 치기어린 청춘들과는 달리 여자에게만큼은 목석같던 나였지만, 그런 나에게도 사랑은 찾아왔다.

전설의 싸움, 켈로부대와의 맨주먹 결투

아무리 내가 여자에게 무심하다지만 어찌 사랑 없는 인생이 있겠는
가. 이제야 털어놓지만, 30대 중후반 시절 파독광부로 일하던 시절 무
려 열일곱 살 처녀의 열렬한 구애를 받은 적도 있었다. 하늘색 눈동자
에 붉은 색이 도는 황금빛 머리칼의 미인은 동양인인 나에게 푹 빠져
연신 결혼까지 재촉했었다.

이후 파리에는 프랑스·베트남 혼혈인 미인으로부터 열렬한 구애
를 받기도 했다. 하지만 지금 털어놓는 이야기는 내 마음에 아프게 기
억되고 있는 10대 전후 첫사랑 이야기다.

남자에게 첫사랑이란 아무리 세월이 흘러도 생각하면 가슴이 아슴
아슴 쓰려오는 그런 것인 모양이다. 아직도 그때 그녀를 생각하면 조
금은 마음이 아프다.

우리 집 근처에는 의자매 언니와 둘이서 자취하는 여인이 한 명 있
었다. 내 나이 열아홉 시절이었다. 그녀의 고향은 송악인데 그곳은 내
게도 낯익은 고장이었다. 개성에서 살던 시절 부모님을 따라 여름철

바캉스를 떠났던 곳이 송전해수욕장이다. 송악은 송전과 매우 가까운 곳이다.

그녀는 혈혈단신으로 월남했지만 전형적인 이북 똑순이 스타일이었다. 집이 가까워 자주 마주치면서 자연스레 얼굴을 익히게 되었고, 월남했다는 공통점 때문에 쉽게 말을 틀 수 있었다. 그녀는 고향과 가족 이야기를 하면서 저도 모르게 눈물을 흘리곤 했다. 그 모습이 그토록 애잔할 수가 없었다. 그녀가 눈물을 흘릴 때마다 나도 모르게 가슴이 저려왔다.

특별히 예쁜 얼굴은 아니었지만 외로움을 숨기고 부러 활달한 척 행동하는 그녀를 어떤 방식으로든 위로해주고 싶은 애틋한 마음이 무럭무럭 자라났다. 이런저런 이야기를 나누는 동안 그녀의 사정을 알게 되었고 나도 모르게 영웅심이 발동했다.

'아차, 그렇지! 북한 침투 특수부대인 KLO에 입대를 하면 모든 문제가 해결되는 게 아닌가?'

그때 수시로 북한 땅에 침투를 하는 부대 생각이 떠올랐다.

'입대한 뒤 침투공작 때 잠시 틈을 내어 그녀의 부모님을 모시고 오면 되지 않을까?'

KLO는 특수공작 전문으로 사람들은 그저 부르기 쉬운 대로 켈로부대라고 불렀었다. 한번 들어가면 목숨을 잃을 가능성이 높은 곳이다. 하지만 슬픔에 잠긴 그녀의 마음을 위로할 수만 있다면 그런 것쯤은 대수롭지 않게 여겨졌다.

켈로부대에 입대하기로 마음을 굳히고 나자 구체적인 계획까지 세

198

워졌다. 낙하산으로 침투해 그녀의 가족을 모셔온다는 작전이었다. 지금 생각하면 참 비현실적이고 만화 같은 계획이었지만 그때는 정말 해낼 수 있을 것만 같았다. 이미 당시 나는 켈로부대원들에게는 이름이 두루 알려진 유명인사였기 때문이다.

1953년 7월 휴전협정 조인 타결을 코앞에 둔 몇 달 전. 그 해에도 봄은 어김없이 찾아왔다. 시민들은 3년이 넘는 전쟁의 시름을 잊으려는 듯 창경원(지금의 창경궁)에서 벚꽃놀이를 즐기곤 했다. 당시에는 창경원이 최고의 시민 위락시설로 각광받던 시절이었다.

전선에서는 크고 작은 전투가 산발적으로 벌어지고 있었고, 후방에서는 '쥐잡기'라는 명목 아래 은신하고 있는 빨치산의 토벌이 진행되고 있었지만 서울에서는 벚꽃놀이가 한창이었다. 38선 부근에서 전선이 그런대로 형성된 51년 여름부터 어물어물 시작됐던 휴전협정이 벌써 2년째로 접어들자 시민들은 지쳤고 이제는 위안이 필요했다.

나도 친구들 세 명과 창경원으로 향했다. 공교롭게도 한쪽에서는 밴드까지 동원해 뽕짝뽕짝 소리까지 요란한 야유회가 한창이었다.

'아주 제대로 노는구만?'

말로만 듣던 켈로부대 대원들이었다. 노는 꼴을 보니 '장백산 굽이굽이~' 어쩌고 하는 북한노래까지 거침없이 불러대며 다른 사람들은 아예 안중에도 없었다. 대충 50여 명쯤이었는데 인민군에 중공군 군복까지 복장도 제멋대로인가 하면 여기저기에 한복을 차려입은 여자까지 낀 걸쭉한 술자리였다.

아마 그 야유회는 낙하산 타고 북한지역에 떨어지는 따위의 큰 임무를 앞두고 열렸던 비장한 '묻지 마' 술판이었을 것이다. 창경원 곳곳에는 헌병들이 두세 명씩 짝을 지어 순찰을 돌고 있었지만 눈살을 찌뿌리게 하는 켈로부대원들의 노는 품새는 짐짓 외면했다. 그러다 기어이 순찰 헌병 두 명이 한구석에서 켈로대원들을 채 몰라보고 검문 어쩌고 하다가 된통 당하고 있었다. 그중 한 명은 얼굴이 피투성이가 되어 쓰러지기까지 했다. 뒤늦게 다른 헌병들이 우르르 몰려와 맞아 쓰러진 헌병을 부축해 어디론가 사라지는 게 보였다.

나는 술판으로 다가갔다. 턱없는 객기가 또 발동한 것이다.

"나도 술이나 한잔 얻어먹읍시다."

"뭐야? 너 학생 아냐?"

소대장인 듯 보이는 지휘관이 인상을 구기며 나섰다. 허리에는 꽤 큼지막한 45구경 권총까지 차고 있었다.

"이 자식, 그냥 쏴 죽여?"

그가 으름장을 놓았다. 함께 갔던 친구들은 이미 새파랗게 질린 얼굴로 어름어름 뒤로 빠졌다.

"어이, 형씨!"

"뭐라고? 형씨? 이 자식 정말 돌았구만."

"아, 그렇게 겁주지 마시고 정식으로 1 대 1 맞장이나 뜹시다."

우리 주변은 이미 상춘객들이 빙 둘러싸 인산인해였다. 벚꽃 구경이 아니라 이제는 싸움 구경인데, 이 판에 심판을 자청한 사람까지 나섰다. 사태는 제법 내게 유리하게 돌아갔다.

200

부하들이 쳐다보고 있고, 민간인들까지 새까맣게 몰린 상황에서 소대장은 나이 어린 녀석이 던진 도전장을 무시할 수 없게 되었다. 그는 마지못해 내 도전에 응했고 그와 마주선 나는 재빨리 상대와의 거리를 가늠했다. 아무리 그래도 권총 대 맨주먹이다. 신중해야 했다.

거리는 네 걸음 반. 45구경은 총신이 꽤 크다. 뽑자면 시간이 좀 걸린다. 안전장치도 풀어야 한다. 또한 운집한 사람들 사이에서 그걸 뽑아들고 빵빵대며 쏘아댈 가능성은 별로 없다. 결론은 권총에 기죽을 필요가 없다는 점이다. 만약 권총을 뽑아든대도 그 틈에 치고 들어가 박살을 내면 된다.

그의 행동을 예의주시하고 있는데, 오른손을 허리 쪽으로 내려뻗는 동작을 취했다. 그 순간 그의 고개도 손을 따라 내려갔다. 그 틈을 노렸다. 땅을 박차고 그의 가슴을 향해 튀어 들어갔다. 질주하는 힘으로 힘껏 부딪혀 상대의 오른손부터 낚아챘다. 막 권총 손잡이에 손이 닿으려는 순간이었다. 기습에 휘청대는 그의 턱을 향해 왼 주먹을 날렸다. 주먹에 묵직한 느낌이 전해져오는 동시에 휘청, 하면서 장교 녀석이 쓰러져버렸다.

"이야! 총알보다 더 빠르네."

"젊은이가 대단하이!"

둘러선 사람들 사이에 탄성이 퍼져나갔다. 이제 게임은 끝난 것이나 다름없었다. 나는 그를 올라타고 단숨에 짓뭉개버렸다. 다행히 나머지 켈로부대원들이 한꺼번에 덤벼들지는 않았다. 그럴 경우 상황을 처음부터 끝까지 지켜보았던 상춘객들이 가만있지 않을 것이고, 이미 구겨질 대로 구겨진 소대장의 자존심에 더 상처를 낼 수도 있기 때문이다. 그 당시에는 맞상대를 원칙으로 했다.

쭉 뻗어 한참을 널브러져 있던 장교 녀석이 일어나 먼지를 툭툭 털며 입을 열었다.

"나 졌다. 너, 한잔 먹을래?"

"좋시다."

나도 모르게 입이 쭉 벌어졌다. 비록 승리하긴 했지만 나 역시 뭐가 어떻게 된 줄 모를 정도로 정신이 없었다.

"이름이 뭐냐?"

"방동규요. 배추라고도 합니다."

나는 켈로부대 야유회 판에 털버덕 주저앉아 신나게 얻어먹었다. 저쪽으로 도망쳤던 친구들도 하나둘 나타나 자리를 같이했다. 음식이 태부족하던 시절 나와 친구들에게 이 술자리는 횡재 아닌 횡재였다. 한 시간쯤 술을 얻어 마시며 배를 두드리고 있는데 저쪽에서 요란한 소리를 내며 트럭이 달려오고 있었다.

아까 켈로부대원에게 당한 헌병들이 부대로 돌아가 다른 헌병들을 데리고 온 것이었다. 트럭이 멈추자 짐칸에서 헌병들이 우르르 뛰어내렸다. 아예 소형 쓰리쿼터를 타고 회식 장소를 향해 돌진해오는 헌병도 있었다. 하루에 두 차례나 창경원을 무대로 일대 활극이 벌어지려는 순간이었다. 달려오는 헌병들은 맨손이 아니었다. 저마다 단기관총으로 무장까지 했다.

켈로부대고 뭐고 간에 싹쓸이를 해버리자는 심사였던 것이다. 켈로

202

부대원들도 우르르 자리에서 일어났다. 헌병 대 켈로대원 간의 긴장된 대치의 순간 빵빵 하고 총소리가 터졌다. 물론 공포탄이었겠지만, 이건 아니다 싶어 그 길로 냅다 줄행랑을 쳤다.

켈로부대원들 사이를 빠져나와 보니 막상 도망갈 곳은 창경원 뒤쪽밖에 없었다. 달리다 보니 성균관대 쪽으로 연결된 2m 높이의 담벼락이 보였다. 따져볼 필요도 없이 그걸 단숨에 훌쩍 넘어버렸다.

풋사랑에 목숨을 걸다

　지금도 나는 간혹 성균관대 쪽을 걷다 보면 그때 기억이 난다. '사람이 정말로 급해지면 못하는 게 없구나' 하는 그런 생각이 든다. 창경원 쪽에서 본 담벼락도 껑충 뛰어 오르기에는 높은 편이지만, 성균관대 쪽은 지대가 꽤 낮아 더욱 어려웠다. 급한 김에 얼렁뚱땅 담을 뛰어넘었다 쳐도 거의 3, 4m 아래로 떨어졌을 텐데, 다행히 한 군데도 다치지 않았으니 정말 용한 일이었다.

　여하튼 창경원 사건 이전부터 이미 서로 정을 느끼고 있던 그녀에게 어느 날 짐짓 정색을 하고 물었다. 남들이 웃건 말건, 비현실적인 계획이네, 돈키호테 같은 바보짓이네 하고 지적해도 할 수 없었다. 이미 내 마음은 정해졌고 3·8선을 넘는 내 모습을 수십 번이나 그려보았다.

　"송악의 네 집이 구체적으로 어디쯤이야? 설명해줄 수 있갔어?"

　별걸 다 묻는다 싶은 표정이 그녀의 얼굴에 스쳐갔다. 물론 나는 시치미를 뚝 뗐다. 그녀에게 켈로부대에 입대할 계획이라느니, 그녀의 부

204

모님을 데려올 생각이라느니, 하는 말을 할 수는 없었다. 괜한 걱정을 끼칠 수도 없고, 그럴 경우 제대로 대답을 하지 않을 수도 있었다. 결정 적으로 그런 종류의 일로 생색을 내는 듯이 여겨지고 싶지는 않았다.

"음 별건 아니고 그냥."

그녀는 뜨악한 표정을 지으면서도 지도를 그려가며 주변의 지형지 물을 설명해줬다. 송악시내였다. 시내 중심가에 소방서가 있고, 그 뒤 에 골목이 하나 있는데, 그 막다른 골목에 자기 집이 있다고 했다. 그 녀의 이야기를 듣는 내 가슴은 더욱 뛰었다. 그녀의 슬픔을 덜어줄 수 있다고 생각하니 절로 가슴이 뻐근해졌다.

그렇게 지형지물을 완전히 파악한 뒤 집을 찾아가는 이미지 트레이 닝을 골백번도 더 반복했다. 그러고든 드디어 켈로부대에 입대 원서를 냈다. 켈로부대는 서울 주변에 아메니, 뽀빠이, 이글, 불독, 다이아몬 드, 파인애플 등의 다소 엉뚱하게 들리는 이름을 단 채 무려 열 곳 안 팎이 독립부대 형태로 있었다. 본래 정보부대로 만들어졌던 이 부대는 미8군 소속의 빨치산부대를 흡수해 출발했지만, 한국전쟁 당시에는 도쿄 미 극동사령부 정보처 소속이었다. 첩보활동, 납치, 암살, 폭파 등 비밀임무 수행 때문에 늘 얼굴을 숨겨야만 해서 '얼굴 없는 부대' 로 불리기도 했다.

6·25전쟁 발발 후 6천여 대원이 작전에 투입되었는데, 나중에 밝 혀진 사실이지만 이들의 생존귀환율은 20% 미만이었다고 한다. 당시 세간에 알려진 대로 '100명 중 한 명 수준'은 넘었지만 정말 무지막지 한 수준의 생존율이 아닐 수 없다.

켈로부대 전체로는 전쟁 중에 3천여 명이 전사, 실종 또는 체포된 것으로 알려졌다. 그 부대의 최대특징은 전원이 북한지역 출신이었다는 것이다. 물론 사상자와 실종자가 늘어나자 나중에는 남한 출신도 모집했다. 이들의 훈련이 얼마나 혹독했는지 '지옥훈련'이라 불릴 정도였는데, 모든 훈련은 인민군복을 입고 북한말투를 사용하고 북한노래를 배우는 등 북한침투를 염두에 두고 철저히 인민군 식으로 이루어졌다.

"방동규? 우리가 특수부대라는 거 아나?"

"네! 잘 알고 있습니다."

"생존해 귀환할 확률이 거의 제로라는 것도?"

"물론입니다."

"좋아. 하나만 더 묻자. 우리부대 입대는 정식입대로 쳐주지 않고 있다. 그것도 알고 지원하는 것인가?"

"몰랐습니다. 그러나 저는 상관없습니다!"

모든 게 비밀로 이루어진 만큼 근무증명서 같은 게 있을 리도 없었다. 그러나 그런 건 하나도 겁나지 않았다. 마음속에는 오로지 그녀 생각뿐이었다. 생각보다 간단하게 입대신청이 끝났고 이제 소집통지서가 날아오기만을 기다리면 된다.

하루라도 빨리 그녀의 웃는 얼굴을 보고 싶었다. 그녀의 얼굴에 햇살 같은 웃음을 내 손으로 담뿍 담아주고 싶었다. 또 한편으로는 스릴에 차서 하루하루를 기다렸다.

그런데 이게 웬 날벼락이란 말인가, 청천벽력 같은 소식이 전해졌

배추가 돌아왔다 1

다. 그해 7월 말의 일이었다.

　'27일 판문점에서 미군 중장 윌리엄 해리슨과 북한의 남일 장군 오늘 서명. 765차례에 걸친 회담 끝에 정전협정 조인.'

　당시 신문과 방송은 휴전협정을 대대적으로 보도했고 원하든 원하지 않든 모든 사람들은 전쟁이 끝났음을 내심 반겼다. 그러나 나는 이 소식이 전혀 기쁘지 않았다. 아니, 오히려 까무러지는 줄 알았다. 그렇게나 기다렸던 켈로부대 입대가 무위로 돌아갈 판이었다. 아니나 다를까, 며칠 뒤 '켈로부대의 공식 해산' 뉴스가 들려왔다. 땅을 칠 수밖에 없었다.

　내 모험 아닌 모험은 그렇게 황당하게 끝이 났다. 물론 최대 8천여 명에 이르렀던 켈로부대는 정전협정 꼭 1년 뒤인 54년 7월에 공식으로 해체됐다. 해체 당시의 인원은 4천여 명. 그러나 정전협정일은 '얼굴 없는 부대'가 사실상 용도폐기됨을 알리는 실질적인 해산일이었다.

　이 어이없는 해프닝 이후에도 그녀와의 만남은 지속되었지만 이별의 결정적 이유는 다른 곳에서 찾아왔다. 대학에 입학하던 해, 아버지가 느닷없이 세상을 떠난 것이다. 나로서는 도저히 그녀를 행복하게 해줄 수 없을 거라는 생각이 들었다. 가진 것도 없고, 앞으로 살아갈 일도 막막한 남자가 어찌 여자를 행복하게 해줄 수 있겠냐 싶었다.

　그런 생각이 든 이후 조금씩 그녀를 피하기 시작했다. 골목 어귀에서 나를 기다리고 있는 그녀를 발견하고는 일부러 길을 돌아가기도 했다. 그런 날에는 집으로 돌아가서도 제대로 잠들 수가 없었다. 눈을 감아도 눈을 떠도 쓸쓸히 앉아 있던 그녀의 뒷모습이 맴돌았다. 그러나 그럴 때마다 고개를 가로저어야 했다. 눈을 질끈 감았다.

한번은 그녀가 자주 만나던 언덕에서 올 때까지 기다리겠다는 전갈을 보내왔다. 한참을 망설이다 언덕에 올랐다. 황량한 언덕 위에 홀로 서 있는 그녀의 모습이 처연해 보이기까지 했다. 그러나 멀리서 바라보기만 하다가 이내 무거운 발걸음을 돌려야 했다.

가엽고 불쌍하고, 안타깝고, 애틋하고…. 마음으로는 당장 뛰어가고 싶었지만 당시로서는 내가 절대로 그녀를 행복하게 해줄 수 없을 거라는 확신만이 나를 지배했다. 그렇게 차일피일 그녀를 피하는 동안 우리는 점점 멀어졌다. 나 역시 그 이후 돈암동으로 이사를 했고, 그녀는 인천으로 이사를 갔다. 그 후에 그녀가 강원도 화천 쪽으로 시집을 갔다는 소식이 바람을 타고 들려왔다. 가슴이 미어졌다.

그녀는 아마 지금도 내가 그 당시 그녀의 부모를 데려오기 위해 켈로부대에 입대하려 했다는 사실을 까맣게 모르고 있을 것이다. 그녀의 뒷모습을 바라보며 애끓는 심정을 다스려야 했던 것 역시 꿈에도 모를 것이다.

지금 생각하면 목숨까지 걸 정도로 사랑했던 사람인데, 남자의 어리석은 자존심으로 바보같이 굴었다는 생각이 든다. 그러나 후회는 없다. 지금 그때로 돌아간다 해도 똑같이 그녀의 얼굴에 환한 웃음꽃이 피어나는 것을 볼 수만 있다면 사지도 마다하지 않을 것이고, 사랑하는 사람의 행복을 위해서라면 간장이 녹아 끊어진다 해도 발걸음을 돌릴 것이다. 그렇게 나의 첫사랑의 한철이 뜨겁게, 그리고 가슴 아프게 지나갔다.

208

이상주의자 아버지

첫 사랑을 그렇게 떠나보낸 것은 하루아침에 가족의 곁을 떠난 아버지의 때문이기도 했다. 졸지에 가장이 된다는 부담감, 그리고 알 수 없는 상실감 등등 아버지의 부재는 나에게 무거운 짐으로 다가왔다.

내 기질 중에는 망종이었던 증조부의 것, 개성상인이었던 조부의 것도 있지만, 아버지에게 물려받은 것도 적지 않았다. 아버지는 만능 운동 선수로 180Cm를 훌쩍 넘는 거구였으나 몸집과는 달리 유약한 이상주의자의 면모도 지니고 있었다.

판문점 일대의 농토를 무상분배한 뒤 서울로의 이주를 결심했던 48년 여름, 한차례 정리를 했다고는 하지만 아직 상당한 재산을 가지고 있었다. 내가 경신중고로 전학을 한 이후까지만 해도 우리 집은 남부러울 게 없을 만큼 유복했다.

그런데 전쟁통에 관리부실로 큰 손해를 보는 일이 생겼다. 서울 귀환 뒤 재산관리를 대신했던 친척 한 명이 그 많던 재산을 빼돌렸고, 나중에 그 소식을 전해들은 아버지는 큰 충격을 받았다. 단지 재산을 잃었다고 해서 충격을 받을 분은 아니었다. 아버지는 아마 믿었던 사람에게 배신을 당했다는 데에 깊은 절망을 느꼈을 것이다.

게다가 전쟁이라는, 그것도 인류 역사에서 가장 추악한 전쟁으로 기록되는 한국전쟁을 겪지 않았던가. 이미 전쟁 기간에 시달릴 대로 시달린 아버지의 이상주의적 정신은 친척의 배신이라는 현실적 고통과 함께 와르르 무너져내렸다. 나는 지금도 양심적 지식인이었던 아버지의 일면은 존경하지만, 세상이라는 바다에 성큼 뛰어들 용기는 없었던 아버지의 책상물림 기질에는 고개를 흔들고 싶다.

아버지는 어린 시절부터 천재소년으로 소문이 나 있었다. 개성에서 모르는 사람이 없을 정도였다. 일곱 살 때 쓴 '입춘대길' 이라는 휘호가 총독에게까지 올라가 상을 받은 일도 있었다고 한다. 또 일제시대 광주학생운동이 벌어졌을 때 개성지부 책임을 맡고 있었던 터라 졸업을 앞두고 개성상업학교에서 퇴학을 받기도 했다. 아버지는 명민한 데다 사회의식도 있는 사람이었다.

혼란스러운 시대상황 속에서 유약한 모습을 보였던 필자의 아버지.

하지만 전쟁을 전후한 아버지의 모습은 무기력하기만 했다. 1·4후퇴 때 부산을 거쳐 순천으로 피난을 갔는데, 피난생활에서도 그런 모습은 이어졌다. 단지 무기력하기만 했다면 그나마 다행이었을 것이다. 그러나 지주의 풍모를 잃지 않기 위해 그 시절에도 수달피 목도리에 마고자, 호박단추가 달린 옷을 번드르르하게

210

차려입고 순천의 유지들과 시국 얘기나 하며 허허허 웃고 지냈던 아버지의 모습은 도무지 이해할 수 없었다. 나의 눈에는 무책임하게만 보였다.

나는 피난생활을 하면서 홀로 어두운 방에 앉아 한숨을 내쉬는 아버지를 여러 번 보았다. 아마도 자원하여 인민군으로 간 이복형님에 대한 안타까움과 가장으로서의 무능력으로 괴로워했던 듯하다. 악순환이었다. 현실적인 문제를 해결할 능력은 없으면서 그 문제를 감싸 안고 살아야 하는 삶. 그것이 전쟁 시기 양심적 지식인의 전형적인 모습이었다.

아버지의 빈자리

서울에 올라온 뒤 얼마 안 되어 우리는 아는 분의 주선으로 남산 아래 적산가옥에 들게 되었다. 아직 환도를 하지 않은 사람들이 많아 그처럼 비어 있는 대저택들이 꽤 되었다. 집은 사람이 들지 않으면 눈 깜짝할 새에 낡기 마련이다. 그러니 원래 주인이 돌아오기 전까지 누군가 관리를 해주면 주인 입장에서야 좋은 것이고, 우리 역시 대저택을 공짜로 사용하니 나쁠 게 없었다.

집안에 테니스장이 있을 정도로 큰 집이었던 걸 보면, 일제시대에 꽤나 떵떵거리던 인사가 살던 집이었을 것이다. 해방 뒤 그 적산가옥을 당대의 실력자 가운데 누군가가 인수했을 것이고 부산쯤으로 피난을 갔다가 아직 서울로 돌아오지 않았던 것일 게다. 그때 놀라운 변화가 일어났다.

"여보, 나 다녀오리다."

"조심히 다녀오세요."

212

이게 그 즈음 우리 집 아침의 일상적인 모습이었다. 아버지가 수원 도립병원 서무과장으로 취직을 한 것이다. 취직을 한 것 자체도 놀라 웠고 그 병원이 미국의 원조로 운영되고 있다는 사실도 놀라웠다. 어쩌면 아버지는 당신 생애 최초로 현실과 타협을 한 건지도 모른다.

그러나 그 기질이 어디 가겠는가. 아버지는 동경 유학시절 원래 법학을 공부했다. 그러나 법률을 공부해봐야 일본놈들의 졸개밖에 더 되겠느냐며 집안과 일언반구 상의도 없이 오사카 기계전문학원에 들어가버렸다. 무슨 기술이든 한 가지만 배우면 제 앞가림쯤이야 하지 않겠느냐는 생각이었다. 그런 기질이었으니, 미군 원조로 운영되는 병원의 서무과장이란 도무지 아버지와 어울리지 않는 일이었다.

한동안은 잘 다녔다. 하지만 아버지에게 그 일이 잘 맞을 리 없었다. 서울과 수원을 오가는 것도 고된 일이었겠지만 그보다 더 아버지를 괴롭힌 일이 있었다. 당시에는 병원이며 고아원이며 대부분의 구호 기관들이 미군의 원조로 운영되었다. 그러나 미군에서 쏟아져 나온 이 막대한 원조품들은 원래 목적과는 다르게 시장에서 은밀하게 거래되었다.

특히 당시에는 퍽 귀했던 페니실린부터 소화제에 이르기까지 거의 모든 의약품이 비싼 값으로 거래됐다. 병원 직원들은 미군에게 지원받은 약품들을 빼돌려 자기 주머니를 채우는 데 급급했다. 아버지는 성격 상 그런 일에 끼어들 마음도 없었고 그럴 주제도 못됐다. 그러다 보니 점점 다른 직원들에게 비웃음과 비난을 받게 되었고 결국에는 따돌림을 당하게 되었다.

그해 여름이었다. 우리가 살던 집은 방이 10여 개였고 아버지는 보통 깊숙한 곳에 자리 잡은 서재에서 지냈다. 그러다 보니 한집에 살아도 얼굴 보기가 쉽지 않았다.

"동규야, 냉수 한 그릇만 떠 오거라."

"예, 아버지."

냉수를 들고 어두운 복도를 따라 아버지의 서재로 갔다. 문을 열고 들어가보니 아버지는 좌정을 한 채 지그시 눈을 감고 있었다.

"아버지, 여기 물 가져왔습니다."

"그래, 거기 놓고 잠깐 앉아라."

아버지 앞에 무릎을 꿇고 앉았다. 오랜만의 일이었다. 서울에 돌아왔을 때, 장사를 할 것인지 학업을 이어갈 것인지를 두고 의논했던 이래로 이처럼 조용한 자리에서 마주 앉아보기는 실로 오랜만이었다.

"요즘 공부한다고 밤도 새고 그러는 것 같더구나."

"네. 비록 체육특기생으로 들어가긴 했지만 명색이 법대이다 보니 공부를 하고 싶은 마음이 생깁니다."

"그래, 좋은 생각이다. 하지만 공부란 꾸준해야 하는 것이니라. 그렇게 벼락치기로 한다고 해서 좋을 게 없다. 오히려 몸만 상하기 쉽지. 평소에 틈틈이 공부하는 습관을 들이도록 해라."

그렇게 아버지와의 짧은 대화는 끝났다. 물을 가져오라 해놓고 안 드시는 게 이상하긴 했지만 나는 조심스레 아버지의 서재를 나와 내 방으로 돌아갔다. 그 시절 어머니는 집안 살림을 하며 생계를 위해 재

배추가 돌아왔다 1

봉틀을 한 대 돌리고 있었다. 자정 가깝도록 어머니의 재봉틀 돌아가는 소리를 들으며 책을 읽곤 했다.

재봉틀 소리도 그치고 커다란 집안에 정적이 찾아들었다. 나도 졸린 눈을 비비다 잠자리에 들었다. 두세 시간쯤 잤을까. 주위를 분간하기 힘들 만큼 어두운 새벽, 누군가 나를 깨웠다.

"동규야, 동규야, 아버지가 이상하시다. 응?"

"아버지가요?"

어머니의 놀란 목소리에 무슨 일이 생겼음을 직감했다. 서재로 달려갔다. 불을 켜고 보니 아버지가 모로 기울어 쓰러진 채 가쁜 숨을 내쉬고 있었다. 나는 앞뒤 잴 것도 없이 아버지를 등에 업고 집을 나섰다. 그리고 지나가는 헌병대 차를 세워 서대문의 한 병원으로 갔다. 내 몸은 이미 땀으로 흠뻑 젖어 있었다. 숨 가쁜 몇 십 분이 흘러가고 의사가 내게 말했다.

"이런 말 하기는 곤란하지만 이미 늦은 듯하네. 마음의 준비를 해 두게나."

"뭐라고요? 도대체 무얼 드신 겁니까?"

"잘은 모르겠네. 하지만 확실한 건 한 가지가 아니라는 거야. 단단히 마음을 굳히신 모양이네. 적어도 서너 가지 약을 한꺼번에 드신 것 같으니 말일세."

꼬박 밤을 새고 그 다음날도 아버지는 하루 종일 피를 토했다. 차마 눈을 뜨고 볼 수 없을 정도였다. 오히려 절명하셨더라면 낫지 않았을까 하는 생각이 들 정도로 그 하루 동안 아버지는 심한 고통에 몸부림

쳤다. 이제 의식마저 잃고 간간이 몸을 부르르 떨 뿐이었다. 의사는 임종이 다가왔다고 했다. 아버지의 손을 잡았다. 당신도 아셨을까. 의식이 없다던 분의 눈에서 한 줄기 눈물이 주르륵 흘러내렸다.

순간 숨이 끊어지는 소리가 들렸다. 허헉, 허헉. 이렇게 두 번 비명 같은 소리를 내더니 몸이 축 늘어졌다. 아버지가 돌아가셨다, 아버지가….

가족들은 모두 매장을 원했으나 내가 우겨서 아버지를 불광동 화장터로 옮겼다. 어쩐지 아버지는 그렇게 재가 되어 이 산천을 떠다니는 게 어울릴 듯해서였다. 이상주의자였던 아버지는 그렇게 스스로 죽음을 선택했다.

가장의 책임을 지지 않고 떠나버렸던 아버지를 나는 지금도 조금은 원망한다. 하지만 다른 한편으로 보면 그건 바로 아버지와 같은 양심적 지식인들이 견디기 힘들었던 그 시대를 반증하는 한 사례일지도 모른다.

216

순정 하나에 저지른 엉뚱한 짓

내가 50년대 중반 이후를 풍운아로 살게 된 건 자의 반 타의 반이다. 내 기질이 반쯤 작용했다면 나머지 반은 '집안어른의 부재'라는 환경에 있다고 할 수 있다. 세상의 책상물림, 먹물들에 대한 혐오가 생겨난 배경도 그렇고, 이후 거친 삶 속에 나를 던지는 선택을 하게 된 배경도 그렇다. 또 나름의 사회의식 속에서 왕성한 주먹질의 세계로 빠져들었던 것도 그런 배경이 한몫했을 것이다.

아버지가 돌아가신 후, 집안에는 큰 그늘이 드리워졌고 나는 사회개혁가를 자처하면서 명동바닥과 서울 남산을 헤매고 다녔다. 마음 둘 곳이 없으니 도시의 들개처럼 쏘다녔다. 그 통에 '주먹 배추'의 명성도 높아만 갔다.

아버지가 돌아가신 뒤 우리 식구는 남산의 대저택을 나와 돈암동에 새 둥지를 틀었다. 살림이 기운 탓도 있었지만 아버지가 스스로 목숨을 끊었던 그 집에서는 하루도 더 살고 싶지 않다는 게 당시 우리 가족들의 일치된 심정이었다.

어머니는 당시 계를 꾸리고 있었는데, 어머니가 계주(契主)이다 보니 계원들이 무시로 돈암동 우리 집을 드나들었다. 원체 활발하고 적극적이시던 어머니지만 아버지가 그리 된 뒤로 마음을 추스르기 위해 사람들과 더욱 빈번히 접촉했던 것이다. 감당키 힘든 슬픔에 빠져들수록 한 걸음 더 세상으로 나아가야 그 슬픔을 극복할 수 있다는 진실을 나는 그때의 어머니에게 배웠다.

사람들이 자주 드나들다 보니 무겁기만 하던 집안 분위기도 조금씩 밝아졌고 사람 사는 냄새가 났다. 그동안 나 역시 아버지를 잃은 충격과 슬픔 때문에 조금은 멍한 상태였는데, 어머니가 슬픔을 딛고 일어서는 모습을 보면서 용기를 얻기 시작했다. 전에는 집을 드나드는 사람들을 맥 놓고 바라보고만 있었는데, 어느 순간부터 그들의 얼굴이 내 눈에 들어오기 시작했다. 계원들 가운데 유독 나의 눈길을 사로잡는 이가 있었다.

목포 출신의 기막힌 미인이었다. 나이는 스물여섯, 일곱 정도? 단지 미인에 불과했다면 그저 그랬을 텐데, 그 아름다운 얼굴에 늘 수심이 가득했다. 그 표정에 마음이 끌렸다. 관심 없는 척 어머니에게 그 여인의 신상에 대해 슬쩍 물었다. 그 여인은 전쟁미망인이라고 했다. 55년 말, 서울 중앙극장에서는 한국 최초의 여성감독 박남옥의 작품 '미망인'이 개봉돼 거친 세파를 헤치고 살아가는 여성의 모습을 보여줘 화제를 낳기도 했다.

나는 고개를 끄덕였다. 예나 지금이나 남편을 잃고 혼자 사는 여인들의 삶은 각박하기 마련이다. 그 신산한 삶의 고통 때문에 얼굴에 늘

배추가 돌아왔다 1

수심이 드리워져 있었음을 이해할 수 있었다. 아이러니하게도 그 수심에 찬 표정이 그녀의 미모를 더욱 빛나게 하고 있었다.

그 전 해에 만나 한참 의기투합해 싸돌아다니던 백기완도 그 여인을 나와 함께 멀리 또는 가까이에서 몇 차례 보고선 그녀가 대단한 미인이라는 내 주장에 선선히 동의했다.

"배추, 정말 기막힌 미인이구나. 네가 한눈에 반할 수밖에 없겠던걸."

그 여인은 명동 한 모서리에 찻집을 차려 어렵게 입에 풀칠을 하고 산다고 했다. 그녀의 남편은 죽은 게 아니라 납북되었다고 하는데 생사 자체를 알 수 없었으니 미망인 아닌 미망인이었던 셈이다. 남편은 이승만 정부 아래서 반공영화를 만들던 메이저급 영화사의 유명 제작자였는데, 패주하던 인민군들이 끌고 간 것이다.

그 여인을 어떤 방식으로라도 돕고 싶다는 마음이 솟구쳤다. 물론 이성에게 호감을 사고 싶다는 생각이 아주 없다고 할 수는 없었지만, 지금 돌아보아도 퍽 순수한 동기였지 않나 싶다. 연애감정이라기보다는 연민의 정에 가까웠다. 하지만 아무리 생각해도 방법이 없었다. 이미 가세는 기울대로 기울어 있었고 나 역시 대학에 적을 두고 싸돌아다니는 경제적 무능력자였으니 말이다.

어느 날 그녀가 집에 찾아왔다. 마침 집에는 나 말고 아무도 없었다. 그녀가 한 발자국 내딛을 때마다 그 자리에서 연꽃이 피어나는 듯했다. 어떤 신비로운 빛이 그녀를 둘러싸고 있는 듯 눈이 부셨다. 하지만 나를 보는 그녀의 눈빛에서 특별한 감정을 찾아볼 수는 없었다. 세상살이의 고통을 익히 겪어본 그녀에게 나는 그저 젊은 학생에 지나지 않았을 것이다.

그러나 나는 개의치 않았다. 그냥 맹목적이었다. 사람 사이에는 상대에 대한 배려와 이해도 필요하지만, 상대방이 나를 어떻게 생각할까를 두려워하지 않는 무모함도 있게 마련이다.

나는 지나가는 말처럼 그녀에게 슬쩍 물어보았다.

"아주머니, 정말로 목돈이 필요하세요?"

"…?"

그녀의 얼굴에 당황하는 기색이 역력했다. 나는 어떻게든 돕고 싶다는 뜻을 간곡하게 전했다. 상대방의 이유 없는 호의를 선뜻 받아들일 만큼 허술한 여자가 아니었기에 설득하는 데 무척 애를 먹었다.

"그럼 나오세요. 일주일 뒤 저쪽 복덕방으로 나오시면…."

"그 다음은요?"

"나머지는 제가 다 알아서 하겠습니다. 단 이 모든 것은 제 어머니에게만은 비밀로 해주세요. 제가 다 알아서 하는 일이니까요."

그녀가 돌아간 뒤 나는 홀로 생각에 잠겼다. '이게 과연 옳은 일일까, 아닐까' 하는 고민을 한 게 아니었다. 이미 옳고 그름을 따질 계제가 아니었다. 그녀의 얼굴에 드리워진 그늘을 걷어줄 수 있는 실제적이고 구체적인 방법이 무엇일까에 대한 고민이었다.

나는 아버지의 자살 이후로 호주를 승계받았고, 부동산 매매에 필요한 도장도 가지고 있었다. 입술을 질끈 깨물고 그 길로 부동산으로

220

가서 돈암동 한옥을 매물로 내놓았다. 방 다섯 개에 앞뒤로 제법 작지 않은 뜰을 갖춘 버젓한 집이었으니 액수는 정확하게 기억나지 않지만 만만찮은 금액으로 거래를 할 수 있었다.

약속장소인 복덕방에 나온 여인에게 현금을 선뜻 건네줬다. 아무런 조건도 없었다. 한치의 망설임도 없었다. 나를 아는 이들은 나의 이런 행동에 혀를 차며 정신 나간 사람을 보듯 대했지만, 당시의 나로서는 하나도 이상할 게 없었다. 그저 나보다 더 어려운 사람이다 싶었고, 오직 그 여인을 도와줘야겠다는 생각뿐이었다. 그 일로 내가 죽어버린 것도 아니고, 또 내가 밥을 굶은 것도 아니지 않는가.

이런 돈키호테 짓을 두고 왈가왈부하는 사람들에게 군이 설명을 하자면, 당시 나는 마음이 가리키는 대로 했을 뿐이다. 내키지 않는 일은 목에 칼이 들어와도 하지 않는 성격이다. 그렇게 해야만 내 속이 편할 것 같아 저질렀던 일이었을 뿐이다.

그게 당시의 나를 움직인 동기 전부다. 또한 그 여자의 환심을 사서 무엇을 어떻게 해보자는 음심 따위는 꿈에도 품어본 적이 없기 때문에 지금도 그 일을 떳떳하게 회상할 수 있다.

낭만의 끝을 달리다

"너, 아버지 돌아가셨다고 너무 객기 부리는 거 아냐?"

백기완을 비롯해 주변 친구들은 내 행동에 대해 이렇게 물었다. 고개를 저었지만 또한 전혀 그렇지 않다고 말할 수도 없었다.

"무슨 소리! 내 순수한 동기를 오해 말라."

나 역시 그때는 치기어린 낭만을 벗어나 이상을 꿈꾸고 있었다. 낭만을 즐기는 싸움꾼 배추가 아니라 백기완 등과 함께 공부하고 토론하고 이상적인 사회를 꿈꾸는 청년이기도 했다. 그러나 나는 아직 행동하는 지성이 되기에는 많은 게 부족했다. 굳이 표현하자면 낭만과 이상 사이에 머물러 있었다고나 할까.

지금은 담배를 피우지 않지만 당시 내가 골몰해 있던 일 가운데 하나는 어떻게 하면 조금이라도 더 멋있게 담배를 피우느냐였다. 막 담배를 배우기 시작한 터라 한 개비를 뽑아든 뒤 성냥불을 붙이기까지의 포즈를 열심히 연구하기도 했다. 어떻게 하면 집게손가락과 가운뎃손가락 사이에 끼운 담배를 요즘말로 폼 나게 빤 뒤에 연기를 예술적으

222

로 뿜어낼 수 있을까를 연구하기도 했다. 마치 영화 속의 한 장면처럼 멋지게 담배를 피우는 방법을 은근히 궁리하던 그런 시절이었다.

나는 노란 색 홈스펀 털스웨터를 즐겨 입고 다녔다. 스웨터의 깃이 목까지 길게 올라왔는데, 나는 틈 날 때마다 스웨터 깃을 주워 올려 나름대로 댄디한 모습을 연출하려 했다. 그런 철부지에 가까운 낭만과 치기가 남아 있던 시절이었기에 미련 없이 집안 전 재산을 모르는 여자에게 바칠 수 있었던 게 아닌가 싶다. 이상적인 현실주의자가 되기에는 부족했지만, 세상의 때가 아직 묻지 않은 청년. 그게 바로 그 시절의 내 모습이었다.

이런 내 사정을 누구보다 잘 아는 사람이 백기완이다. 백기완은 지금도 종종 내게 이런 말을 하곤 한다.

"배추 너는 그해에 죽었어야 했어. 얼마나 멋지고, 정말로 사나이다운 일이야. 연애라고 하는 사건에 남자 목숨을, 집안 재산을 모두 걸었다면 그때 바로 죽어도 남자는 조금도 여한이 없다는 거지. 나는 그런 연애 한번 못해보았으니 인생 헛살았는지도 몰라."

그러면 나는 무슨 객쩍은 소리냐고 입맛을 다실 수밖에 없다. 백기완은 한 술 더 떠 요즘 사람들과 나를 비교하기까지 한다. 그는 요즘처럼 내 가정 내 식구만을 챙기려드는 소시민들을 '납쇠', '졸망새'라고 부른다.

"졸망새나 납새가 뭔지 알아? 그저 많이 주워 먹을수록 외려 몸이 작아지는 새의 이름이야. 이상하다고? 아니, 뭐가 이상해. 요즘 사람들 모두가 졸망새요 납새가 아니던가, 아마? 배추처럼 사는 사람이 요즘 세상에 어디 있어?"

백기완에게 야속한 점도 하나 있다. 언젠가 이 추억담을 안주 삼아 이야기를 나눈 적이 있는데 그가 은근한 말투로 이렇게 말하는 게 아닌가.

"그런데, 배추. 그거 알아? 이 얘기는 처음 하는데 말이야. 그 여자가 내게 넌지시 물어보더라고. 내가 너랑 붙어 다니니까 물었던 게지. '그 젊은이 연애상대로는 어떨까요? 저는 잘 가늠이 안 돼서 말이에요'라고 말이야. 하하하."

이 말을 당시에 들었다면 어땠을까. 용기를 내어 그 여인에게 고백할 수 있었을까. 그건 알 수가 없다. 딱히 그런 욕심을 지녔던 것도 아니었으니까. 다만, 그 이야기를 오랜 세월 숨겼다는 사실이 야속할 뿐.

사랑하기에 택한 이별

온 마음을 다 주었던 첫사랑, 애잔한 마음을 일게 했던 전쟁미망인도 있었지만 정말 연애다운 연애를 했던 이는 따로 있었다. 지금 생각해도 그녀는 참 아름다웠고 내 젊은 날을 찬란하게 빛내준 고맙고도 고운 사람으로 기억한다.

독일에서의 광부생활, 파리에서의 집시생활을 접고 귀국을 했던 1970년 무렵이었다. 내 나이는 벌써 서른 중반을 넘어서고 있었다. 귀국을 해 무엇을 할까 고민을 하면서 자주 만나 이런저런 이야기를 나누던 친구가 있었다. 대학시절부터 친하게 지낸 터라 그 집에서도 나를 잘 알았다. 나 역시 허물없이 그 친구네 집에 놀러가곤 했다. 그날도 그 친구네 집에 놀러 가서 술을 마셨다. 앞날에 대한 이야기, 세상 돌아가는 이야기, 유럽에서 있었던 이야기 등등을 나누다 보니 어느새 술병이 바닥을 보였다. 그러자 친구가 누군가를 부르며 술심부름을 시켰다.

"술이 떨어졌네. 술 좀 가져와라."

술이 어느 정도 들어가 알딸딸한 기운에 고개를 들어보니 어깨까지 내려뜨린 긴 머리카락에 단정한 용모를 하고 있는 여인이 보였다. 눈이 확 뜨이고 정신이 번쩍 들었다. 언뜻 보기에도 굉장한 멋쟁이였다. 친구의 여동생인 그녀는 예전에도 몇 번 본 적이 있었지만, 이렇게 어여쁘게 컸을 줄은 꿈에도 몰랐다. 세월은 소녀를 아리따운 아가씨로 만들어놓았다.

쾌활하고 밝은 성격의 그녀와는 금세 친해졌고 그날 이후로 나는 그 친구네 집을 더욱 뻔질나게 드나들었다. 행여 그녀의 얼굴을 한 번이라도 더 볼 수 있지 않을까 싶어서였다. 나중에는 아예 친구보다도 그녀를 보기 위해 그 집을 찾았다.

그렇게 자주 얼굴을 보고 이야기를 나누는 사이 사랑이 싹트기 시작했다. 하긴 안 보면 멀어지고, 자꾸 보면 정분난다는 말도 있지 않는가. 그렇게 시작된 감정은 날이 갈수록 깊어갔다. 그동안 변변찮은 연애 한번 못해본 나였기에 그녀와의 만남은 더욱 특별했다. 데이트다운 데이트도 그녀와 처음 해봤다.

단골 데이트 장소는 남산, 명동, 충무로 등지였다. 당시는 새마을운동이 막 일어서던 시기였고 산업이 발전되기 시작하던 때라 거리에는 활기가 넘쳤고 사람들의 옷차림 등도 조금씩 변화하고 있었다. 특히 남산은 나에게 잊지 못할 추억의 장소다.

남산에는 몇 해 전에 식물원과 소동물원이 생겨서 가족끼리 연인끼리 삼삼오오 손을 잡고 꼭 한 번쯤은 들르는 명소가 되어 있었다. 그녀는 새로운 것을 발견할 때마다 연신 환호성을 질러댔다. 눈을 반짝이

226

며 호기심 어린 표정을 짓는 그녀의 모습이 너무 사랑스러웠다.

"와! 저게 원숭이야? 진짜 사람처럼 생겼네, 저 손가락 좀 봐요!"

연신 조잘거리는 그 모습이 참말로 귀여워서 가슴에 꼭 품어주고 싶었다.

그녀는 조소를 전공했기에 경기도 이천 공방에 가서 함께 도자기도 만들었다. 이번에는 내가 감탄할 차례였다. 조그마한 손이 물레를 돌릴 때마다 그릇모양이 턱턱 만들어지는 게 신통방통했다. 그녀에게 물레 돌리는 법, 도자기를 굽는 법 등을 배우면서 사랑도 깊어만 갔다. 연애에는 도통 소질이 없던 나였지만 그녀와 함께 있으면 즐겁고 유쾌하고 따스했다.

뒤에 자세히 이야기하겠지만 귀국을 해서 무엇을 할까 구상을 하던 차에 나는 '살롱드방'이라는 고급양장점을 차렸다. 살롱드방을 하는 동안 함께 원단이나 옷에 달 장식물 따위를 사러 다니는 것도 즐거운 일이었다. 그렇게 관계가 무르익어갈 무렵 구체적으로 약혼 이야기가 나왔다. 격식이나 허례를 싫어하는 나로서는 번거롭기 짝이 없는 노릇이지만, 그녀의 가족들이 원했기에 조그마한 찻집에서 양가 식구들이 모여 조촐하게 약혼식을 치렀다.

그러나 그런 행복한 시절도 잠깐, 잠시 잊고 있었던 가슴속 꿈이 모락모락 고개를 들기 시작했다. 사실 양장점을 하기 전에 내가 하고 싶었던 것은 일종의 공동체운동이었다. 사람들과 함께 땀 흘리며 노동을 하고 수확의 기쁨을 느끼는 그런 삶을 나는 꿈꿨었다. 또 양장점을 운영하면서 수입이 쏠쏠해지자 생활 자체가 점점 해이해지는 게 '이건 내가 원하는 게 아니다' 싶었다. 사업도 좋지만 내가 진정 꿈꾸는 것에 내 모든 것을 걸어보고 싶었다. 그렇게 시작된 고민은 몇날며칠의 고민으로 이어졌다. 불면의 밤이 시작됐다.

'나 혼자 몸이라면 어디에 가서 무엇을 하든 상관이 없었지만 이제는 약혼녀까지 있는 몸이 아닌가. 그녀가 나의 뜻을 따라줄까?'

농사를 짓겠다는 결심을 하고 며칠 밤을 뜬눈으로 새운 어느 날 새벽, 그녀와 헤어져야겠다고 마음을 굳혔다. 그녀가 선뜻 내 뜻을 따라준다 해도 지금껏 고생을 별로 모르고 자란 그녀에게 시골생활은 분명 불행과 고통일 것이다. 호강을 시켜주지는 못할망정 함께 고생하자고 말할 자신이 도저히 없었다. 예나 지금이나 나는 여자에게만은 참 용기가 없는 놈이었다.

일부러 그녀를 피하기를 몇 번, 만나서 이야기하자는 그녀의 연락을 무시하기를 반복했다. '사랑하기 때문에 헤어진다'는 유행가가 지금에야 유치하게 들릴 수도 있지만 그때 나의 심정은 정말 그랬다. 그렇게 시간이 흘렀고 그녀 역시 지쳤는지 더 이상 연락을 하지 않았다. 또 그렇게 나는 바보같이 또 하나의 사랑을 보내고야 말았다.

3년 정도 지났을까. 철원 농장에서 나의 남은 청춘을 후회 없이 불사르고 있던 어느 날 그녀의 아버지가 물어물어 내가 있는 곳을 찾아온 적이 있었다. 하지만 이미 나는 결혼을 했고 아이도 있었다.

그녀의 아버지는 내 사는 모양새를 한번 휘 둘러보더니 "그래, 잘살아라" 하는 한마디만을 남기고 떠났다. 황망한 나는 10리를 걸어 차

228

타는 곳까지 그분을 배웅을 해드렸지만 돌아오는 길에 죄송스런 마음과 더불어 스산한 바람 한 줄기가 스치는 것을 느꼈다. 인연은 이렇게도 비껴가는 모양이다.

사랑한다고 해서 모든 것이 해결되는 것은 아니라는 것, 인연이란 오묘한 것이라서 마음대로 되지 않는다는 것, 바람이 불고 공기가 바뀌어도 사랑은 그 자리에서 피고 진다는 것을 나는 그녀를 통해 배웠다.

아내와의 첫 만남

누군가 내게 결혼에 대해 어떻게 생각하느냐 묻는다면 나는 서슴없이 장가간 걸 후회한다고 말할 것이다. 내가 지금까지 살아오면서 후회하는 게 딱 두 가지 있는데 그중 하나는 부모에게 효도를 다하지 못한 것이고 둘째로는 결혼을 한 것이다.

이건 내가 아내에게 만족하지 못한다거나 자식 때문에 골머리를 앓는다거나 해서 하는 말이 아니다. 오히려 아내는 누구보다 내게 성실하고 현명한 사람이었다. 내 윗목인생을 묵묵히 함께 해준 사람도 아내였고 숱한 고생을 마다하지 않고 인생의 파고를 함께 넘어온 사람도 바로 아내였다. 나의 두 딸 역시 눈에 넣어도 안 아플 만큼 귀엽고 사랑스럽다.

그러나 이 모든 것을 얻지 못했다 하더라도 아쉬울 건 없다고 생각한다. 가족이라는 제도가 생겨나게 된 역사적인 기원, 의의 따위는 모르지만, 가족이 족쇄라는 것만은 분명히 알고 있다. 사람이 옹졸해지고 치사해지고 유치해지는 테두리가 바로 결혼아닌가! 본체 내가 어디에 얽매이고 소속되는 것 자체를 체질에 안 맞아하기 때문일 수도 있다.

반드시 돌아가야 하는 가정이 있다는 건 내게 부담으로 다가왔고, 그 틀에 얽매이며 살고 싶지는 않았다. 하지만 어머니로서는 장남이라는 것이 장가갈 생각도 없이 마냥 세월만 흘려보내고 있으니 오죽 답답했을까. 결혼 같은 것은 생각이 없다고 해도 어머니는 막무가내였다. 약을 먹고 죽겠다는 둥 갖은 협박을 해서 이내 나의 허락을 받아내고야 말았다.

내가 노느메기밭을 구해 한창 정신이 없던 때, 어머니는 나의 맞선을 주선했다. 본래 천성이 활동적인 우리 어머니는 사람들과의 친화력도 뛰어났다. 어느 동네인가를 갔다가 '노처녀가 하나 있다'는 말을 듣고 바로 그 집으로 달려가셨던 모양이다. 그리고 바로 맞선날짜를 잡아가지고 오셨다. 연애결혼도 아니고 중매결혼이라니…. 나는 고개를 저었다.

"이 녀석아, 그쪽 입장도 생각해줘야지. 자존심이 있는 사람이니까 네가 나가지 않으면 모욕받았다고 생각할 거다. 대학에서 성악을 전공했다더구나. 어쨌든 이 어미 얼굴 봐서라도 나가럼. 나가서 만나본 다음에 마음에 들지 않으면 나도 더는 뭐라 않을 테니."

맞선 장소는 한국일보 건물 13층이었다. 나는 멋대가리 없이 선을 보러 나온 여자에게 다짜고짜 이렇게 말해버렸다.

"맞선 같은 거 보는 체질 아닌데 어쩔 수 없이 나왔시다."

"그건 저도 마찬가지예요."

어라, 이거 만만치 않은 상대라는 느낌이 들었다.

"나야 뭐 원래 그런 놈이라 칩시다. 그러는 댁은 무슨 이유로 억지로 이 자리에 나왔시니까?"

일부러 개성 억양을 꽉꽉 실어 퉁명스럽게 말했다.

"수녀가 되고 싶은데, 내가 수녀가 되면 다른 사람들의 눈총을 받을까봐 형부가 억지로 떠밀어서 나온 거예요."

아버지는 어릴 때 병사하셨고 어머니는 고1때 암으로 돌아가셨다는 것이다. 자매만 남아 서울에서 살고 있었는데 언니가 시집을 가자 그 집에 얹혀살게 되었다고 한다. 알고 보니 사돈댁의 눈칫밥을 먹고 자란 외롭고 불쌍한 여자였다.

"그렇다고 억지로 나옵니까?"

"그러시는 댁은 왜 억지로 나왔습니까?"

"나도 뭐 어머니께서 하도 난리를 치시니깐. 그건 그렇고 만약 나와 결혼을 하게 되면, 강원도 산골에 들어가서 살아야 하는데, 괜찮시니까?"

"그건 왜죠?"

"공동체운동을 하려고 합니다. 자연으로 돌아가서 내 손으로 일군 땅에 내 손으로 키운 농작물을 먹고사는 거지요. 자리가 잡히면 고아라든지, 땅을 잃은 사람이라든지, 어쨌든 이 공동체운동의 취지에 공감하는 사람들을 다 불러 모아 공동농장으로 운영할 생각입니다. 내 평생을 걸고 할 일이라서 이 문제만은 양보할 수가 없습니다."

"그거 참 흥미롭네요. 그런데 어떡하죠? 저도 양보할 수 없는 조건이 하나 있는데요."

232

"뭡니까, 그게?"

"저와 결혼할 사람은 세례를 받아야 해요."

"세례? 가톨릭 말입니까?"

"네."

그렇게 맞선을 본 뒤 양쪽 집에서 혼담이 오갔다. 내가 노느메기밭에 처박혀 서울로 나오지 않자 어느 날은 그곳의 움막집으로 처가쪽 사람들이 우르르 몰려왔다. 팬티 한 장만 입고 개간에 온힘을 기울이고 있을 때였다. 나는 청첩장도 말고 살자 했지만 처가 쪽에서 반대해 어쩔 수 없이 돌렸고, 결혼예물은 18금짜리 반지 하나로 끝냈다. 처가 식구들과 함께 혜화동 성당으로 갔다.

하지만 아직 해결해야 할 문제가 남아 있었다. 대부를 구해야 하는 것이다. 나는 어쩔 수 없이 문학평론가 구중서에게 도움을 요청했다. 주변에 아는 가톨릭 신자라고는 그뿐이었다. 구중서는 내 결혼식 때 나의 대부가 된 걸 두고 지금까지도 생색을 내려 한다.

어쨌거나 성당에서 주임신부가 주례를 서고 식을 올렸다. 결혼식은 지루하기 짝이 없었다. 종교적 예법을 따르다 보니 수도 없이 앉았다 일어났다 하는 것이었다. 힘들고 지루한 결혼식도 드디어 끝났다. 나의 마음은 이미 노느메기밭으로 달려가고 있었다. 신혼여행은 꿈도 꾸지 않았다. 내 마음은 온통 그곳뿐이었으니.

카톨릭 식으로 성당에서 이루어진 결혼식. 농장 개간에 열을 올리던 참이라 얼굴이 까맣다.

그러나 하객으로 참석한 선우휘가 이천의 온천장에 장기계약을 해 둔 자기 작업실이 있으니 그곳으로 신혼여행을 떠나라 했다. 썩 내키 지는 않았지만 호의를 쉽게 거절할 수도 없었고 특히 신부가 신혼여행 을 간절히 바라는 듯해 승낙하고 말았다. 선우휘 형님은 자신의 차까 지 빌려주었고 온천장에서 먹고 마시는 것 모두 자기 이름으로 달아두 라고까지 했다. 우리는 그곳으로 내려가 맥주며 양주며 선우 형님 앞 으로 사인해서 실컷 먹고 마셨다. 돌아오는 길에는 딴에는 결혼선물이 랍시고 낫, 호기, 소 등긁개 등 앞으로 노느메기밭에서 사용할 것들을 몇 가지 샀다.

　　아내는 하루아침에 지게질에 도끼질까지 척척 하는 농사꾼으로 바 뀌어버렸다. 싫은 내색은커녕 그녀는 내게 더없이 든든한 동지가 되어 주었다. 그래서 노느메기밭은 나에게 신혼의 꿈이 담긴 곳이기도 하다.

늘 고맙고 미안한 아내

"세상 사람들이 뭐라고 하겠어? 그 집에서 얼마나 견디기가 힘들었으면, 수녀가 됐겠냐고 수군거리지 않겠어?"

형부의 이 말 한마디에 맞선자리에 나온 아내였다. 세상에는 예나 지금이나 그렇게 체면치레 때문에 자기 삶이나 남의 삶을 괴롭히는 사람들이 있는 모양이다. 또 맞선이라고 나왔는데 상대방은 뻣뻣하게만 굴었으니 자존심이 상할 만도 했다.

아내에게 내 첫인상은 멋대가리도 없고 예의도 없는 그런 남자였다.

"난 이미 결혼하기로 작심하고 나왔으니 결혼합시다. 그리고 나는 이만 바빠서 가봐야겠소."

이런 나의 태도를 두고 아내는 지금까지도 가끔 투덜거린다.

"기껏 촌에서 농사나 짓고 하는 사람이 뭐가 바빠서 커피도 다 안 마시고 일어났대요?" 하면서 말이다.

그 말에 나는 짐짓 헛기침을 하며 민망해할 수밖에 없다. 아내에게는 온통 미안하고 고마운 것 투성이다. 남편이라고 따라와서는 철원 자갈밭을 일구고 농사를 짓느라 온갖 고생을 했으니 말이다.

노느메기밭에서의 생활은 몸은 고단했지만 마음만은 행복으로 가득했던 내 인생의 하이라이트였다. 몸을 움직이면 움직인 만큼 갈대와 자갈로 덮인 땅은 생명을 지닌 땅으로 거듭났고, 신혼의 꿈도 더불어 익어갔다.

늦바람이 무섭다고 밭에서 한참 일을 하다가도 눈이 맞으면 그 자리에서 사랑을 나눴다. 갈대밭에서, 눈밭에서…. 눈이 허리춤까지 쌓였을 때 눈밭에 함께 누우면 사람이 있는 자리만 폭 파여 사방이 고요했다. 그럴 때마다 아내는 눈을 곱게 흘겼지만 그리 싫지만은 않은 기색이었다. 세상에 부러울 게 하나도 없었다. 남들이 뭐라 하든, 손에 쥔 것이 있든 없든, 나는 내가 하고 싶은 일을 하고 있었고 내 옆에는 든든한 지원군이 있는데 꿀릴 게 뭐가 있었겠나.

하지만 이런 행복한 생활은 길지 않았다. 밤낮으로 개간에 공을 들이고 신혼이 한창 무르익었을 때 느닷없이 내가 체포된 것이다. 어이없게도 '간첩혐의'란다. 정말 그 순간만큼은 '나라는 인간은 왜 이리 재수가 없나' 하는 생각이 들 정도였다.

그런데 형무소에서 뜻밖의 이야기를 들었다. 그녀의 아버지가 국제공산당이라는 것이다. 아내에게는 어렸을 때 돌아가셨다는 말만 들었는데 이게 무슨

노느메기밭에서의 행복한 한때. 아내는 첫아이를 임신하고 있었다.

배추가 돌아왔다 1

일인가 싶었다.

"이것들, 양쪽 집안이 아주 똑같구만. 틀림없어!"

형사들은 이런 말을 하면서 나를 더 몰아세웠다. 아내와는 자잘한 의견충돌이 있기는 했지만 지금까지 살면서도 그리 크게 싸운 적이 없었다. 딱 한 번 크게 싸운 적이 있다면 6개월의 감옥생활을 끝내고 나온 며칠 뒤였다.

넌지시 아내에게 그녀의 아버지에 대해 물었다. 그때까지는 전혀 알지 못했지만 아내는 아버지를 미워했다. 아니, 증오했다고 말해야 맞는 말일 게다.

"한평생 공산주의 운동인지 뭔지 한답시고 아내도 자식도 모두 버리고 자기 좋을 대로만 산 무책임한 인간이에요. 그런 아버지는 없는 거나 마찬가지라구요!"

일찍 병사했다는 말만 믿고 있다가 장인의 정체를 확인했으니 황당하기 그지없었다.

"아무리 그래도 아버진데 왜 죽었다고 거짓말을 하고 그래?"

화가 나서 물었더니 아내의 대답이 가관이었다.

"그 인간이 어디서 뭘 하다 객사했는지 알게 뭐냐고요. 나한테는 이미 오래 전에 죽은 거나 다름없는 사람이에요."

아버지에 대한 아내의 원망은 대단했다. 처음으로 아내에게 큰소리를 냈다.

"세상 사람들이 모두 자기 것만 챙기면서 살아가는데 그래도 당신 아버지는 자기 뜻대로 좋은 세상 만들어보겠다고 열심히 하는 사람 아닌가? 그런 사람을 그렇게 이야기하면 되갔어? 그래도 당신 아버진데 말이야!"

지금 생각하면 아무리 내 생각이 그랬어도 조금은 아내의 마음을 이해해줬어야 하는 게 아닌가 후회가 되기도 한다. 내가 없는 동안 농장의 이런저런 일을 챙기느라 정신도 없었을 테고 더구나 남편도 없이 아이까지 낳은 터였다.

생각해보면 이것저것 해본다고 자리를 옮겨 생계에 공백이 생길 때도, 아내는 군소리 없이 그 공간을 메워주었다. 식당에서 하루 온종일 12시간씩 서서 접시닦이를 한 적도 있다. 여자의 몸으로 얼마나 고달프고 고단했을까를 생각하면 지금도 미안한 마음이 든다.

또 나중에 알게 되었지만 내가 형무소에 있던 6개월 동안 어머니와 마찬가지로 단 한 번도 이불을 깔고 편히 잔 적이 없다고 했다. 그때의 아내를 생각하면 아직도 콧날이 시큰해진다.

"아내여, 항상 미안하고 고맙소."

6

풍류학교 입학,
이렇게 사는 게 예술이다

"아이쿠, 형님!"

배
추
가
돌
아
왔
다

내 삶에서 백기완을 만난 것 자체가 사건이지만, 백기완은 또 다른 선물도 안겨줬다. 나는 이 선물을 평생 가슴에 품고 다닌다. 적잖이 강파르고 급한 성격의 나에게 풍류를 일깨워준 어른을 만나게 해준 것이다.

그분이 다름 아닌 백기완의 부친인 백홍열(1903~84) 선생이다. 백기완이 내게 부족한 그 무엇을 일깨워 준 위대한 교사라면, 내 가슴을 키워준 사람은 바로 백홍열 선생이다. 백홍열 선생은 한마디로 조선 제일의 풍류객이었다고 할 수 있다. 최소한 내게는 그렇다. 20대 시절에 그를 만난 것이야말로 내 인생의 크나큰 행운이 아닐 수 없다

선생은 젊었을 적부터 쳇바퀴 삶을 거부하고 살았다. 살아생전에 선생은 이런 말을 자주 하곤 했다.

"세상에 이름을 남긴다고? 원 세상에 잔망스럽기

필자에게 풍류가 무엇인지, 삶의 여유가 무엇인지를 알려준 조선 제일의 풍류객, 백홍열 선생.

242

짝이 없구만. 이름을 남기느니 차라리 내가 먹다 남은 밥상을 남기
지…."

그는 세상의 명성이나 업적 혹은 이름 따위를 우습게 봤다. 세상살
이 자체에 대한 미련 같은 것을 훌쩍 뛰어넘었던 것인데, 그런 데서 나
오는 멋스러움과 여유 때문에 내 눈에는 신선이 따로 없는 것처럼 보였
다. 모눈종이에 갇힌 지루한 삶을 박차버렸다는 점에서 때로는 무책임
해 보일 수도 있지만, 무책임하다고 해서 누구나 천하의 한량, 천하의
풍류객이 될 수 있는 건 아니지 않는가. 기질과 그릇의 크기 자체가 중
요한 것이다.

'백홍열 타계.'

그 어른이 여든한 살을 일기로 돌아가셨을 때의 일이다. 그날 전화
로 소식을 들은 나는 정신이 하나도 없었다. 허둥지둥 빈소를 찾았다.
김영삼, 김대중 등 정계 거물들까지 줄줄이 문상을 왔다. 문익환, 김지
하 등 재야인사들도 인산인해를 이루었으나 그 누구도 눈에 들어오지
않았다. 구두를 벗는 둥 마는 둥 빈소에 들어가 영전사진 앞에 엎드려
통곡을 했다. 생전에 때때로 '아버지'라고 부르던 그 어른의 마지막
길이 그렇게 허망하고도 서러울 수가 없었다. 그러다가 나도 모르게
헛소리가 튀어나와 버렸다.

"어이쿠 형님, 이렇게 가시다니…."

너무 비통해서였는지 경황이 없어서였는지 잘 모르겠으나 촌수에
도 없고 경우에도 없을 형님 소리가 그냥 나온 것이다. 사실 생전에도

단 둘이 있을 때에는 종종 '형님'이라고 부르기도 했었다. 하지만 지금은 경우가 달랐다. 사람들도 많았고 더구나 문상자리가 아니던가. 나는 내가 그렇게 불렀다는 사실도 모르고 있을 정도였다.

아마도 가장 당황스러웠던 사람은 상주였던 백기완이었을 것이다. 백기완도 남우세스러운 일은 벌이고 싶지 않아 조용히 넘어가려 했을 것이다.

"형님, 정말 이렇게 가실 수는 없습니다. 홍열이 형니임, 형니임!"

곁에서 함께 "아이고, 아이고!" 하면서 곡소리를 하던 백기완이 대뜸 고개를 조금 든 채 눈을 부라리며 바짝 낮춘 목소리로 한마디를 던졌다. 손님들로 가득한 접객실 쪽에 제법 눈치가 보였던 모양이다.

"야, 인마, 배추야!"

"…."

순간적이지만 나는 내 귀를 의심했다. 엄연히 문상객인데, 어느 녀석이 감히 내게 '인마'라고 할 수 있느냐 싶었다. 그것도 점잖아야 할 상주 신분의 사람이…. 내가 인상을 찌푸리자 백기완이 이제는 아예 대놓고 꾸짖기 시작했다.

"배추야, 너 도대체 정신이 있냐, 없냐? 야, 이 자식아, 홍열이 형님이라니. 대체 그게 뭐야?"

"어, 그래? 내가 그랬냐? 그런데 나 지금 그렇게 됐다. 정말 나도 모르게…. 어이구, 우리 형님, 홍열이 형니임."

그만 하면 내버려둬도 좋으련만 백기완은 그런 나를 꾸짖는다고 따져묻고, 내 귀에는 아무 소리도 안 들리고…. 그러는 와중에 이 엽기적

244

인 '빈소 말씨름' 때문에 저쪽 접객실은 난리가 났던 모양이다. 뒤에 알게 됐지만, 고인을 떠올리며 얘기를 나누던 문익환, 김지하 등 문상객들은 웃을 수도, 울 수도 없어 킬킬대는 웃음을 애써 참아가며 배꼽을 쥐었다고 한다. 나는 상주인 백기완을 올려다보면서 말했다.

"그래도 나는 홍열이 형님이라고 계속 부를 거야! 나한테는 진짜로 형님이란 말야!"

이미 나는 눈물 콧물로 얼굴이 범벅이었다. 백기완도 더는 뭐라 하지 못했다.

그날 백홍열 빈소에서 나는 완전히 대취해 인사불성이 됐다. 빈소를 지킨다며 밤샘하는 중간에 고래고래 고함을 질러대다가 급기야 꺼이꺼이 하늘을 쳐다보며 울부짖는 일을 반복했다. 자정을 넘겨 새벽녘까지 진정한 애비를 잃은 나의 울부짖음은 길고 길게 사무쳤다. 천하의 스승, 위대한 친구 하나를 저 세상에 떠나보내야 하는 그 비통함과 참담함이라니….

고인을 떠나보내는 나의 비통했던 마음을 백기완도 그때서야 다시 한 번 확인했으리라. 실은 백홍열 선생과 나 사이의 끈끈한 관계는 아들인 백기완도 미처 가늠하지 못할 정도였다. 우리 둘 사이는 그만큼 각별했다.

세대를 뛰어넘는 우정

우리 두 사람이 결정적으로 서로를 알아본 것은 내가 탈영했을 무렵이다. 이승만 군대를 탈영한 기간이 4·19와 5·16이 터진 직후까지 1년을 훌쩍 넘겼는데, 우리 집이 불편하기도 했지만 혹시 헌병이 집으로 찾아올까 겁이 덜컥 난 나는 내 집을 놔두고 거의 백기완네 집에 가서 눌러 살았다.

꼭 6년 전인 54년 겨울에 백기완에게 뺨을 한대 맞아주고 평생 하숙집 하나를 구한 셈이었으니 분명 그건 남는 장사였을까? 원효로 4가에 있던 백기완의 집은 아래층에 방이 두 칸, 위층에 방이 한 칸인 이층집이었다. 결혼한 지 얼마 안 된 백기완과 초등학교 선생님인 그의 아내가 한방을 쓰고, 여동생 백인숙이 한 칸을 쓰고, 남은 한 칸을 백홍열 선생과 내가 썼다. 한방을 쓰다 보니 '형님'이라 부를 정도로 막역한 사이가 되었고 무엇보다 우리 둘은 죽이 잘 맞았다.

백기완의 딸인 백원담은 지금 성공회대에서 교수로 있는데 밥값 하는 셈치고 무시로 내가 어린 원담이를 봐주며 놀아주곤 했다. 기저귀

246

도 갈아주고 똥오줌도 닦아주곤 했는데 어른이 된 원담이는 그 얘기를 꺼내면 귓불까지 빨개지곤 한다.

백홍열 선생과의 우정은 그때 피어났다. 덜렁대는 듯하면서도 타고 난 친화력을 지닌 선생에게 나는 마음을 빼앗겼다. 선생도 꼬장꼬장한 성격의 친아들 백기완을 제쳐놓고 나와의 겸상을 즐기곤 했다. 그럴 때면 됫박 소주를 사들고 와서 반주를 즐겼다. 귀한 술이었다. 백기완의 아내가 받아오는 봉급은 안남미(베트남쌀) 몇 됫박과 우유 한 통이었는데 바로 그걸 축내서 가게에 들고 가 흥정 끝에 바꿔온 소주였으니 귀하지 않을 수가 없었다. 그 술자리에서 나는 예의를 차린답시고 술잔을 옆으로 돌려 마셨다. 그러자 백홍열 선생이 대번에 혀를 찼다.

"야, 배추야. 술도 음식 아니냐? 그것도 엄연한 기호품 아냐. 그 좋은 걸 먹는 자리에서 왜 굳이 몸을 돌리고 비틀고 지랄하면서 처먹냐? 안 그러냐, 이눔아?"

꾸지람 섞인 가르침에서 선생의 애정과 도량을 느낄 수 있었다. 이런 분이었으니 허례허식과 권위를 싫어했던 게 어찌 보면 당연했다. 세상의 잣대나 관습 따위에 무심했한 게 백홍열 선생의 스타일이었다. 허물이 없어진 우리는 뜬금없는 선문답을 즐기는 신선이 됐다. 서로 간에 맞담배질도 예사였다. 시작이 어렵지 일단 하고 나면 맞담배질은 별 게 아니었다.

"형님, 제가 횟배가 좀 있잖아요."

밥 먹은 뒤 느긋하게 트림 한 방을 날리고 나면 담배 생각이 나게 마련이다. 그러면 나는 이렇게 의뭉부터 떨기 시작한다. 대충 감을 잡은 선생이 화답을 해온다.

"저런? 그럼 빨리 약을 좀 먹어야겠제?"

선생은 주섬주섬 허리춤부터 뒤적였다. 담배를 찾는 것이다. 50년대 무렵에 궐련은 귀했으니 신문이나 책 따위를 찢은 종이에 잎담배를 말아 피웠다. 선생은 잘 싸서 만든 담배 두 개비 중 하나를 건넸다.

"아, 약이란 게 말이여. 물과 함께 마셔야 잘 넘어가제?"

그런 추임새와 함께 선생은 불까지 붙여줬다. 약은 곧 담배를 말하고, 물이란 불 붙이기를 말한다. 예전에는 횟배(기생충 감염)를 다스리는 데 담배가 쓰였다. 그래서 이런 우리들만의 말장난을 했던 것이다. 그렇게 호흡이 척척 맞는 우리였으니 나이 차이가 서른두 살이라는 걸 누가 믿으려 할까?

나는 선생과의 만남에서 특별한 즐거움을 느꼈다. 천하의 풍류객과 맞담배질을 해서가 아니다. 세상의 좀스런 놈들이 만들어놓은 관습이라는 것에서 해방된 그런 느낌을 즐긴 것이다.

170Cm가 될까 말까 하던 보통 키의 선생은 일본의 외국어대인 정칙대(正則大) 영문과 출신이다. 당시 〈타임〉, 〈뉴스위크〉 등을 정기구독하면서 국제정세에도 두루 훤했던 선생을 이해해주던 사람이 그리 많지 않다는 게 불행이라면 불행이었다. 그러나 세상이 그를 알아보건 말건 그 어른과 나는 똥창이 척척 맞아 돌아갔다.

백홍열의 별난 철학

"아버지! 다리도 멀쩡하신데 지팡이는 왜…?"

"예끼, 이 녀석아. 어디 다리가 아파서 지팡이를 짚더냐? 어른 나들이를 하는데 의관은 좀 갖춰야 할 것 아냐?"

무엇보다 범접하기 어려운 분위기가 감돌았던 선생인데 막상 길가에 나가면 아장아장 팔자걸음이었다. 그게 좀 우스웠다. 미국가수 빙 크로스비를 연상시키기도 했고, 귀여운 무성영화 배우 찰리 채플린도 떠올랐다. 그런 당신은 유별나게도 음식을 먹는 일을 무척이나 즐겼다.

그 점에서도 타고난 한량은 한량인데, 특히 육류를 좋아했다. 선생은 아들을 네 명쯤은 낳아야 된다고 입버릇처럼 말했는데, 무슨 고상한 이유가 있었던 게 아니라 모두 '먹는 취미'와 관련이 있다. 그에 따라 자식농사 계획도 일찌감치 세워놓고 있었다.

공부 많이 시켜 아들을 고관대작 만드는 따위의 올망졸망한 꿈과는 너무도 달랐다. 한량과 신선 노릇이 주특기였고, 나라 걱정, 민족 걱정을 스스로의 직업으로 삼았던 선생이었으니 보통 사람들과 차원이 다른 것은 당연했을까?

백기완의 해석대로 잘디잘아진 '졸망새 인간'들의 가족 이기주의 따위에는 애당초 눈곱만큼의 관심조차 없었다. 사정이 그러하니 큰아들은 우선 푸줏간을 차려야 한다고 주장했다.

"언제라도 아버지에게 고기를 대령해주는 듬직한 자식놈이 하나라도 있어야 하잖아. 안 그래?"

"아무렴 그렇겠죠. 그럼 둘째 아들은 뭐 시키시려구요?"

"배추야, 그것도 질문이라고 하니? 고기에는 본래 술이 제격 아니겠어? 당연히 양조장집 사장을 시켜야겠제? 고기에 술이라. 이제 아구가 딱딱 맞아들어가지?"

풍류객 백홍열 선생에게 술과 고기는 인생의 즐거움을 안겨주는 최우선 품목이었던 셈이다. 개똥밭에 굴러도 이승이 좋다는 우리 선조들의 생활신조 탓이 아니었을까? 성인은 산으로 오르지 않고 속세로 내려온다지 않던가. 사람들과 함께 웃고 울고 부대끼는 걸 술과 고기라는 표상으로 대신 말씀하셨던 게 아닌가 싶다.

그건 그렇고 다음에 이어지는 셋째, 넷째 아들의 계획까지도 화려하기 그지없다. 아니 소박하기 짝이 없다. 다름 아닌 양복점 주인장과 쌀가게 주인이 그것이다. 의관을 제대로 갖춰야 응당 사람 노릇을 하겠고, 어쨌거나 밥 끼니 걱정을 하고 살 수는 없는 노릇이라는 게 선생이 밝힌 가족계획 이유다.

고기, 술, 양복 그리고 밥, 그 네 박자만 갖추면 인생은 그럭저럭 견딜 만하다는 지론인데, 그저 말로만 그러는 게 아니었다. 우선 당장 시

250

장바닥에서 선생은 자신의 생각을 바로 실천에 옮겼다. 그 대상이 선생의 자식들이 아니라는 점이 애석하다고나 할까.

"여보게, 여기 당장 쇠고기 열 근만 썰어주시게."

백홍열 선생은 간혹 동네 푸줏간에 들러 주인장을 불러놓고 대뜸 그렇게 말하곤 했다. 돈은 나중에 생기면 준다는 말과 함께. 혹시 주인장이 그 말을 듣고는 당장 칼을 가는 시늉을 멈추고 조금 곤란하다는 표정이라도 지을 참이면 지체 없이 뺨부터 후려갈겨버렸다.

"네 이놈! 감히 이 백홍열이를 몰라봐? 네놈이 그럴 수 있어?"

구타와 호통, 그게 정해진 순서다. 얼굴 표정에 분노의 흔적 같은 것은 전혀 없다. 그저 범접하기 어려운 분위기에 위엄마저 한 자락 깔고 있고 더 없이 당당한 꾸지람만이 있을 뿐이다. 화가 났다기보다는 상대의 미욱함을 깨쳐주려는 태도로 비춰졌다. 더 재미있는 건 그렇게 당하는 사람들도 백홍열 선생의 이러한 거침없는 행동을 미친 늙은이의 괴팍한 행동으로 치부하지 않았다는 점이다.

"아, 알겠습니다."

뺨을 감싸 쥔 주인장은 이미 기가 꺾였다. 당장 꼬리를 내린 뒤 설설 기면서 맛있는 부위를 골라서 쇠고기를 썬다고 허둥지둥하기 마련이다.

"어르신, 맛있게 드십시오."

깍듯한 인사말과 함께 배웅까지 나선다. 물론 그날 밤 선생의 집에서는 기막힌 술자리가 펼쳐지기 마련이다. 그렇게 여유작작하며 음식을 즐겼다. 선생이 뭇사람들을 이런 특별한 방식으로 휘어잡을 수 있는 비결은 따로 있지 않았다. 선생은 2개월이건 3개월이건 시간이 문제이지 절대 잊지 않고 외상을 꼭 챙겼다.

평소 선생의 입버릇 중 하나가 '돈과 정권, 그리고 여자는 빼앗는 놈이 임자'였는데, 그 세 가지는 동냥이나 구걸을 하면 절대로 가까이 오는 법이 없다는 게 선생의 철학이었다. 사회주의적인 철학에, 조선 특유의 한량 풍류를 살짝 가미했다고나 할까? 물고기로 치자면 내장까지 훤히 들여다보이는 투명한 물고기 같은 분이면서도 쉬 가늠이 안 되는 사람이었다.

언젠가 한번은 선생과 함께 서울시청 옆 북창동을 지나고 있었다. 어느 중국 요릿집에서 향기로운 냄새가 흘러나오고 있었다. 코를 킁킁거리더니 대뜸 그 집으로 들어가는 게 아닌가. 나도 따라 들어갈 수밖에.

"이 집에서 맛난 요리는 다 내오너라!"

그렇게 잔칫상 못지않은 요리를 실컷 먹고는 돈은 다음에 주겠다면 그만이다. 주인장도 풍류객의 풍모를 알아 모셨는지 별 소리가 없었다. 그리고 선생은 얼마 뒤 다시 그 집을 찾아가 지난번 음식값으로 준비해온 돈을 디밀었다. 주인장도 깍듯한 한마디를 잊지 않았다.

"백 선생님은 언제라도 오셔도 됩니다. 돈 같은 건 신경도 쓰지 마시구요."

외상값을 갚았던 그날도 엄청난 대접을 받고 나왔다. 나는 선생에게 물었다.

배추가 돌아왔다 1

"주인장이 평소 아시는 분이에요?"

선생이 심드렁하게 답을 했다.

"글쎄, 그 사람이 나를 기억할까? 이승만 시절 서울시장을 지냈던 김상돈 군과 함께 한두 번 와봤던 게 전부야."

백홍열 선생이 천하의 한량이긴 하지만, 그분도 날 때부터 한량이었던 것은 아니다. 선생의 풍류에도 사연은 있었다.

욕심 없는 풍류가객

　황해도 은율이 고향이던 백홍열 선생의 집안은 무척 가난했다. 하지만 선생에게는 조력자들이 있었다. 선생의 서울 진학(휘문고)과 동경 유학은 지역 유지들의 도움 덕분이었다. 고향의 부자들은 선생의 사람됨을 보고 학비지원을 아끼지 않았다. 물론 그건 머리 좋고 싹이 보인다 싶으면, 내 핏줄 네 핏줄 가리지 않고 인재로 키워주려 하던 당시의 풍속 덕분이기도 했다.

　순탄한 길을 걷던 선생은 일본 정칙대 유학을 하던 대학 2학년 때 불현듯 의문이 들었다. 일제치하의 삶에 대해 회의가 든 것이었다. 기껏 공부를 한다 해도 겨우 일본놈들의 하인 노릇이나 할 것 아닌가 싶었다.

　"졸업장을 탄다고 치자구. 일본놈 아이들 고스까이(傭人)밖에 더 하겠느냐구. 또 나보다 공부를 열심히 하는 유학생들이 꽤 되잖아. 내가 잘못본 게 아니라면 저놈들은 정말 조선독립을 위해 일할 사람이라고 판단이 되는 거야. 당연히 그 친구들에게 혜택을 줘야 옳겠지."

254

공부를 그만둔 이유로만 보면 내 아버지와 비슷하다고 할 수 있으나 선생은 자신의 하숙비며 등록금을 동경의 친구들에게 나눠준 뒤 천하를 주유하며 살았다. 선생은 눈이 밝았다. 자신을 지원해준 고향 유지들과 한마디 상의도 없이 멋대로 '유용' 했던 돈 덕분에 나중에 해방조국에 봉사를 한 거물 몇 명이 탄생했다.

4 · 19 직후 초대 민선 서울시장을 지낸 김상돈, 동국대 총장과 교육부 장관을 역임했던 김법린이 그들이다. 그 덕분에 선생도 50~60년대까지 내내 정관계 요직에 두루 아는 사람이 많았고, 문턱이 높다는 관청 출입도 거칠 게 없었다. 때론 그들이 정부 일로 갈등에 부딪치면 거중조정(居中調停)을 하는 해결사 역할도 서슴지 않았다.

한글 간소화파동이 일어났을 때였다. 당시 이승만 대통령이 쉬운 한글을 만들자고 지시했지만, 학계에서 반발하고 나섰다. 장관마다 입장이 달라 혼란스러웠고, 오죽하면 2년여를 끌던 무렵 보다 못한 선생이 문교부장관 등 장관 두 명을 시내 모처로 불러냈다. 그렇게 자리를 만들어놓은 뒤에는 "빨리 매듭을 지으라"고 호통을 쳤다. 이런 일화 등을 통해 나는 선생이 단순한 풍류가가 아니라는 걸 알 수 있었다.

선생이 남긴 일화는 셀 수 없을 정도로 많다. 일제하 조선일보와 동아일보 기자생활을 할 때 받았던 거액의 촌지사건도 그 가운데 하나인데, 그건 가히 풍류인생의 절정이라고 할 만하다.

평생을 직업 없이 바람처럼 구름처럼 떠돌며 살았지만, 선생도 젊었을 적 잠시 신문기자 노릇을 했다. 30년대 말, 요즘 말로 전문 르포라이

터였다. 소속은 조선일보였고, 금광 광산을 전문으로 취재했다. 30년 대 한반도를 강타했던 황금광 시대의 현장 분위기를 가장 먼저 본사로 송고하는 게 선생의 일이었다. 김유정의 〈금 따는 콩밭〉과 〈노다지〉, 채만식의 〈금의 정열〉 등은 그런 세태를 반영한다.

백만장자 급의 금광업자만 무려 10여 명을 탄생시켜 '동방의 엘도 라도' 라 불렀던 운산금광 등지에서 거세게 불었던 골드러시는 19세기 중반 미국 캘리포니아가 부럽지 않았을 정도였다.

그걸 취재하던 선생에게 거액의 촌지를 안겨준 이도 당시 거물급의 광산주였다. 선생은 거절하지 않고 받았다. 그러고는 하늘을 쳐다봤 다. 거칠 게 없었다.

"이제 됐다. 일본놈에게 굽실거릴 필요가 없어졌다."

일단 돈을 챙긴 선생은 기자직부터 때려치웠다. 당시의 금광부자는 손도 컸다. 거의 재산분할 수준의 돈봉투를 백홍열에게 건네줬으니 말 이다. 그걸 챙긴 선생은 서울을 떠나 고향 황해도 은율에 내려갔다. 거 기에서 절 한 칸을 짓는 불사(佛事)를 시작했다. 선생은 이 엉뚱한 행동 에 대해 이렇게 설명했다.

"사람들이 의지할 만한 곳이 없잖아. 그저 마음 하나 잘 붙들게 해 주는 건 역시 불교가 아니겠어?"

절 짓는 일은 몇 해를 잡아먹었다. 거의 매일 진을 친 채 공사진행 을 감독했다. 절을 다 짓고 낙성법회를 할 때 선생다운 기질이 발동했 다. 선생은 절 아래 사하촌에서 큼지막한 소 한 마리를 잡고 막걸리까 지 곁들여 마을잔치를 벌였다. 일제시대 말, 선생만의 풍류 하나를 연

256

출한 것이다. 선생은 그렇게 촌지를 다 써버렸다.

그 뒤 선생은 직업을 다시 가져본 일이 없다. 그런 선생 탓인지 백홍열 풍류학교의 세 학생 가운데 나를 제외하고는 백기완과 김태선, 모두 일정한 직업을 갖지 않았다. 그런 점에서 그들도 선생을 착실히 따라 배운 셈이다. 그리고 그렇게 본다면 나는 선생의 뜻을 저버린 불충한 제자인 셈이다. 그때도 그렇고 그 이후도 그렇고, 셀 수도 없을 만큼의 직업들을 전전하며 살아왔으니 말이다.

풍류학교의 세 학생. 김태선, 백기완과 함께.

백 선생의 세 아들

하지만 백홍열 선생의 마음과 숱한 기행을 이해하기 위해서는 그 허허로움 속에 깃든 비극의 가족사를 헤야려야 한다. 실은 내가 세상과 사람을 보는 눈을 조금이라도 갖게 된 것도 가족사의 아픔을 견뎌내는 백홍열 식의 마음가짐을 감지한 뒤의 일이다.

뭐랄까? 천하태평인 듯 느긋한 그런 마음과 태도는 남과 북, 이념과 체제 등 세상의 구분 따위를 저만치 넘어선 초월주의, 혹은 달관이라 해야 맞다. 모든 것을 받아들여 자기 안에서, 세월의 흐름 속에서 자연스럽게 녹여버리는 '풍류의 정치철학'이라고 할 수 있을까? 도무지 상황이 어쩔 수 없어서 남과 북을 구분하고, 이념을 따지기는 하지만, 마음 깊은 곳에서는 온 인류와 그들의 영원한 행복을 더듬는 식이었다.

선생에게는 아들이 셋 있었다. 백기완은 막내아들이다. 한국전쟁 때 큰아들과 둘째아들이 국군과 인민군으로 서로 갈라졌다. 백기완은 군대에 가지 않은 상태였다. 국군으로 나갔던 둘째가 최전방에 배치돼

258

근무하던 차에 잠시 휴가를 나왔다. 휴가기간 내내 둘째는 말이 없었다. 선생은 소심하면서 섬세한 성격의 둘째였으니 그러려니 했던 모양이다. 그런데 휴가 복귀를 앞두고 둘째가 조심스레 말했다.

"아버님, 드릴 말씀이 있습니다. 혹시 근무하는 부대를 후방 쪽으로 빼주실 수 있을까요? 힘 좀 써주실 수 있으시겠습니까?"

"왜?"

"저는 형님이 인민군으로 있는 북쪽을 향해 도저히 총구를 들이댈 수가 없습니다."

원래 청탁이라는 걸 받지도 하지도 않는 선생이었지만 그것보다 부대를 옮기고 싶다는 둘째의 이유가 탐탁치 않았다.

"뭐가 어쩌고 어째? 너는 이왕에 총을 든 국군이야. 그러면 국군답게 살고 죽어야지. 또 인민군은 인민군답게 살다가 죽는 거고. 네 형이 인민군이라는 게 대체 너한테 무슨 문제냐?"

하지만 둘째는 완강했다. 선생은 참지 못하고 마침 먹고 있던 뜨거운 죽사발을 들어 아들의 얼굴에 던져버렸다. 둘째는 휴가를 마치고 부대에 복귀했고 그 얼마 뒤 선생의 집에 두 통의 편지가 동시에 날아들었다. 하나는 둘째가 백기완에게 보낸 편지였고 다른 하나는 전사통지서였다. 자신의 죽음을 예감하기라도 했는지 그는 동생인 백기완에게 편지를 보내왔다.

"이 형은 북녘 땅에 총구를 겨눌 수 없어 그저 총구를 하늘에 대고 빵빵 쏘는구나. 전쟁이 끝나는 날까지 부모님을 잘 모시고 있거라."

유언이나 다름없는 편지였다. 죽은 자식은 가슴에 묻는다고 한다.

아들의 전사 소식에 백홍열 선생의 가슴이 온전할 리 없었다. 휴가 나왔던 아들에게 호통을 친 것도 내내 마음에 걸렸다. 하지만 그것은 속울음이었고, 비극적인 한반도의 운명을 놓고 거듭 장탄식을 했을 뿐 크게 내색은 하지 않았다. 역시 큰 그릇이었다. 아들 셋 중 하나는 전쟁에서 잃고, 하나는 이북에 남아 이제 남은 건 백기완뿐이었다.

비극은 거기에서 그치지 않았다. 휴전 4년 뒤, 이번에는 인민군으로 나갔다가 끝내 저쪽에 남았던 큰아들이 남파간첩이 돼 서울로 아버지를 찾아왔다. 지긋지긋했던 전쟁의 기억이 사람들에게 생생하게 남아 있던 무렵이다. 백홍열 선생은 돌아온 자식을 더없이 따뜻하게 가슴에 품어줬다. 없는 살림에도 따뜻한 밥에 고깃국을 먹였다. 당국의 시선 따위는 안중에도 없었다. 그렇게 며칠 부자지간의 정을 나누면서 지냈다.

나중에 정보를 얻은 경찰이 선생의 집을 급습했다. 숨겨놓은 간첩을 내놓으라고 으름장을 놨다. 그때 조용히 일어선 선생은 눈 하나 꿈쩍 않고 오히려 특유의 호통을 쳤다. 집안이 흔들리고, 땅이 들썩일 정도의 목소리였다.

"이봐. 저 아이는 내 맏아들이야. 알아? 부모님에게 효도하러 저쪽에서 기를 쓰고 내려온 것뿐이라고. 간첩? 그 따위 개수작 같은 말이 어디 있어! 그건 너희들이 만든 이름 아냐? 내 사전에 그런 건 없어. 자네들도 한번 생각해봐. 북한에서 목숨 부지하고 살려면 그쪽에 충성해야 하는 것도 당연한 거야. 그래, 안 그래?"

느닷없는 일장연설은 별난 논리의 연속이었다. 그런데도 감동 그

260

자체였다. 수사경찰들은 절절 매면서 고개를 숙인 채 위엄에 찬 노인의 말씀을 경청해야 했다. 남과 북, 자본주의와 사회주의, 이승만 대 김일성, 그 따위의 구분은 평생을 바람처럼 구름처럼 살아온 천하의 낭인(浪人)에게는 전혀 무의미했던 것이다.

파랑이 몰아치는 바다라고 하지만, 그 깊숙한 내부는 더없이 조용하지 않던가. 백홍열에게 세상의 시끄러움이나 싸움박질 따위는 중요한 게 아니었다. 그저 비극적인 한반도의 운명을 자기 가슴에 끌어안은 채 거대한 용광로인 양 녹여버리거나, 아니면 저 멀리 넘어서려 했던 것이다. 그게 남과 북에 두 아들을 각각 빼앗겼던 백홍열이 현대사를 살았던 방식이다. 신선에게 남과 북의 철조망은 애초부터 없었던 것인지도 모른다.

그러나 현실은 이러한 논리를 수긍하지 않았다. 결국 맏아들은 10년을 감방에서 산 뒤 60년대 말에 석방됐다. 생전의 백홍열 선생은 그 얘기를 꺼낼라치면 그 기나긴 스토리 끝에 나를 붙잡고 장탄식과 함께 아예 엉엉 울었다. 자기를 이해해줄 법한 나에게 가슴을 털어놓았던 것이다. 그럴 때면 나도 함께 흐느껴 울었다. 겉으로는 짐짓 태무심한 척 했지만 자식과 조국에 대한 절절한 사랑이 가득했던 분이다.

남과 북을 갈라놓는 정치와 이념을 훌쩍 뛰어넘는 그분의 자세가 그토록 내 마음에 저려올 수 없었다. 백홍열은 그런 사람이었다. 그래서 그분은 지금까지도 내 마음 깊은 곳의 진정한 영웅이다.

훗날 내가 "그래도 나는 백홍열 형님이라고 부를 거야!"라며 빈소에서 통곡하며 울부짖었던 것도 다 그런 이유 때문이다.

'대륙의 술꾼' 김태선

백홍열 선생에게 깊은 감명을 받은 사람이 한 사람 더 있다. 그가 바로 김태선이다. 선생의 맏아들이 10년간 복역한 뒤 풀려났을 때 나는 서울, 아니 이 대한민국에 없었다. 하지만 걱정하지 않았다. 김태선이 있었으니까. 예상대로 김태선이 백기완과 그의 형님을 모시는 거나한 술자리를 만들어주었다.

김태선의 별명은 '대륙의 술꾼'이다. 그는 미국 이민시절 집안 거실 전체를 오크통에 담긴 위스키로 채워놓고 살았다. 1987년 6월 항쟁을 전후해서 한국의 문화운동패가 미국으로 이른바 '원정시위'를 떠나게 되었을 때 나는 후배들에게 '엄명'을 내렸다.

"너네들 말야, 거기에 가거들랑 꼭 똥태선(김태선의 또 다른 별명) 사는 모습을 확인하고 오거라."

문화계 인사들을 중심으로 구성된 원정시위대의 핵심 멤버가 바로 미술평론가 유홍준과 원동석, 그리고 미술작가 김용태 등이었다. 이 세 사람은 교포들과 함께 길거리 시위를 성공적으로 마친 뒤 김태선의 집을 찾아들었다.

뉴욕 교외의 김태선 집을 둘러보면서 그들 셋은 기절부터 했다. 한 말들이 오크통에 담긴 위스키가 거실 벽 전체를 한 바퀴 휘감았다. 거대한 술 공장 수준이었고, 웅장하기 짝이 없었다. 대륙의 술꾼이라는 별명이 빈말이 아님을 그들도 알았을 게다. 그뿐인가. 한 구석에 거대한 솥단지를 놓았는데, 그 안에서는 도가니가 설설 끓고 있었다. 술안주다. 그들은 귀국한 뒤 입을 모아 이렇게 말했다.

"세상에 그때만큼 거대한 도가니를 본 적도 없고, 그때만큼 질려버리도록 많이 먹어본 적도 없습니다."

이처럼 풍류남아라는 점에서 백홍열 선생과 김태선은 꼭 닮았지만 그 스타일은 퍽 달랐다. 백홍열 선생은 술의 양과 상관없이 기분 좋게 취하면 그만이었지만 김태선은 밑 빠진 독처럼 마셔대면서도 질릴 줄을 모르는 두주불사(斗酒不辭) 형이었다. 또한 백홍열 선생이 '무릇 술과 담배는 기호품'이라면서 자리와 분위기를 따지는 스타일이었다면 김태선은 자리와 분위기를 가리지 않는 막무가내 형이었다.

천하의 술꾼이라지만 김태선은 평생 자기 돈 내고 술을 사 먹어본 적이 없는 걸로도 유명했다. 나는 늘 그에게 졸라대곤 했다.

"태선아. 그 사기 처먹는 네 노하우 좀 배우자. 딱 한 개만…."

"인마, 그걸 억지로 배운다고 아무나 할 수 있는 줄 아냐? 가르쳐줄려야 그럴 수도 없다는 걸 잘 알면서 왜 그래?"

어느 날 그가 내게 눈을 찡긋했다. 개고기 안주에 소주 한잔 생각이 났던 모양이다.

"배추야, 날 따라와라."

'에구, 돈 없어 못 먹지, 생각이야 굴뚝같지' 하는 마음에 입맛을 다시면서 덜렁 합류했다. 일단 보신탕집에 들어갔다. 보무도 당당하게. 그러곤 그 맛있다는 배닫이살과 안창살 수육에 탕을 안주삼아 소주 몇 병을 기분 좋게 권커니 잣거니 하면서 들이켰다. 슬슬 알딸딸해지는 게 이제 배도 부를 만큼 불렀다. 그도 돈이 없고 나도 돈이 없었지만, 그건 뒷일이니 마냥 먹고 마셨다. 늘 그렇게 살아왔으니까. 새삼스러울 것도 없었다.

그때 김태선이 부스스 자리에서 일어나 저쪽 테이블로 갔다. 그가 그 테이블 사람들에게 인사를 하자 그들도 얼결에 인사를 했다. 그 모습을 주인도 지켜보고 있었다. 그 다음 김태선은 카운터로 갔다.

"주인장, 저쪽 테이블 손님들 말이야."

"네네."

"저 어른이 말이야, 우리 회사 사장님이셔. 오늘은 내가 모시기로 한 자리인데 말이야. 이 집 고기도 오늘 특별히 좋고 하니 그 배닫이살하고 만년필, 그거 알지? 그걸 한 그릇 만들어서 갖다드려. 소주도 두 병 더 챙겨드리고. 아셨지? 아차, 그리고 계산은 내가 다 알아서 하니까 조금도 신경 쓰지 말고…."

"아, 네. 그렇군요."

의심을 할 새도 없다. 비록 처음 보는 남자이지만, 너무 점잖아서 사기 칠 사람이라고는 쥐꼬리만큼도 생각지 못했을 것이다. 만년필(개

264

의 물건)까지 주문을 하니 매상도 제법 오를 것 아닌가? 나는 이미 그 가게를 나와 창문으로 김태선의 수작을 지켜보면서 그저 입술을 깨문 채 웃고 있었다. 김태선은 마지막 한마디로 이 사기행각의 마무리를 짓는다.

"아이코 담배가 떨어졌어. 담배 한 갑만 주셔. 던힐이나 말보로, 뭐 그런 거 있나?"

"저희 집에는 국산담배밖에 없는데요."

"그래, 이런. 나는 그것만 피우는데. 이거 어쩌지?"

"손님, 외제담배는 저쪽 골목 입구에 파는데. 아, 잠시 계시죠. 제가 불나게 나갔다가…."

이때 김태선이 주인장의 말허리를 자르고 들어갔다.

"아냐, 아냐! 이거 원, 내가 미안해서. 주인장 바쁘신데 마실 삼아 내가 잠시 나갔다 올까?"

이때야말로 느긋해야 한다. 왠지 서둔다는 느낌, 어설프다는 의심을 심어주면 끝장이다. 이빨 사이에 이쑤시개를 집어넣은 채로 잠시 나갔다온다는 분위기를 풍기는 것이 성공의 요체다. 손톱만큼의 의심도 품지 않은 주인장은 막 주방에 대고 뭐라 뭐라 하면서 주문을 알리는 판이다.

바로 그때 천하의 김태선은 만면에 웃음꽃을 피우면서 슬렁슬렁 걸어 나온다. 상황 끝이다. 이제 뒤도 안 돌아보고 도망가는 일만 남았다. 김태선은 매사가 그런 식이었다. 직업도 돈도 없었지만 그는 도대체가 걱정이 없었다.

'주머니가 비어 있을수록 느긋하고 배포 있게 굴라.'

어쩌면 그것이 '성공하는 사기'의 요체인지도 모른다. 문단을 중심으로 '힘배추', '술태선'이라는 별명이 만들어진 것도 다 이런 김태선의 행각 때문이었다.

김태선의 도깨비방망이

김태선과 관련된 일화야 부지기수이지만 그의 호탕한 사기는 스케일부터가 달랐다. 한번은 그가 여자를 끼고 술을 먹은 적이 있다. 그것도 무려 네 명이나. 70년대라서 신용카드도 등장하기 전의 일이다. 이미 매상은 꽤 올라갔다. 이때 그가 자기 자리에 술집 사장을 불러 짐짓 난감한, 그러나 당당한 표정으로 말했다.

"허참. 사장, 이거 말씀이야. 내가 오늘 돈을 놓고 왔는데, 여자 값까지 외상을 그을 수는 없잖아? 내 체면을 좀 살려주실 수 있나."

벌써 자기가 외상 한다고 주인장에게 일방적으로 통보한 셈이다. 사장이야 뭐라 한마디하고 싶은데 입술을 깨물고 있을 뿐이다. 분명 오늘 처음 보는 손님인데, 노는 품이 뭔가 예사롭지 않기 때문이다.

"그래서 하는 말인데, 아이들 팁 좀 주게 현금 좀 가져오셔."

외상에다가 돈까지 얹어달라니…. 떠름한 표정의 주인이 마지못해 한다는 식으로 주섬주섬 있는 돈을 챙겨 가져오면 김태선은 또 한 번 승부수를 띄운다.

"당신! 이거 말이 돼? 여기 여성분들에게 나눠드릴 귀한 돈이야. 당장 가서 빳빳한 새 돈으로 바꿔 와!"

그러고는 거만하게 받아든 새 돈을 호기롭게 여자 품에 뿌려 안긴다. 물론 자기 택시비를 따로 챙겨두는 것도 잊지 않는다. 분냄새 맡으면서 실컷 마시고, 온갖 거드름에 거마비까지 챙긴 그. 그러나 그에게도 원칙은 분명 있었다. '절대로 없는 놈의 등을 치지는 않는다는 것', 바로 그것이다.

그는 엄청난 욕쟁이로 유명했고, 유머감각과 허장성세는 가히 따를 자가 없었다. 한반도가 좁았던 위인이다. 김태선이 80년대 중반 이민을 떠난 것은 평생 직업 없이 살면서 문학과 인류행복 같은 것을 논하던 그의 허장성세를 견디기 힘들었던 가족들이 내린 결정이었다.

김태선이 미국에 있을 때 보낸 편지, 이역만리에서 보낸 편지지만 내용은 단출하다. 돌아오면 멍멍이 고기에 소주 한잔하자는 말이다.

이후 한 해에 한 번씩 김태선이 서울을 찾으면 인사동이 시끄러워졌다. 그때 후배들이 궁금한 걸 물었다.

"태선 형님. 그런데 미국에서 뭐 하고 지내시는데요."

"음, 나 철도공사에 근무하고 있어."

"철도공사라구요? 형님이 아시는 영어는 '오케이'가 전부잖아요."

"내가 영어를 못한다고? 에헴, 그 뭐냐. 캘리포니아, 로스앤젤레스, 조지 워싱턴, 에

배추가 돌아왔다 1

이브러햄 링컨…."

그가 철도공사에 근무한다고 농을 한 건 71년도의 일 때문이다. 백기완은 그때 서울 명동 한복판에 백범사상연구소를 열고 있었다. 그연구소를 드나드는 멤버는 나를 비롯해 소설가 이호철, 시인 황명걸등이었는데, 하루는 경부선을 이용해 수원까지 원정 술자리를 가기로했다.

막상 차려입고 서울역에 모이긴 모였는데, 너나할 것 없이 주머니 사정들이 별 볼일 없었다. 그때 김태선이 일장 훈시를 했다.

"야, 너희들 말야. 그저 잘못했다는 표정을 짓고 고개만 앞으로 잔뜩 떨구고 잠자코 있어. 절대로 웃거나 그러면 안 돼. 그러면 개판이 되고 모두 죽는 수가 있어. 알았지? 나머지는 내가 다 알아서 처리할게."

김태선은 우리를 남겨둔 채 개찰구의 검표원에게 다가갔다. 그가 검표원에게 무언가 귓속말을 하는 듯싶더니 검표원이 부동자세로 바뀌었다. 그리고 김태선에게 거수경례까지 척하니 붙이는 게 아닌가. 김태선은 꽤나 거만한 표정과 함께 가볍게 인사를 받는 둥 마는 둥하며 우리를 향해 가볍게 손짓을 했다.

줄줄이 개찰구를 따라 나갔다. 영문도 모른 채 개찰구를 통과해 열차에 올랐더니 객실은 이미 만원이다. 다시 김태선이 차장을 찾아 저쪽에 끌고 가 뭐라고 귓속말을 했다. 조금 있으니 차장도 굽실거렸다. 차장은 조금 기다려달라고 하더니 이내 자기를 따라오라고 했다. 없던 자리가 금세 만들어진 것이다. 그것도 특실 칸으로.

"이거야, 원. 도깨비방망이가 따로 없네?"

"너 도대체 역무원들한테 뭐라고 한 거야? 사람들이 네 말 한마디에 그저 껌뻑 가는구만? 너 대체 뭐라고 지껄여댄 거야?"

우리들은 입이 딱 벌어졌다. 두 번의 기적을 눈앞에서 보았으니 그럴 수밖에. 우리는 김태선을 붙잡고 따져물었다. 꿀 먹은 벙어리처럼 한동안 입을 닫은 채 거들먹거리던 그가 한마디를 흘렸다.

"짜식들아. 궁금하지? 내가 뭐랬는지 아냐?"

모두가 침을 꼴까닥 삼키며 김태선의 입만 쳐다봤다.

"간단해. 개찰구 역무원하고 차장 녀석에게 내가 그랬어. 저쪽에서 고개를 푹 숙이고 있는 녀석들이 조금 전에 내가 막 한꺼번에 체포한 현행범인데, 미처 경찰차를 마련하지 못해 급하게 열차호송중이라고 구라를 쳤지. 그게 전부야."

김태선에 따르면 대충 '저 사람들이 현행범'이라고 말을 꺼내기만 하면 '협조를 부탁한다'는 따위의 말을 채 꺼내기도 전에 다 알아서 해준다는 것이다. 증명서를 보자고 말 한마디 건네는 사람도 없다.

이 정도면 거의 '사기를 치는 기계' 수준이다. 그것도 더없이 유쾌하고 상쾌한 방식으로…. 수원역에 내릴 참에 차장이 김태선에게 다가왔다. 우리들은 '이거, 들켜서 개망신당하는 것 아냐?' 싶어 불안하기 짝이 없었는데, 그러기는커녕 차장은 조심스런 표정으로 "별일 없으십니까?" 하고 물었다. 그는 차장을 쳐다보지도 않은 채 "수고했네" 한마디를 하면서 거만을 떨었다.

수원역에서는 줄줄이 도열한 역무원들의 거수경례를 받아가며 역사를 빠져나왔다. 귀신도 곡할 재주지만 그의 수완은 밉지 않은 것이라는 게 특징이다. 시정잡배의 파렴치라기보다는 도시라는 정글을 헤쳐 나가는 낭만적인 장난이자 스릴 넘치는 영웅담으로 받아들여졌다. 적어도 우리 사이에서는 그랬다.

그의 귀여운 사기재주는 정말 끝간 데가 없었다. 80년대 초반 통금 사이렌이 울면 12시에는 길거리의 인적이 뚝 끊겼고 사람들은 골목으로 숨거나 여관을 찾았다. 그러나 김태선은 완전히 거꾸로 갔다.

술을 한참 먹은 뒤라 여관비는 없지, 집에는 가야겠지, 그러면 그는 큰길에 나가서 지나가는 경찰차를 대뜸 세워버린다. 그때도 경찰에게 뭐라고 한마디를 하면, 거의 백발백중이다. 경찰들은 거수경례와 함께 뒤쪽 좌석을 가리켰다. 댁으로 모셔다드린다는 호의다. 보나마나 사기일 텐데, 우리들은 그저 즐기면 됐다.

그는 공짜 술과 공짜 밥을 얻어먹는 데는 귀신이었다. 어느 식당에서 근처 회사원들이 사인해놓고 밥을 먹는다는 소문이 들리면 당장 '김태선 지정 식당'이 생기는 것과 다를 바가 없었다. 주인과 귓속말 몇 마디를 나누면 끝이었다. 그러면 그는 나를 비롯해 친구들까지 끌어들여 매일 점심과 저녁을 그곳에서 해결했다. 단 1개월을 넘기지는 않는다. 그렇게 한 달 동안 먹은 걸 결재하는 날을 그는 귀신같이 알았고, 그 전날까지만 먹고 발길을 뚝 끊어버리는 것이다.

그런 김태선과 나는 정말로 죽이 잘 맞았다. 백기완을 정점으로 서울 광화문통에 모여 독서회를 할 때 날이 추울라치면 땔감으로 쓸 인근 간판을 떼어오는 것도 바로 그와 나의 몫이었으니까.

내가 충남 홍성에서 공장을 하고 있던 시절의 일이다. 어느 날 그에게서 전화가 걸려왔다. 지금 막 미국에서 왔는데 코앞의 홍성역에 지금 막 도착한 상태라는 것이었다. 술 한잔하고 싶어 김포공항에서 논스톱으로 기차를 갈아탄 채 달려온 것이다. 그렇게도 우리는 서로를 보고 싶어 죽고 못 살았고, 함께 술을 먹고 싶어 난리를 치며 한 시절을 함께 보냈다.

술잔을 놓다

나는 특히 김태선과 나누었던 마상주(馬上酒)를 잊지 못한다. 마상주는 본래 호남의 소설가 송기숙이 술자리에서 곧잘 써먹던 말인데, 김태선은 그걸 자기의 트레이드마크로 만들어버렸다.

마상주는 옛날 장군들이 적진을 향해 돌격하기 전에 말 위에서 마지막 잔을 꺾어 마셨다는 데에서 유래했다. 죽음을 각오하고 적진에 뛰어드는 심정으로 마시는 한 잔의 술, 비장미가 넘치는 술이 아닐 수 없다. 이 땅의 문인 애주가들은 이 마상주를 저녁에 코가 삐뚤어지게 마신 뒤 헤어질 참에 한잔 더 나눠 마시는 풍속으로 발전시켰는데, 그 중 가장 장쾌한 게 김태선 식의 마상주였다.

그는 "자, 헤어지는 마당에 한잔 더 먹자구" 하면서 분위기를 띄운 뒤, 마치 영웅호걸처럼 술잔을 높이 치켜든 채 잔뜩 긴장감을 고조시킨 다음 고개를 꺾으며 단 한 번에 잔을 비우곤 했다.

김태선이 이민을 간 뒤 한 해에 한두 번씩 서울에 왔을 때는 더욱 필사적이었다. 키도 크지 않고, 덩치도 크지 않은 그였지만 그와 나는 술에 관한 한 영원한 맞수였다. 그렇지만 그가 마상주 타령을 하면 숙이고 들어갈 수밖에 없었다.

마상주를 할 때 우리는 나름대로 비장했다. 물론 긴 말이나 너스레 따위는 필요 없었다. 마상주는 말로 표현하기 힘든 어떤 감정들, 그러니까 가난한 서민과 백성들, 정의로운 사회에 대한 갈망 같은 걸 바탕에 깔고 있었다. 그러니 내가 그에게 져줄 수밖에야.

하지만 세월 앞에 장사 없고, 술 앞에 장사가 없다더니 정말 그랬다. 천하가 알아줬던 술꾼, 백기완을 비롯한 문단 사람들이 '대륙의 술꾼'으로 입을 모았던 김태선이 드디어 자리에 눕게 된 것이다. '드디어 올 것이 왔나?' 싶었던 게 나의 첫 느낌이었다.

1997년 세밑이었다. 병원에서 김태선이 간암이라는 사형선고를 내린 것이다. 실은 진단을 의뢰한 것도 나였다. 왠지 그의 얼굴이 정상이 아니었다. 거뭇거뭇한 게 안색이 너무 안 좋았다. 느낌이 좋지 않아 신촌역 입구에 있던 개인 내과병원에 그를 끌고 갔다.

"죄송합니다. 앞으로 길게 살아야… 두어 달이 전부입니다."

순간적으로 김태선의 얼굴을 쳐다보았다. 그 사형선고에도 김태선은 아무렇지 않은 표정을 지었다. 놀라는 기색도 겁먹은 느낌도 전혀 찾아볼 수 없었다. 마치 돌부처 같은 표정이었다. 외려 담담했다고 해야 할까?

"김태선 선생님은 지금 간이 10분의 1정도만 겨우 남아 있는 상태예요. 문제는…, 암세포가 간만이 아니라 췌장, 편도, 폐, 위, 대장 등에

274

이르기까지 온몸에 퍼졌다는 거예요. 이제는 돌이킬 수가 없습니다."

의사가 나를 보자며 한 말이었다. 하지만 이후 이어지는 김태선의 태도는 나를 거듭 놀라게 했다. 병원 입원은 물론이고 투약 등 병원의 처방을 일절 거부하겠다고 밝혔고, 그저 서울의 맏딸네 집에서 요양하는 걸로 대신하겠다고 선언한 것이다. 마치 세상을 달관한 사람 같았다. 천하의 풍류객인 김태선다웠다고나 할까?

며칠 뒤 내가 백기완과 함께 김태선의 맏딸 네를 찾아가니 그는 깨끗한 와이셔츠 차림으로 갈아입은 모습이었다. 어럽쇼? 면도까지 해서 얼굴도 깔끔했다. 게다가 허리도 꼿꼿하게 세운 상태에서 친구를 맞으니 이게 정말 환자의 모습인가 싶을 정도였다.

원래부터 평소 그가 입성 하나는 깔끔했던 걸로 유명하다. 위아래 걸친 양복이나 바바리코트 등은 항상 말쑥한 편이었다. 어릴 적 그 모습을 자주 봤던 나의 두 딸은 김태선을 '옷 잘 입는 아저씨'로 기억할 정도니까. 그건 김태선의 '영업전략'이기도 했다. 입은 거지는 얻어먹어도 벗은 거지는 굶는다는 걸 그도 잘 알았던 것이다. 그건 그렇다 치고 평생친구 백기완과 나의 눈을 속일 수는 없었다.

어둑어둑한 얼굴 전체에는 분명 죽음의 그림자가 찾아들고 있었다. 그런데도 김태선의 분위기는 여전히 침착했다. 놀라웠다.

"야, 힘들면 그냥 누워 있어. 내가 뭐 손님이냐."

내가 어렵게 입을 뗐다. 뭐라고 위로의 말을 전하기도 쉽지 않은 상황이었다. 분명 누워 있기조차 버거웠을 그가 그때 씨익 하고 웃었다. 마치 아무것도 아니라는 듯이.

"배추야, 며칠 안에 저 땅 속에 들어갈 거 아니냐. 이제 영원히 눕는 거 아니겠어? 살아 있는 동안이라도 잠시라도 좀 앉아 있으려구…. 어때? 그래도 되겠지?"

듣는 내가 다 움찔했을 정도였다. 아무런 표정 변화가 없이 툭 던지는 말, 그러나 달관인지 체념인지, 깨달음인지, 그 한마디 말이 나에게는 천근의 무게로 다가왔다.

'친구야, 정말로 네가 가는구나.'

이런 생각이 들자 나도 모르게 눈시울이 뜨거워졌다.

그의 모습은 내가 그토록 좋아하는 스콧 니어링과 헬렌 니어링 부부를 생각나게 했다. 미국 버몬트 주에서 평생 농사만 짓다가 간 유명한 자연주의자들인데, 꼭 100살이 되던 날 죽은 남편 스콧이 그런 말을 남겼다고 한다.

'이제 기쁜 마음으로 희망에 차서 간다'고…. 스콧은 죽기 며칠 전 마지막을 예감한 뒤 음식섭취를 끊었다. 고승 못지않은 편안한 죽음이었는데, 내 눈에는 김태선이 바로 그랬다.

그렇게 느낀 건 함께 그 자리에 있었던 백기완도 마찬가지다.

백기완과 함께 김태선의 큰딸 집을 찾았을 때.

"뭐 노자인가 장자에 보면 그런 말이 있잖아. '조용히 앉아 다가올 죽음을 기다린다'는 좌이대사(坐而待死), 그게 떠오르는 거야. 고통으로 찡그리기는커녕 외려 표정이 맑았어. 대륙의 술꾼, 한반도의 주태백다운 모습이었지."

김태선은 정말 그렇게 갔다. 그 흔한 항암제 치

배추가 돌아왔다 1

료 따위는 물론 줄줄이 꼽히는 번거로운 링거 병 따위를 단 한 번도 먹거나 꼽지 않은 채 저세상으로 훌쩍 떠났다. 그러나 그는 병마보다 훨씬 셌다. 2개월을 넘기기 힘들다는 의사의 진단과는 달리 꼭 1년을 채웠다. 더욱 놀랍게도 그 기간 동안에도 그는 술을 헐걸차게 들이켰다.

"태선아. 네가 죽기 전에 한번 네 병과 싸움을 해봐. 고통을 느끼면서 병과 맞서 싸우는 거야."

짠한 마음의 내가 그렇게 말을 하면, 김태선은 그저 조용히 웃기만 했다. 그는 죽기 한 달 전쯤 미국으로 돌아갔다. 큰딸을 빼고는 가족모두가 미국에 있었기에 아무래도 가족 옆에 묻히는 게 좋을 것 같아 내가 앞장서 그의 등을 떠밀었다.

미국으로 돌아가는 날 차마 공항까지는 배웅을 할 수가 없을 것 같았다. 그를 보낸다는 것도, 이제는 다시 볼 수 없을 거라는 것도, 생각하면 가슴이 미어지는 것만 같았다. 차마 비행기를 타고 떠나는 모습은 볼 수가 없었다. 공항으로 가는 차에 그를 태웠다. 눈물이 어른거리는데, 내색은 할 수가 없었다. 보내는 마당에 무슨 말을 할 수 있을까, 나는 속울음을 삼키며 이렇게 인사를 건넸다.

"완쾌해서 만나자구!"

그가 그 자신보다 더 사랑했던 이 한반도에서 안식을 취하지 못한다는 게 아쉬울 뿐이었지만, 이런 아쉬움은 그 몇 년 뒤 서울 땅에서위로받을 수 있었다. 천하를 호령했던 '대륙의 술꾼' 김태선의 혼령도진정 따듯한 위로를 느꼈을 거라 믿는다. 나와 백기완이 그를 위해'대륙의 술꾼' 추모회를 가졌던 것이다.

풍류학교 졸업하고 세상 속으로

'대류의 술꾼 김태선 선생을 추모합니다.'

그게 나와 백기완이 힘을 합쳐 지난 2000년 말 한겨레신문에 냈던 김태선 추모모임 광고 제목이다. 우리 둘은 신문의 그 비싼 광고 지면을 산 뒤 거기에 텅하니 이렇게 썼다.

'돈 있는 사람은 회비를 왕창 내시고, 없는 이는 그냥 오시오. 추모위원장 방배추. 집행위원장 주재환(화가), 집행위원 김용태(현 민예총 위원장), 임진택(축제 연출가).'

그게 대류의 술꾼 김태선이 비명에 간 지 2년 뒤에 서울의 한복판에서 떡하니 벌인 일이다. 그때를 생각하면 마음이 짠하면서도 기분이 좋다. 상업광고로 떡칠이 돼 돈 냄새만 가득한 광고지면에 이렇듯 가슴 푸근한 광고를 실을 수 있다는 것이 얼마나 아름다운가. 각박한 세상에 동화 같은 일이 아닐 수 없다.

또 이 일화는 내가 평생친구로 생각하는 백기완이라는 사람의 그릇을 보여주기도 한다. 그날 추모회 자리에서 백기완은 이런 말로 우리

278

들의 가슴을 울렸다.

"태선이는 생전에 신문지면에 이름이 한 번도 나본 일이 없잖아. 그게 가슴이 아팠고, 또 사람들에게 알려야 할 게 아니야. 이렇게 헐걸찬 사람이 이 땅을 살다가 갔다는 것도 알려줘야 하겠고…"

김태선을 기리는 이 모임은 서울 동숭동의 백기완 사무실에서 열렸다. 그날 그 자리에서는 밤이 새도록 눈물과 노래가 어우러졌다.

한 이름 없는 인간, 그러나 더 이상 멋있을 수 없는 인간, 김태선을 위한 자리로 딱 좋았다. 김도현(전 문화관광부 차관) 등 문화계 인사들은 물론 김태선의 맏딸부부까지 참석해 제법 성황을 이뤘다.

요즘처럼 각박한 세상에서 더욱 그리운 낭만과 멋스러움이 아닐까 싶은 그 자리는 지금 사진 한 장으로 남아 있을 뿐이다.

나는 김태선, 백기완과 함께 '백홍열 풍류학교'를 통해 풍류와 여유를 익혔고, 사람에 취했으며 진정한 세상을 배웠다. 지금 생각하면 나는 믿을 수 없을 정도로 운이 좋았던 사나이였다. 지금의 나를 만든 건 초등학교도 아니고 중고교도 아니다. 더구나 2년 중퇴로 끝을 본 뒤 두 번 다시 발을 들여놓지 않았던 대학일 수도 없다.

오로지 제도권과는 전혀 다르게 놀았던, 그래서 교육부에 등재되지 않았던 저쪽의 백홍열 풍류학교가 나를 만들었다. 나는 바로 이곳을 통해 진정한 성인으로 거듭났는지도 모른다. 밤

2000년 말 '대륙의 술꾼 김태선 추모모임.

새 책을 읽기도 하고, 술을 마시며 세상을 논하던 이 시절을 통해 나는 걸핏하면 주먹을 휘두르거나, 불량스런 짓을 마다하지 않던 악동에서 벗어났다.

20대 초반 아닌 밤중에 홍두깨 격으로 중노릇을 하거나 군대에서 심한 부적응을 겪으며 채워지지 않는 갈증을 느꼈던 나다. 백홍열 학교는 그런 나의 아쉬움을 시원스럽게 날려줬고 살뜰하게 삶의 방향을 정할 수 있도록 도와줬다.

이후 서독 광부와 파리유학, 그리고 귀국 후 노느메기밭 등을 할 때 필요한 지적, 정서적 자양분도 바로 이 학교에서 얻었다. 나이 40대를 전후한 무렵 오랫동안 꿈꿔온 공동체운동의 실험을 하면서 인생의 최대 하이라이트를 맛볼 수 있었던 것도 아마 이 풍류학교 덕분일 게다. 그런 의미에서 나에게 백홍열 학교는 진정한 성인으로 나아가는 통과의례였던 셈이다.

풍류학교에서 내 삶의 빈칸을 채우고, 인생을 담금질하는 동안은 '이렇게 사는 게 진짜 인생'이라는 생각이 들 정도로 마음이 따뜻하고 풍요로웠다. 힘들고 고돼도 기댈 수 있는 큰 산이 있었고, 함께 마음을 나눌 수 있는 친구가 있어 행복했던 시절이었다.

그러나 그런 시기도 그리 길게 가지는 못했다. 내 가족, 내 운명이 감당할 수 없을 정도로 이렇게나 크고 어두운 그림자가 나를 찾아올 줄은 미처 몰랐다.

★ 파란만장한 배추의 삶은 2권으로 이어집니다…

배 추 가 돌 아 왔 다